創元日本SF叢書23

射手座の香る夏

Good-bye, Our Perfect Summer

松樹 凜

Rin Matsuki

東京創元社

目次

Good-bye, Our Perfect Summer

by

Rin Matsuki

2024

射手座の香る夏

射手座の香る夏

0

怖いものなんて一つもない。

カラマツの小枝を踏み折って歩きながら、美菜《みな》は自分にそう言い聞かせ続けた。日はとうに暮れ落ち、のっぺりとした闇があたり一面を覆《おお》っている。鬱蒼《うっそう》と茂《しげ》った木々の葉が月明かりを遮《さえぎ》っていた。季節はすでに秋口で、十歳の少女にとっては致命的なまでに冷たい風が、容赦なく体力を奪っていく。両親の言いつけを守らなかったことを、彼女は生まれて初めて後悔しつつあった。一人で山に入るべきではなかったし、日が沈む前にきちんと帰るべきだったのだ。

闇に沈んだ世界の中で、頼りになるのは音と匂《にお》いだけだった。鼻の良さには自信がある。現に、今も彼女の鼻腔《びくう》は空気中にわずかに混じった川の匂いを捉えていた。それが少しでも濃くなる方向へ、一歩ずつ進む。擦《す》りむいたばかりの膝小僧がずきずきと痛んだ。

遠くで小枝の折れる音がした。一本、続いてもう一本。反射的に胸に手を当て、乱れた息を押し殺す。大丈夫、ただの鹿だ。怖がる必要なんてない。けれど、心の中でそう繰り返すほど、肩の筋肉が強張《こわば》っていくのが自分でもわかった。無意識のうちに歩幅が広くなり、速度が上がる。

危険だとわかっていても止められなかった。速く、速く、速く――。

彼女の歩みを止めたのは、数十センチの段差だった。踏み外した勢いで転倒し、派手に尻餅をつく。腰骨のあたりをひどく打ち、息が詰まった。ようやく、喘《あえ》ぐように呼吸を取り戻す。先ほどまでの柔らかい土は消え、地面はガレ場に変わっていた。

石に生えた苔《こけ》の匂い。それに水が流れる音。頭上に広がっていた木々の影がいつの間にか途切れ、月明かりに照らされた夜空が見える。川はもうすぐそこだった。

彼女は起き上がろうと心の中でもがいたが、身体はぴくりとも動かなかった。倦怠感《けんたいかん》が分厚い毛布のように全身を包んで離さない。流れ出る汗を拭う体力さえ、すでに残っていなかった。

――もう、いいか。

諦《あきら》めて、目を閉じる。月の輪郭《りんかく》が瞼《まぶた》の裏に滲《にじ》んで、すぐに消えた。とても眠い。肌が粟立《あわだ》つような冷たさが、背中から徐々に全身に回っていった。

瞼の裏に広がった闇を見つめながら、美菜は自分の死について考えた。死体が見つからなかったら、葬式はどんな風に行われるのだろう。自分のために、誰か一人くらい泣いてくれるだろうか。彼女は候補になりそうな人物の顔を次々と思い浮かべていった。両親、祖父母、それに紗月《さつき》。一番仲良しの幼馴染《おさななじみ》だ……。

鼻先に匂いが触れたのは、その時だった。不思議な匂い。甘さのなかに、つんとした刺激が混じっている。ラベンダーに似ている気がしたが、こんな川べりに生えているはずがなかった。

匂いは次第に濃く、強くなった。それに伴って、萎《な》えた身体に気力が戻る。美菜は必死に身体をねじり、ようやく上体を地面から起こした。そして、見た。

狼がいた。視線の先、川の向こう。自分の両手さえ満足に見えない闇の中だというのに、美菜にはその姿がはっきりと見えた。真っ白な体毛を風に揺らし、青い瞳で真っすぐにこちらを見つめている。匂いがさらに強くなった。

綺麗《きれい》だ、と思った。

彼女は両足に力をこめて立ち上がり、闇の中に浮かび上がった白い獣《けもの》のシルエットを瞳の奥に焼き付けた。きっと、と彼女は確信した。この瞬間は自分にとっての永遠になるだろう。たとえこの先、どれほど長い人生を歩んだとしても、これほど美しいものを目にすることは、もう二度とないだろう、と。

その予感は正しかった。

やっとの思いで家にたどり着いた時も、父親から鼓膜が破れそうなほどの勢いで叱られた時も、小学校の卒業式でも、隣町の高校に進学した時も、初めての恋人が出来た時も、結婚し母となった後でさえ、あの神々しい毛皮の白さと、奇妙な甘い香りが彼女のもとから立ち去ることは二度となかった。

1

気づかなかったのはきっと、においがしなかったからだ。

羆《ひぐま》の咆哮《ほうこう》に振り返ったとき、神崎《かんざき》紗月は副体姿《オルタナ》である不運を呪った。彼女の入っているオルタナは、地底深部における抽熱システムの保守作業を主目的として開発されたもので、嗅覚機能は備わっていない。外界の音を聞き分けるのも苦手だ。手遅れになるまで羆の存在を気取《けど》れなかったのは、そのせいだった。

巨大な羆だった。四足歩行のせいで、目の高さこそ彼女より下だが、体長はゆうに三メートルを超すだろう。隆々《りゅうりゅう》とした前肢《まえあし》の先に揃《そろ》った爪は石包丁のようで、両肩は岩山のように盛り上がっている。

けれど、その黒々とした瞳は奇妙に虚《うつ》ろで、褐色《かっしょく》の光がわずかに見えるだけだった。

彼女は野生の羆を見たことがなかったが、それでも目の前の存在の異質さはよくわかった。深呼吸を試みて、肺がないことを思い出す。焦ってまばたきをしようにも、主眼《メイン・アイ》には瞼がなかった。

「羆《くま》が出た」

オルタナの通信装置を使い、手短に報告する。

「一応訊《き》くけど、このオルタナに戦闘能力は?」

「耐熱性ならバッチリですよ」

無線越しに男の声がした。白々しいほどに真面目なトーンが腹立たしい。

「なにせ、地下五〇〇〇メートルでの作業用ですから」

「そう。なら、こいつが火を吐いても安心ってわけね」

「今すぐ緊急離脱《キックバック》してください。意識の抜けたオルタナなら、羆も襲わんでしょう」

男に言われるまでもなく、脱出すべきだとわかっていた。それでも躊躇《ためら》ったのは、この怪物じみた生き物を、もう少し観察したいという誘惑があったからだ。

耐熱カーボン製の踵《かかと》が、カラマツの小枝を踏み折る。その瞬間、黒い影が吼《ほ》え、二倍近い大きさに膨《ふく》れ上がった。立ち上がった、と気づいたときにはもう、飛び掛かってきた羆に強烈な一撃を食らった後だった。信じられないほど素早い。それに、無駄のない動きだった。

腹部の外殻を砕かれたようだが、痛みはない。紗月は手をついて起き上がり、相手の巨体に向き直った。鈍重《どんじゅう》なボディでは、まともな戦闘は難しい。向かってくる羆の動きを読みつつ、最小限の動きで突進を躱《かわ》す。そのまま、相手の勢いを利用して、みぞおちに突きをたたき込んだ。人間なら、まず痛みで息ができなくなるはずの一撃だ。だが、羆は微塵《みじん》も止まる素振りを見せなかった。おそらく、分厚い皮下脂肪のせいだ。大きく踏み込んで回り込み、背後から二撃目を見舞う。

けれど見えない角度から放たれたはずの拳《こぶし》を、羆はあっさりと避《よ》けた。予想外の動きに不意を突かれ、反応が遅れる。

振るわれた鉤爪《かぎづめ》を躱そうとしたが、避けきれなかった。さっき外殻を砕かれたのと同じ場所だ。人工筋肉の繊維が引きちぎられ、紙テープのように宙を舞った。たまらず膝をつく。両肩に凄《すさ》まじい重み。あっという間に地面に組み敷かれ、てらてらと光る黄ばんだ犬歯が迫りくる。

その瞬間、紗月は見た。羆の背後――森の奥に白い犬のような獣が佇《たたず》んでいる。

――狼?

ふいに記憶が蘇《よみがえ》り、紗月は己《おのれ》の時が巻き戻るのを感じた。何十年も昔。幼かった頃のこと。

〈信じてよ〉

頭の中で、懐かしい幼馴染の声がした。

〈本当に見たの。真っ白な狼。紗月なら信じてくれるよね？〉

紗月は必死に身体をひねり、その姿をもう一度目に焼き付けようとしたが、組み敷かれた身体はそれ以上動かなかった。限界だ。鋭い爪が食い込んだ刹那《せつな》、眩暈《めまい》に似た感覚とともに彼女は人工身体から離脱した。

「――羆は火を吐きませんよ」

自分の肉体に戻ると同時に、鼓膜が男の声を再びとらえた。無線越しではない、生の声だ。

「それに、動かないものはあまり襲わない。相手がオルタナなら尚更《なおさら》です。さっさと戻ってくれていれば、ここまで壊されることもなかったんですがね。これじゃ、回収しても修理にひと月はかかる」

「狼がいた」

鎖骨《さこつ》の下を押さえながら、紗月は言った。無理やり意識を戻したせいで気分が悪い。巨大な爪に胸を裂かれる感触が、まだ残っている気がした。

吐き気をこらえ、視界を覆ったデバイスを外す。頭蓋囲《トランサー》いと呼ばれる軽金属製の転送装置だ。クジラの頭骨に似たそれは、黄ばんだ枕の上でごろりと転がり、紗月の顔をじっと見つめた。

後ろ髪を掻《か》いて、上体を起こす。簡易ベッドのシーツが擦《こす》れ、静電気で肘先にまとわりついた。

「白い狼。二メートルはあった」

「狼は絶滅動物です。ご存じでしょう」

苦笑いしながら男がコーヒーを持ってくる。やや神経質そうな見た目は、おそらく三十代半ばだろう。少なくとも、紗月よりは年下だ。名前を思い出そうとしたが、細切れのプロフィールがいくつか思い浮かぶだけだった。

男は新天浪《てんろう》超臨界地熱発電所に雇われた、オルタナの整備士だった。四年前に稼働を始めたこの施設では、通常の地熱発電とは異なり、地下五〇〇〇メートル地点に眠る超臨界流体のエネルギーを利用してタービンを回している。出力こそ膨大だが、超高温かつ強酸性の環境に晒される抽熱システムは劣化が早く、定期的なメンテナンスが欠かせなかった。岩すら捻《ね》じ曲がるほどの高温・高圧下での作業は到底人間が耐えられるものではなく、現場では作業員たちの意識を転送した耐熱素材のオルタナが使われていた。

「生存説があったでしょ。七、八年前に。熱心な活動家が一人、盛んに保護を訴えていた」

「岸本《きしもと》の話ですか」

男は不愉快そうな口調で言った。珍しいことではない。ここ、新天浪技術特区において、岸本美菜の話題は歓迎されるものではなかった。

「特区誘致の妨害工作でしょう、あれは。相当派手にやったらしいじゃないですか。天浪山が新種の狼の生息地だとか何とか。地元の反対派にさえ疎《うと》まれていたって聞きましたよ。大陸側の回し者じゃないかって」

紗月は黙って肩をすくめ、とげのある言葉をやり過ごした。湯気の立つカップから口をはなし、ずらりと並んだ簡易ベッドの列に目を戻す。まるで、ちょっとした野戦病院だ。

「しかしまぁ、改めて信じられないな」

紗月はため息を吐《つ》き、言った。

「作業員たちの身体がここから消え失《う》せただなんて」

「信じられなくても、事実なんです」

転送中の身体消失。

それが、紗月がこの場所に呼ばれている理由だった。二日前、オルタナへ意識を移して、抽熱システムの保守作業にあたっていた五人の身体が、忽然《こつぜん》と姿を消してしまったのだ。

五人は今も自分の身体に戻ることができず、オルタナでの生活を余儀《よぎ》なくされている。

「キックバックができないっていうのもね」紗月は腕を組み、小さく唸《うな》った。「こういう時に使えなかったら、意味がないじゃない」

「あれはあくまで、転送先のオルタナに危険が迫った時の緊急措置なんですよ。それに、頭蓋囲《トランサー》いが外されてるんだからどうしようもありません」

むっとした顔で男が答えた。オルタナはその性質上、危険な場所で用いられることが多い。そのため、緊急離脱《キックバック》機能の実装が義務づけられているのだが、あくまで肉体の側《がわ》が転送装置を装着していることが前提だった。ところが、五人の身体は転送室内に頭蓋囲《トランサー》いを残したまま消え失せてしまったのだ。

問題は、五人の身体を盗み出したその方法だった。意識のない成人男性の身体を運ぶのは、二人がかりでも骨の折れる作業だ。それを五人分ともなれば、かかる時間と労力は相当のものだろう。それに、転送室のドアは内側から施錠されており、ドアの鍵は一つだけ。五人の中の一人に貸し出されていたことが帳簿によって確認されている。現在、鍵の所在は不明だが――おそらく、五人の身体と共に持ち去られたのだろう――、少なくとも事件当時は部屋の中にあったはずだ。

しかし、それなら犯人はどのようにして、転送室に侵入したのか。鍵のかかったドアの他に出入り口と呼べるのは天井付近に設けられた換気用の小窓だけだが、人間が通るのは難しい。せいぜい、犬や狐が通れるくらいの隙間しかない。

「扉が中から開けられた可能性は？」

「それはないでしょう。あの時間、中にいたのは意識のない五人だけです。複製不可能定理はご存じですよね？」

もちろん、知っていた。意識転送技術《シフティング》の大前提だ。早い話が、意識は転送できてもコピーできない。脳内のナノマシンによってスキャンされた神経活動データが統一性を獲得した――つまり、ひとつのクローン意識として再構成された――時点で、オリジナルは消失する。同一の意識が同時に存在することは不可能だからだ。オルタナへと意識を転送すれば、肉体の側は意識のない完全な欠落体《ブランク》になる。

人類が大脳皮質のシミュレーションを完遂してから十数年、オルタナへの意識転送は徐々にポピュラーなものになりつつあった。今では少なくない数の人間が脳内にスキャン用のナノマシンを入れている。紗月自身も、その一人だ。

「五人の転送は間違いなく確認されているのよね」

「ええ。昨日お会いになったでしょう」

「あれを〝会った〟と言えるならね」

男の言う通り、紗月は前日に五人の作業員から事情聴取を済ませたばかりだった。しかし、無機質なオルタナ相手に話しただけだと、どうも本人に会ったという実感がない。相手の顔すらわからないのだ。五人のうちの二人は外国人らしかったが、合成音声を介したコンタクトでは、それすら判別できなかった。

事情聴取は発電所の敷地内にある整備棟で行われた。身体を失った五人のオルタナが「格納」されている場所だ。アカシア地区にある彼らのアパートはオルタナにとって狭すぎるため、五人は発電所内での生活を余儀なくされていた。もっとも、生活にそこまで不便はないらしい。岩野《いわの》と名乗る男は紗月に対してそう言った。

「この身体だしな。そもそも、〈生活〉なんて大層なものは送りようがない」

彼は吐き捨てるように言って、彼女との会話を打ち切った。

「もういいだろ。悪いけど、話すことは何もない」

紗月は同情的な表情を浮かべてみせ、男に時間を取らせたことを詫《わ》びたが、彼の素《そ》っ気《け》なさが気になった。自分の身体が盗まれたというのに、あまりにも無関心に見える。何かが臭《にお》う、と彼女は思った。

だが、それが何なのかわからなかった。紗月は記憶を手繰《たぐ》るのをやめ、整備士との会話に注意を戻した。

「もう一つ、訊きたいことがあるんだけど」

ベッドから立ち上がり、男に訊《たず》ねる。まだ少し眩暈が残っていた。

「発電所のなかに、生体スタックを持っていそうな人間はいた？」

「まさか。いるわけありません」

「五人のブランクを直接操《あやつ》って、部屋から連れ出した可能性もある。あれを使えば理論上は可能でしょ？」

「だけど、未認可ですよ」男は眉をひそめた。

通常のシフティングは、オルタナに組み込まれた集積量子回路《スタック》内に意識を転送する。一方、生体スタックは、人工身体ではなく生身の肉体に意識を転送するためのものだった。いわば、外付けの大脳だ。開発途上の技術で、医療分野での応用が期待されているものの、日本では特区における実験的な使用が許可されているだけで、正式な認可はまだ下りていない。しかし、実際にはかなりの数が樺太《からふと》経由の闇ルートで流通しているという噂《うわさ》があった。

「未認可だからといって、存在しないわけじゃない。動物乗り《ズーシフト》の話くらい、聞いたことがあるでしょう」

「うちには関係のない話ですよ。第一、連中を取り締まるのはあなた方の仕事では？」

男の目が非難するような色を帯びた。

「この前の日曜だって、川の方でキャンパー集団が被害に遭ったそうじゃないですか。同僚に愚痴られましたよ。キャンプの最中、犬の群れに襲われたってね。夕飯の牛肉をごっそりやられたんだとか」

紗月はため息を吐き、中身の残ったカップをテーブルに戻した。生体スタックを動物の神経組織に接続し、身体を乗っ取る動物乗り《ズーシフト》は、日を追うごとにポピュラーな違法行為となりつつある。取り締まり強化を求める声は、特区警察にも届いているものの、今のところ目立った成果は上げられていない。

その時、小窓の方で光るものが目に入った。何かが午後の光をはね返しながら揺れている。

「ところで、あなたが壊したオルタナの修理費用についてですが――」

男の声が聞こえたが、紗月は無視した。

靴を脱ぎ、窓際のベッドに上って、小窓のサッシに手を伸ばす。そこに引っかかっていたのは、白く光るひとつかみの毛の束だった。

2

動物乗り《ズーシフト》が危険だってことはわかってた。違法だってことも。

でも、それは未成年の飲酒や喫煙が違法なのと同じことで、要するに誰でもやっている、ってことの言いかえに過ぎない。

「ねえ、今へんな声がしなかった？　動物の声」

くわえていた煙草《たばこ》をはなして、未來《みらい》がふいに囁《ささや》いた。黒ずんだ石壁に沿って上るその煙は、あと数か月で合法になる。

「犬の前で吸わないの」

わたしはそう言って彼女の吸いさしを取り上げ、湿った地面に押しつけた。煙が途切れ、じゅっという短い音がそれに変わる。サイロの空気はよどんで黴臭《かびくさ》く、時折、獣のにおいがそこに混じった。

「説教女。ペロはそんなこと気にしないもんね」

未來はぼやくと、傍《かたわ》らに寝そべった栗色《くりいろ》の背中をこれみよがしに撫《な》でた。ピンと立った三角形の耳が印象的な雑種犬だ。生体スタックの刺さった首元が不自然に膨らみ、巨大なダニに血を吸われているみたいに見える。

「それより、聞こえたでしょ。特区の方から。遠吠《とおぼ》えみたいな鳴き声」

「山の方から？　こんなに離れてるのに」

わたしたちがいるのは、特区との境界から南に五キロほど下った場所にある、使われていない古いサイロの中だった。雨漏りがひどく、夏は羽虫にも悩まされる。それでも、家から自転車で来られる距離だったし、何より誰も近寄らない場所なのが良かった。

「野良犬じゃない？　隣町の保健所とか」

「凪《カーム・ウルフ》狼じゃないか？」

馬鹿にしたような声で、岩野潤也《じゅんや》が梯子《はしご》の上から口を挟んだ。斜めに伸びた梯子の先には、中二階のようになった高床が造り付けられている。彼はそこから顔を突き出して、わたしたちをにやにやと見下ろしていた。

「やめてよ」わたしはぴしゃりと言った。「それに、凪狼は鳴きません」

「さすがは狼博士」

「ジュン、いい加減にして」

うんざりした声で未來が答える。わたしは腕を組み、頭上の男をにらみつけた。嫌なやつ。ちょっとばかり先輩だというだけで、わたしたちを揶揄《からか》う権利を得たつもりでいるのだ。未來の前で凪狼の話がタブーだってことくらい、わかっているくせに。

凪狼は天浪山に古くから伝わる伝説だ。真っ白な体毛に、二メートルを超える巨体、両目は彗《すい》星《せい》のように青く、夜闇のなかで爛々《らんらん》と輝くという。山を統《す》べる神の化身とも言われ、つまりは御《お》伽噺《とぎばなし》のひとつなのだが、今でもその存在を信じて疑《うたが》わない人間はいる。

未來の母親である美菜さんも、その一人だった。

「ひょっとして、罷じゃないかな」

気まずい沈黙を追い払うために、そう口にする。未來はうつむいたまま、雑種犬の前肢に革の装具をつけているところだった。毛足が短いせいで、くくりつけた装具がかなり目立つ。生体スタックやごちゃごちゃしたコード類を隠すためにも、動物乗《ズーシフト》りにはなるべく長毛の動物を使った方がいい。潤也が何度そう説明しても、彼女は聞く耳を持たなかった。

「罷かぁ。あたし、乗ってみたいんだよね。罷用のスタックって手に入らないの？」

「そりゃ無理だ。翻訳アルゴリズムがない。わかってるだろ、オルタナとは違うんだ」

「あたし、オルタナ使ったことないし」

未來はシャツについた犬の毛を取りながら、拗《す》ねたようにそう言った。もちろん、翻訳アルゴリズムの話は彼女もわかっている。動物乗りなら誰でも知ってる常識だ。動物の神経系に人間の意識を接続しても、それだけでは身体を動かせない。言うなれば、使われている内的言語が違うのだ。そのために、翻訳アルゴリズムが必要になる。

人の言葉と犬の言葉が違うように、犬の言葉と罷の言葉も違う。だから、犬用のスタックは犬にしか使えないし、アルゴリズムが確立されていない動物には乗ることができない。わたしが知る限り、人が罷に乗ったという話は聞いたことがなかった。

「そんなにオルタナを使いたきゃ、俺と代わるか？　明後日《あさって》はまた発電所の定期メンテがある。地下五〇〇〇メートルに潜れるぞ」

「遠慮しとく」

「李子《りこ》はどうだ？」

わたしは彼を無視して、手元の電気式ランタンを掲げ、目の前の動物に向き直った。つぶらな瞳をした、毛足の長いコリー。潤也が知り合いから借りてきたという犬だ。生体スタックの取り付けは終わっていたが、電源の方がまだだった。そわそわと動く犬の機嫌を懸命に取りながら、銀色のメインユニットを二本のベルトで背中に固定し、保護コードでスタックと繋《つな》ぐ。古臭いアルミの弁当箱を背負っているみたいだ。不恰好《ぶかっこう》だけど仕方がない。〈弁当箱〉の充電池なしでは、ほんの十分程度しか意識を保持しておけないからだ。

指先でスタックをいじっていると、その小ささにいつも不安になる。こんな小さな箱のなかに自分の意識がまるごと入るなんて信じられない。犬の脳みそに直接意識を転送するって言われた方がまだ納得できるくらいだ。そんなことが不可能だっていうのは、もちろんわかっているけれど。

万が一の事態に備えて、ベルトの隙間にトルクスドライバーを差し込んでおく。犬の身体のまま、メインユニットをいじる場合に必要なのだ。仕上げに人工毛皮《フェイクファー》でカムフラージュを施《ほどこ》すと、それなりに自然な見た目になった。ちょっと太って見えるが、遠目にはわからないだろう。

「終わった？」

未來がわたしの手元を覗《のぞ》き込みながら言った。

「ペロの方は準備万端」

「良かった」

わたしは不機嫌な顔を見せないようにしながら、軽く肩をすくめてみせた。「ペロ」というその呼び名が、わたしはあまり好きじゃない。何年も前に死んでしまった、彼女の愛犬と同じだから。そりゃ、どんな名前をつけようが勝手だけれど、先代の悲惨な死に方を考えるとあまり良い気持ちはしなかった。

ぐらついた梯子を未來が上る。潤也が寄ってきて、彼女の肩に腕を回した。彼女は一瞬身体を硬くしたあとで、身を寄せる。わたしは二人から目を逸《そ》らした。

彼のことは好きじゃない。きっと、未來だって同じ気持ちのはずだ。でも、生体スタックを手に入れられる人間は限られているし、今のわたしたちは、彼を頼る他に手段がなかった。

「そろそろ時間だよ。行こう」

彼の気を逸らしたくて、ぶっきらぼうに告げる。梯子の下に転がった業務用バッテリーを抱えて上まで運び、三人分の頭蓋囲《トランサー》いをそこに繋いだ。

「寝袋はどうする?」

「使った方がいいでしょ、一応」

わたしはボロのタオルケットを板張りの床に敷きながら言った。七月とはいえ、夜の寒さは馬鹿にならない。いそいそと、並べた寝袋のなかに潜り込む。

頭蓋囲《トランサー》いをすっぽりとかぶり、内側の闇をじっと見つめる。頭が重い。転送装置は知らない男の匂いがした。

「スタックの充電は?」

「満タン。遭難しても五日は持つ」

「やめてよ。縁起でもない」

手探りで電源を入れる。ブーンという鈍い音が耳を満たした。動物乗り《ズーシフト》を始めて二年近く経《た》つけど、この瞬間はいつも緊張する。もしも失敗したら? 事故が起きて、二度と戻れなくなったら?

ふいに、細い指がそっとわたしの手首をつかんだ。未來だ。わたしは震えるその手を握り返した。子供の頃は、こうして二人で眠ったっけ。

目をつむって、三つ数える。

人間の身体で最後に感じたのは、犬たちの静かな息遣いと、湿った石壁の匂いだった。


犬の世界には、現在と過去が同居している。

コリーの神経組織に接続されて最初に感じたのは、豊潤な匂いの世界だった。人間の鼻とは比べ物にならない嗅覚がわたしを圧倒する。ピリついた夜気や、アスファルトに残ったゴムの匂い、幾重にもブレンドされた草たちの香り。

匂いは軌跡を生む。路地を駆け抜けたネズミの匂いが痕跡を残し、飛び立った鳥たちの匂いは天空に弧を描く。匂いとはすなわち、世界の残像そのものなのだ。

ぼやけた視界のなかを泳ぐように走る。犬の視界は人間のそれよりもずっと広いパノラマだ。慣れないうちは酔いそうになる。ピントを合わせるのは苦手で、見通せるのはせいぜい数メートル先まで。色彩に乏しい緑がかった世界だが、夜道を走る分には何の問題もない。数多《あまた》の匂いに満ちたその世界はむしろ、人間の身体にいたときよりもずっと、生き生きと輝いて見えた。

前を走る未來の匂いを追って、サイロから延びた道を駆けていく。背中がしなり、前肢の筋肉が緊張する。側道の草むらからバッタが飛び出し、反射的に動いた前肢を慌てて抑えた。

落ち着け、と自分に言い聞かせ、未來の匂いに集中した。動物乗り《ズーシフト》はある種の綱引きに似ている。本能と理性のシーソーゲーム。慣れないうちは、これが結構難しい。実際に乗ればわかるけど、人間とは知覚の強度が違うのだ。動物たちは自我というクッションがない分、直《じか》に世界を知覚する。代償として、そこから距離を保《たも》てない。

たとえば、匂いに対する反応は、多くの場合、動物たちのなかに本能レベルで組み込まれている。異性の放つ生殖フェロモンに惹《ひ》かれたり、あるいは天敵の排泄物《はいせつぶつ》に拒絶反応を示したり。それは個体の経験とは関係のない、遺伝子に刻まれた進化の産物だ。逆らうのは難しい。

ふいに別の匂いが後ろから迫ってきて、わたしはわずかにコースを変更した。この匂いは潤也だ。金毛のレトリバーが背後からさっと抜き去り、得意げに尻尾を揺らす。わたしは彼に負けじとスピードを上げ、夜の中を駆け抜けた。

最高の気分だ。

坂を上り、特区との境界線に近づいたところで、ようやく未來に追いついた。黒い鼻を風上に向け、風の匂いを嗅《か》いでいる。栗色の尻尾がリズミカルに揺れていた。

わたしは彼女の口元に鼻を近づけ、そこからこぼれる匂いを嗅いだ。動物乗り《ズーシフト》をして初めて知ったことだけど、犬という生き物は鳴き声よりもむしろ、匂いを通じてコミュニケーションをとる。体臭を通じて個体を識別し、相手の感情を知るのだ。

今、彼女の身体からこぼれているのは、惜別と郷愁の匂いだった。

高台に張り巡らされたフェンス越しに、半導体工場の明かりがぼんやりと見える。その向こうに、天浪山の雄大な影がにじんだ墨絵のようにそびえていた。神の住む場所と言い伝えられてきたその山は、今では電力会社の巨大な実験場と化している。その山の麓こそが、わたしたちの故郷だった。

特区に奪われ、わずかな補償金とともに追い出された、あの日までは。

——行こう。

三メートルのフェンスをよじ登るのは、大して難しい仕事じゃなかった。一度、監視ドローンの羽音が聞こえて肝を冷やしたけど、何の反応も見せずにあっさりと飛び去ってくれた。四足歩行の動物たちは、認識プログラムの対象外なのだろう。

フェンスの向こう側は、懐かしい匂いで満ちていた。エゾマツの優しい香り、泥火山帯《ボッケ》のツンとくる硫黄臭《いおうしゅう》と、カルデラ湖に繁殖した藻の匂い。どれも懐かしい、今では手の届かない思い出たち。

町を追い出されたのは五年前のことだった。中学三年生の冬。美菜さんの落胆ぶりは見ていられないものがあったけど、わたし自身は少しだけほっとしたことを覚えている。ようやく終わる、という気持ちだった。高校の合格通知を握りしめながら、これで何かが変わるかもしれないと、淡い期待を抱いたりもしたものだ。

潤也が先導するように吠え、荒れた山肌を駆け下りた。広めの国道まで下りたところで、ツートンカラーの路面電車《トラム》と鉢合わせする。わたしは思わず地面に身を伏せたけれど、未來たちは気にしていないようだった。それもそうだ。たかだか三匹の野良犬に目を留《と》める乗客なんていないに決まっている。

集会は、東の川のほとりで開かれる予定だった。特区のなかでは数少ない、手つかずの自然が残っている地域だ。わたしたちは短く吠《ほ》えると、暗がりに向かって延びた道を競うように駆け出した。耳元で風が鳴く。硬いアスファルトを走ってきたせいで、足の裏が痛かった。川の匂いが濃くなり、橋が見えてきたところで脇道に入る。

肉の焼ける匂いがした。かなり上質なやつだ。わたしたちは速度を緩め、互いに顔を見合わせた。どうやら、三人とも考えることは同じらしい。踵《きびす》を返し、道を外れて炭火と肉の匂いを追いかける。程なくして、木々の隙間からぼんやりとした灯《あか》りが見えた。犬の目は光にとても敏感で、夜であっても遠くに点《とも》った蠟燭《ろうそく》の炎をはっきり見分けることができる。キャンパーたちのランタンを見つけるくらいは朝飯前だ。

焼き上がる肉の香りが、コリーの鼻腔をつつき、その刺激が二種類の反応を引き起こす。本能判断が「食え」と命じる一方で、経験に基づく学習判断は「食うな」と命じている。それなりにきちんと躾《しつ》けられた個体らしい。わたしは葛藤を続ける身体に向かって大声で命じた。

――食らいつけ！

火の粉が舞い、影が踊る。悲鳴と怒声、金属が空を切る鋭い音。わたしは投げつけられた火ばさみをすんでのところで躱《かわ》し、ひっくり返った鉄板から肉の切れ端をかすめ取った。男の一人が怒り狂った声をあげ、足元の空き瓶を拾って振り下ろす。瓶は粉々に砕け散り、ガラスの破片が殺気とともに耳をかすめた。

「くそったれ！」

男の一人が吠え、ランタンを引っつかんで未來を狙った。その顔めがけて潤也が飛び掛かり、キツい一撃を食らわせる。キャンプ地はひどい有様だった。焚火《たきび》が崩《くず》れて燃え盛る薪《まき》が散らばり、男たちの晩餐《ばんさん》が地面にぶちまけられている。

撤収！　と未來が吠えた。男の太った腕をかいくぐって肉を拾い、足の隙間をすり抜ける。わたしは彼女のあとを追い、森の奥へと駆け出した。

男たちの叫び声が瞬《またた》く間に遠ざかり、思わず笑いがこぼれてくる。

今の見た？

わたしは未來に向かって尻尾を振った。

あいつの、あの顔！

彼女は口の端を持ち上げて笑い、わたしたちは連れ立って駆けた。後ろから、潤也の足音が続く。森の影が途切れ、頭上が開けて月に照らされた夜空が見えた。川に出たのだ。流れの様子は見えなかったけれど、ぞっとするほど濃い水の匂いがした。

川沿いをしばらく進むと、遠くにかがり火が見えた。灰色がかった炎を囲むようにして、動物たちの影が切り絵細工のように浮かび上がっている。やはり、イヌ科の動物が多い。アカギツネやニホンタヌキ、名前のわからない雑種犬。どこで手に入れたのか、巨大な牡鹿《おじか》の姿も見えた。炎を恐れないこれらの動物たちはみな、わたしや未來と同じ動物乗りだ。

わたしたちは彼らの輪に加わると腰を下ろし、くわえていた戦利品を心ゆくまで味わった。肉汁が唾液と混じり合って滴《したた》り、口のなかで脂身がとろける。絶品だ。犬の身体で味わう食事は、人間の頃の何倍も美味《おい》しい。わたしは傍らに寝そべった未來に身体を寄せ、彼女の汗の匂いを嗅いだ。痺《しび》れるような興奮と、解放感に満ちた喜び。彼女の気持ちのすべてが、余すところなく伝わってくる。

最高の夜だった。

狼たちが、川の向こうから現れるまでは。

3

月の光が、凪《な》いだ湖を照らしていた。

紙の味がするフライドチキンを頬張《ほおば》りながら、紗月は湖畔の繁華街をゆっくりと歩いた。油の滲んだ新聞紙を剝《む》いて、道端《みちばた》の屑籠《くずかご》に投げ捨てる。狙いが外れ、山から吹き下ろす風が千切れた英字の列をさらっていく。

等間隔に並んだ街灯の光が重なり合い、いくつもの影を生む。通りをすれ違う人種は多様で、時折スレンダーな見た目のオルタナがそこに交じった。遠い異国に来たようだと、ここを歩くたびに紗月は思う。あるいは北の出島《でじま》と言ったところか。

超臨界地熱発電によるグリーン電力の供給と、豊富な水資源を売りにした新天浪の特区構想は、大手半導体企業の誘致に成功したことで軌道に乗った。税制優遇と知財保護制度の手厚さもあり、今では目論見《もくろみ》通りの多国籍テクノロジーパークとして、存在感を発揮しつつある。彼女が生まれ育った懐かしい町並みは、今ではもうどこにもない。

紗月がこの町の出身であることを知る人間は多くない。特区警察の中でも、ほんの二、三人が知っているだけだ。隠しているわけではなかったが、進んで口にしたい話題でもなかった。どのみち、一度は町を捨てた身なのだ。今さらこの地を故郷と呼ぶのは、彼女には何となく憚《はばか》られた。

大通りに出て、ツートンカラーの路面電車《トラム》に乗り込む。特区の外へ繋がる唯一の路線だ。レトロなデザインのシートに腰を下ろしたところで、着信があった。

「勤務時間外なんだけど」

「あなたが調べろって言ったんでしょう」

電話の向こうで若い男が不機嫌に言った。犬伏雄二《いぬぶせゆうじ》。身体を盗まれた五人について、周辺調査を任せていた後輩だ。紗月よりもひと回り以上年下だが、なかなか遠慮のない物言いをする。

「五人中四人については、まあ、何事もなしです。ただ、あなたが気にしてた最後の一人は、ちょっと怪しいですね」

「岩野のこと?」

「ええ。特区での生活はそれなりに長いですが、勤務態度は中の下。結構やんちゃな十代を過ごしていたようですね」

「密輸業者との繋がりは?」

「噂程度には。証拠はありませんが。もっとも、彼が生体スタックを捌《さば》いていたとしても驚きませんね。未認可治療とか、動物乗りとか、買い手に苦労はしないでしょうし」

紗月は顔を上げ、遠ざかっていく繁華街の明かりを窓越しに見つめた。

「彼自身はどうなの？」

「動物乗りかってことですか？　どうかな。ただ、彼は左足が少し悪いそうです。二年前の局地型地震が原因みたいですね。動物に乗りたいって気持ちは強いかも」

紗月は小さく唸ると、シートに深く身を沈めた。特区東域を震源とする震度五クラスの地震があったのは二年前。彼女がこちらに配属される前の話だったが、ちょうど特区の経済が軌道に乗り始めていた時期だったこともあって、かなり話題になったことを覚えている。幸い、特区内での被害は軽微だったが、大雨のあとで地盤が緩んでいたせいで、周辺の集落では土砂崩れの被害が相次いだ。地熱発電と地震の関係を疑う声もあったものの、本当のところはわからないまま、結局うやむやになっていた。

左足の障がいが二年前の地震によるものだとすれば、彼が発電所に対して恨みを抱いている可能性はある。探っておく価値はありそうだった。

「ありがと」紗月は後輩に言った。「悪いけどもう少し調べてほしい。買い手の情報を知りたいの。生体スタックのね」

「いいですけど、先輩は何をするんですか」

「人に会う約束があってね」

「お友達ですか」

「どうかな」

呟《つぶや》いて、通話を切る。トラムはちょうど特区の外に出たところだった。街灯の数がぐっと減り、窓の外が暗くなる。鏡となったガラスが、くたびれた女の顔を映し出した。目元の皺《しわ》や、星座のように散らばった染みの数々までがくっきりと見える。年を取った、と紗月は思った。

終点のアナウンスが四か国語で車内に響く。トラムを降りると、無機質な町の明かりが目に入った。碁盤の目状に整備された通りに、硬質なシルエットの集合住宅が並んでいる。アカシア地区。発電所と同時期に建設されたニュータウンで、特区で働く人間の多くはここに住んでいる。

いつもなら、このまま自分のアパートに向かうところだったが、今日は違った。町の明かりに背を向け、東に延びた国道を旧市街に向けて歩く。ここに越してきて以来、ずっと避け続けていた道だった。その先に、かつての友人が暮らしていると知っていたからだ。

岸本美菜に会うのは、実に二十二年ぶりだった。あまりにも長い時間だ。もう二度と会うことはないと思っていた。少なくとも、相手はそう望んでいるだろうと。

それでも、二十二年ぶりの電話に、美菜は出た。余所余所《よそよそ》しさこそあったものの、淡々と紗月の言葉を聞き、相槌《あいづち》を打ち、会えないかという彼女の問いにイエスと答えた。特区で働いていると告げた時も、特に驚いた様子はなく、「そう」と一言口にしただけだった。すでにどこかで知っていたのか、単に何の関心もなかっただけなのか。判断するのは難しかった。

約束の場所までは、まだ数キロの距離があった。道は暗く、見通しはほとんどゼロに近い。わずかな月明かりだけが頼りだった。

子供の頃は夜道を歩くのが怖かった、と紗月は思い出す。秋を過ぎると、学校から帰る頃にはあたりがもう真っ暗で、ひどく怯《おび》えていたものだ。

怖がりだった彼女の支えになってくれたのが、美菜だった。内気で臆病な紗月と違って、彼女は明るく、お喋《しゃべ》りで、何より怖いもの知らずだった。大人たちは頑固で聞き分けのない子供として煙たがっていたけれど、紗月には彼女のそんなところも強さのように感じられて、親友として誇らしかった。

「だいたいさ、夜の何がそんなに怖いわけ？」

いつかの夕暮れ、学校からの帰り道で、美菜はそんな風に紗月に訊いた。

「暗いもん。何も見えないし」

「見えないだけじゃん」

美菜はあっさりと言って、ひしゃげた空き缶をこーんと蹴った。

「音は聞こえるし、匂いも嗅げるでしょ。別に、世界がなくなったわけじゃない。怖いことなんて何もないよ」

なるほど、と紗月はいたく感心し、それ以来、暗闇のなかを歩くときは、いつも匂いを気にするようになった。夕闇に混じった雨の匂い、土と草の香り、あるいは隣を歩く親友の酸《す》っぱい汗の匂い……。そうして、匂いに意識を集中していると、不思議と暗闇の怖さが和《やわ》らぐ気がして、肩の強張りがほぐれるのだった。

二人が一番好きだったのは、甘い夏の香りだった。南東の空から射手座が顔を出す季節になると、学校の周りに爽やかな匂いが漂って、二人の鼻をくすぐった。時には何時間もお喋りをしながら、香ばしい夜気のなかで、星を眺めていたものだ。射手座の匂い、と彼女は呼んでいたけれど、それが学校に植えられたラベンダーの香りだと知ったのは、卒業してからのことだった。

両足に鈍い疲れを覚えた頃、ようやく公営住宅の明かりが近づき、古びた鉄道駅のシルエットが見えてきた。五年前に天浪町を追い出されて以来、美菜が住んでいるという町だ。

もっとも、町と呼べるかどうかは怪しい。ひどくさびれた場所だった。すでに廃線となった駅前のヤード跡には、ひび割れたプランターが並び、横たわった植物の骸《むくろ》をさらしている。レールは撤去されていたが、構内には往時の面影《おもかげ》を宿した客車が一両、展示されていた。もともとは保存協会の有志が管理していたものらしいが、今では碌《ろく》な手入れもされず、ただ腐食の進むままに放置されている。

窓の向こうで灯りが揺れていた。車両のドアは開いており、中からうっすらと人の気配がする。紗月は口元を手で覆いながら、埃《ほこり》っぽい車内に足を踏み入れた。

古びた客車が音を立てて傾《かし》ぐ。紗月にはそれが、時の軋《きし》む音に聞こえた。煮詰めた煙草のような空気の匂いを嗅ぎながら、息を吸う。

「久しぶり、美菜」

ボックス席の奥、立ち上がった人影に向かって声をかける。美菜は手に持った電気式ランタンを高く掲げたが、距離を詰めようとはしなかった。

「何の用」

冷たい声だった。その視線が、紗月の顔を見定めるように横切る。萎えそうになる気持ちを奮い立たせ、紗月は一歩前に出た。

「友達を訪ねるのに理由が必要？」

「それが二十年ぶりの場合はね」

「二十二年よ、正確には」

乳白《にゅうはく》色の光に照らされた相手の顔に目をやって、紗月は答えた。高校を卒業して以来の再会だ。長い時を経た友人の姿は、紗月の記憶にあるものとは随分異なっていた。小柄な背丈は相変わらずだが、昔よりもずっと骨ばって痩《や》せている。顔の右側には大きな傷跡があり、それが紗月をぎくりとさせた。

「この傷が気になる？」

挑発するように美菜が言った。

「少しだけ」

「二年前の地震で土砂崩れに巻き込まれてね。おかげさまで、命だけは助かったけど」

「そう。知らなかった」

紗月は平静を装いながら答えたが、内心はさほど穏やかでなかった。自分の知らない場所で、知らないうちに友人が死んでいたかもしれないという事実は、少なからず彼女を動揺させた。

「わたしも知らなかったな。あなたが戻ってきていたことなんて」

「ごめんなさい。もっと早くに連絡しようとは思ったんだけど。ただ、こっちも色々あって――」

紗月は言い淀《よど》み、言葉を切った。何を言えばいいのか、わからなかった。

二十二年前、親友を裏切って町を出たのは自分の方だ。それでも、特区へ配属が決まった当初は、もしかしたらという期待があった。少しのきっかけさえあれば、もう一度やり直すことができるかもしれない、と。

だが、この地において岸本美菜はもっとも歓迎されざる話題の一つだった。特区の建設計画が持ち上がったとき、真っ向からそれに反対した人間が彼女だったからだ。居もしない狼たちの保護を訴える彼女の存在は、同じ反対派の人々からも疎まれていたらしい。特区の経済が軌道に乗った今でもなお、彼女の名前は歴史に残る厄介者として広く知られていた。

悪意ある噂の中から、役に立つ真実を選《よ》り分けるのは難しかった。紗月は辛抱強く聞き込みを続け、美菜に関する情報を丹念に拾い集めた。住んでいる場所、連絡先、家族構成と経済状況。娘が二人いるという話と、一人だけだという話があった。どうやら二人のうち一人は義理の娘らしい。いずれにせよ、親友が母になった姿を、紗月は上手《うま》く想像できなかった。

かつての親友について調べるほど、紗月の足は重くなった。彼女の家を訪ねることも、連絡を取ることもしなかった。心の内で言い訳を重ね、来るはずもないきっかけを待ち続けた。けれど今、そのきっかけは、ついに彼女の手の中にあった。

「狼を見た」

紗月がそう言うと、美菜はすっと目を細めた。

「ただの狼じゃない。白い狼。子供の頃、あなたが見たのと同じ」

「――凪 狼《カーム・ウルフ》」

美菜はため息を吐き、腕を組んだまま黴臭いシートに腰を下ろした。埃が舞い上がり、布の破《やぶ》れ目から蜘蛛《くも》が這《は》い出す。

「あなたの話を聞きたい。狼について、随分調べていたでしょう」

「そうね。そして、誰も信じなかった」

違う、とは言えなかった。

「五分だけよ。昔のよしみ」

美菜は芝居がかった仕草で腕時計を外し、肘掛けの上に置いた。ポップな色使いのバンドが目を引く、子供っぽいデザインだった。

「前にも言ったかな。狼の伝承自体はこのあたりに古くから伝わるものだけど、凪狼《カーム・ウルフ》って名前が使われるようになったのは、比較的最近のことなの。遡《さかのぼ》ってもせいぜい百五十年くらい」

紗月は頷《うなず》いた。子供の頃、美菜自身から何度も聞かされた話だ。

凪狼の伝説には二つのルーツがあると言われている。一つは、天浪山にまつわる古い伝承。もう一つは、イギリスの自然学者が明治時代に残した記録だ。

伝承の方は、天浪山に棲《す》む〈神の獣〉について語ったものだと言われている。言われている、というのはこの伝承が元々はどのようなものであったのか、その正確な形がすでに失われてしまっているからで、今日《こんにち》知ることができるのは、おそらく幾分かの脚色が施された近代以降のものに過ぎない。ともあれ、それによればその獣は冬の月と見紛《みまが》うほど白い体毛を持ち、およそ全ての生き物たちと直接語らうことができるという。どんな生き物であれ――森の木々や鳥たち、鹿や羆、小さな虫の一匹まで――必ず魂を持っており、神の獣は言葉を話す代わりに彼らの魂に直接語り掛けるのだ。鹿害に木々が苦しめば、鹿たちを誘って別の場所に移動させ、あるいは鮭《さけ》が川を遡る季節になると、その到来を羆や狐たちに伝える。そうして山の調和と秩序を保つのが、彼らの役目なのだった。

唯一の例外が人間で、神の獣たちでさえ我々の魂には触れられない。だからこそ、人間は森を追い出され、山の麓で暮らすようになったのだ――と伝承は結ばれる。

一方、今から百五十年ほど前には、イギリスの自然学者が天浪山の麓で見つけた奇妙な狼の群れについて記録を残している。曰《いわ》く、彼らは普通の狼と異なり、遠吠えをすることも、鳴き声を上げることもない。一切の音声コミュニケーションを取らない沈黙の獣である、と。そうして、彼はその奇妙な狼を凪　狼《カーム・ウルフ》と名付け、この地に古くから伝わる〈神の獣〉の正体であると結論づけた。彼によれば、魂で語り合う神の獣という伝承は、この狼たちの吠えないという奇妙な特徴から生まれたものなのだ。吠えることも鳴くこともないのに、何故《なぜ》かコミュニケーションが成立し、高い社会性を維持できている。その様子から、人間には聞くことのできない魂の声で通じ合っているという伝説が生まれたのだろうと彼は推測した。

「もちろん、他の学者たちは誰一人、彼の報告をまともに取り合わなかった。自然学者といっても、アマチュアに毛が生えた程度だったしね。目撃証言はほとんどなかったし、あったとしても信憑性《しんぴょうせい》に欠けると判断された」

「そうでしょうね」

事実、狼を見たという美菜の話をまともに取り合った人間は——紗月を含めて——当時も誰一人いなかった。

「でも、私が間違ってた。信じる。この目で見たもの」

「そう」

「信じてくれないの？」紗月は眉を上げた。「あなたは他の誰よりも、狼の存在を信じてたはずでしょ」

「あなたに何がわかるの？」美菜の声は冷たかった。「わたしの——わたしたちの何がわかるの？」

「それは——」

紗月は躊躇いながら、半透明のケースをジャケットのポケットから取り出した。蓋をあけ、ランタンの光にかざす。雪のように白い毛がひと房、丸まって中に入っていた。

「これが証拠よ。本物だって、あなたなら見ればわかるでしょう?」

「わかってないのね」

美菜は淡々と言った。

「わたしが信じてないのは、狼じゃない。あなたよ」

黒光りする甲虫《こうちゅう》の影が、二人の間を横切った。痩せこけた美菜の手が、肘掛けの腕時計を回収する。

美菜は戸袋に手をかけて客車を下りると、振り返ることなく夜闇の奥に消えていった。

4

かがり火は夜遅くまで燃え続けた。

煙の向こうで、二匹の動物が取っ組み合う様をぼんやりと見つめる。巨大な影絵芝居のように、黒々とした輪郭がもつれ、絡み合う。レトリバーの前肢がアカギツネの身体を押さえ込むと、かがり火を囲んだ動物たちがわっと叫んだ。のどを鳴らし、一斉に足踏みをして地面を揺らす。薪の山が崩れ、弾《はじ》けた火の粉が星屑のように尾を引いて夜闇に消える。

得意げな表情を浮かべたレトリバーが尻尾をぴんと立てながら戻ってきて、わたしと未來の間に腰を下ろした。むっとする汗のにおい。わたしは彼から目を逸らすと、長く伸びる煙の軌跡をじっと見つめた。

煙の匂いを嗅ぐたび、父の葬式を思い出す。

棺《ひつぎ》に納められた父に別れを告げたとき、わたしはまだ八歳で、隣には同い年の未來がいた。後ろに立った美菜さんが、わたしの両肩にそっと手を置いていたことを覚えている。美菜さんは父の妹でつまり叔母、未來はわたしの従妹《いとこ》にあたる。もっとも、それまで血の繋がりを意識したことはあまりなかった。年に数回会う、仲のいい友達みたいなものだったのだ。

実際、わたしと未來はすごく気が合って、だからかもしれない、これから同じ屋根の下で暮らすと知らされたとき、心のどこかで寂しいと思った。一番の友達を、なくしてしまったような気持ちがして。

その日は雨が降っていた。葬儀場の待合室で顔も知らない大人たちに頭を下げている間ずっと、黒い服を着た中年女たちがお喋りをしていた。誰某《だれそれ》が癌《がん》になったとか、何々さんの子供が駆け落ちをしたらしいとか、そんな話だ。やがて話の中身は移り変わり、わたしと美菜さんの話題になった。

——旦那さんとも別れたばかりなのにねえ。姪《めい》の面倒まで押しつけられるなんて、同情しちゃう。

「……あたし、四十になったら自殺する」

わたしの気持ちが伝わったのかもしれない。未來は唇を噛《か》み、女たちを横目に見ながら吐き捨てるようにそう言った。

「なら、わたしは三十」

「ずるい」

「そっちこそ」わたしはにやっとした。「約束ね。もしも、お互いがあんな風になっちゃったら――」

　わたしたちは指を曲げてピストルを作ると、互いのこめかみに押し当てた。

　パン。

　わたしは撃った。でも、未來は撃たなかった。

　やっぱり無理、と彼女は言った。撃てないや。

「家族だもん」

　ふいに未來が前肢の後ろを鼻先でつつき、わたしは現実に引き戻された。ねえ、と彼女は唸った。変な匂いがしない？　と言いたげに、黒い鼻をひくつかせる。

　慌てて頭を上げ、鼻孔を震わせる。いつの間にか、かがり火はだいぶ小さくなっていた。その煙に混じって、たしかに不思議な匂いがする。砂糖漬けにしたラベンダーのような――甘い、けれどつんとした刺激を含む香りだった。

　他の動物乗りたちも、異変に気づいたようだった。疑心と警戒の声が、かがり火の周りから次々と上がる。

　ばしゃり、という音がした。何かが川の流れを横切りながら、悠々とこちらに向かってくる。動物のようだ。

傍らで、未來が警戒に身を強張らせるのがわかった。野生の動物は普通、動物乗りには警戒して近づかない。見てくれが同じでも、身体の動きにどうしたってぎこちなさが出るのだ。人間相手なら誤魔化《ごまか》せるが、本物の動物が相手だとそうもいかない。ましてや、今はかがり火を焚《た》いている最中だ。普通なら、川を渡ってくることさえしないはず。

奇妙な香りが強くなる。姿を現したのは、巨大な白い狼だった。

わたしの隣で、未來が息をのむ。

凪狼《カーム・ウルフ》。

間違いない。二メートル近い巨軀《きょく》。ピンと立った三角形の耳と、ゆるやかにカーブしながら膨らんだ純白の体毛。そのすべてが、美菜さんに聞かされた話そのものだ。

狼は川を渡り、わたしたちの真ん中を横切ると、火を恐れる様子もなく焚火のそばに座り込んだ。灰が舞い、なびいた煙が甘い香りとともに鼻をくすぐる。

その瞬間、わたしのなかで火花が散った。抗《あらが》いがたい衝動が湧き起こり、止められない。犬の身体がふらふらと、わたしの意志とは無関係に動き始める。

わたしは身体のコントロールを取り戻そうと必死になりながら、未來のわき腹に鼻先をこすりつけた。

もう戻ろう！

返事はなく、ただ興奮した息遣いだけが聞こえてきた。未來は尻尾を振りながら、狼を食い入るように見つめていた。

乗り継ぎをする気だ。

わたしは警告するように小さく吠えた。乗り継ぎっていうのは、動物乗《ズーシフト》りをした状態から、さらに別の個体にスタックごと意識を移し変えることを言う。理論上は可能だけど、実際にやったという話は聞いたことがない。リスクが大きすぎるからだ。そもそも、わたしたちが使っているスタックは、あくまで犬用に調整されたもの。乗り継ぎを試みたところで、上手くいく保証はどこにもない。

けれど、未來はわたしの考えを読んだように、歯をむき出して笑った。同じイヌ科なんだし平気でしょ、と。

危険すぎる、とわたしは思った。そもそものリスクが大きいし、相手は正体不明の狼だ。何より、ここはサイロから離れすぎている。頭蓋囲い《トランサー》の通信圏外だ。何かあっても戻れない。

説き伏せるように何度も吠えたけど、彼女は耳を傾けず、潤也に向かってくいと首を振って目配せをした。レトリバーが任せろとばかりに頷く。

思わず歯嚙《はが》みする。未來の気持ちだって、もちろんわかる。凪狼はわたしたちの人生を狂わせてきた。それに決着をつけたいのは、わたしも同じだ。目の前にいるこの狼を生け捕りにするには、乗り継ぎをやるしかない。でも、あまりにも危険だ。命を懸《か》けてまでやることだとは思えなかった。

レトリバーが飛び出すのと同時にかがり火が揺れる。狼はすばやく跳ね起きると火の粉を散らし、飛びすさって彼を躱した。空振りになったレトリバーの身体がつんのめり、前肢が地面をえぐる。

未來は狼の動きを読んでいた。ぱっと飛び出した栗色の長身が、白い毛で覆われたわき腹にぶつかる。狼は怒りに満ちた瞳で彼女をにらむと、鋭い牙をむき出しにして彼女の喉笛を狙ったが、再び飛び掛かったレトリバーがその身体を地面に押さえつけた。

李子！

未來がわたしに向かって鋭く吠えた。

わたしは動けなかった。身体中《からだじゅう》の筋肉が強張り、自分の意識が犬の感覚ともつれて団子になる。のどがからからに渇いていた。

再び未來が吠える。声に焦りが滲んでいた。

やるしかない。わたしはコリーの四肢を半ば無理やり動かすと、もつれ合う三頭に向かって突進した。栗色の犬が安堵《あんど》したような表情を浮かべ、無防備な首筋をわたしに差し出す。

難しいのはここからだ。わたしは首を曲げ、自分のベルトからトルクスドライバーを引き抜くと、未來の背中を覆う人工毛皮《フェイクファー》をめくった。メインユニットの外装がかがり火の炎を受けて光る。くわえたドライバーの先で側面を探ると、小さな穴が見つかった。ここだ。

ドライバーの先端をぐっと押し込み、右に六〇度だけ回す。次の瞬間、ペロの身体が気を失ったように倒れ込んだ。未來との接続が切れたのだ。十分もすれば元の犬として目を覚ますはず。

ドライバーを捨てるのと同時に、レトリバーが苦しそうな声を上げた。時間がない。わたしはペロの首筋をまさぐり、そこに刺さった未來のスタックをくわえると、一息に引き抜いた。拍子抜けするほど軽い。おそらく、一〇〇グラムもないだろう。それが、わたしたちの魂の重さなのだ。ベルトの留め具を外し、〈弁当箱〉をペロの背中から下ろす。

急げ、とレトリバーが吠えた。わたしは横たわったペロの身体を跳び越し、保護コードで繋がったメインユニットを引きずりながら、スタックを狼の首元へ運んだ。甘い匂いが鼻先をくすぐる。

次の瞬間、闇の中から無数の影が降ってきた。梟《ふくろう》だ。嘴《くちばし》を鳴らし、ためらうことなくわたしたちに襲い掛かる。わたしは威嚇《いかく》するように口の端で唸り、生体スタックを再起動すると、狼の首筋に電極の先端を突き立てた。前肢の下で、白い巨体が大きく跳ねて痙攣《けいれん》する。わたしは急いでその場を離れ、梟の猛攻をしのぎながら乗り継ぎの様子を見守った。

永遠とも思える一瞬が過ぎた後、狼は身体を起こし、頭を上げた。首元からコードが垂れ、〈弁当箱〉を地面に引きずっている。純白の獣は、かがり火に照らされた自分の前肢をしげしげと眺めた。

〈匂いがする〉

ふいに、未來の声が聞こえた気がした。幻聴かもしれない。でも、わたしを安堵させるには十分だった。白い狼に向かって、一歩近づく。

その瞬間、狼が吼えた。白い巨体が膨らみ、遠吠えが弾ける。信じられない大声だった。わたしは反射的に地面につっぷし、耳を土に押し当てながら必死に耐えた。

未來！　のどの奥から声を絞り出し、呼びかける。

けれど、彼女には何も聞こえていないようだった。かがり火が崩れ、炎の先が闇に呑《の》まれて消える。梟たちが煙のなかを飛び交《か》い、川の方から水を切る音がした。コリーの鼻が、猛烈な勢いで近づいてくる新たな獣の匂いを拾う。羆だ。

動物乗りたちはパニックを起こし、あっという間に散り散りになった。混乱のなかで必死に身体を動かし、白い毛に覆われた狼の後肢に食らいつく。

しっかりして！

答えはなかった。鋭い痛みとともに身体が宙に浮く。あっと思ったときにはもう、倒木に全身が叩《たた》きつけられていた。激痛に目が霞《かす》む。ぼやけた視界の隅に、川の向こうに去っていく白い狼の背中が見えた。

ようやく立ち上がったとき、動物たちの姿はすでになかった。最後の薪が音を立てて崩れ、炎が灰となって消える。先ほどまでの出来事がすべて嘘だったかのように静まり返り、流れる水の音だけが響いていた。

戻らなくちゃ。

痛む身体を引きずって歩き出す。

潤也の身体が盗まれたのは、それから二日後のことだった。

5

尾《つ》けられている。

森に入ってすぐ、紗月はそのことに気が付いた。相手は単独ではなく、おそらく複数だ。だが、一つ一つの気配が小さく、はっきりとした居場所まではわからない。

気が付かないふりをして、川べりへ続く道を下る。すでに夕方が近いはずなのに、夏の日差しは弱まる気配を見せなかった。気温も二〇度以上あるだろう。汗ばんだ手のひらを、シャツの裾《すそ》で拭う。水の音が聞こえて、数時間前に話した男の言葉がよみがえった。

「川の近くだよ。流れが大きく曲がって、ゆるくなってるところ」

男は特区内のフードテックベンチャーで働く若い技術者だった。無土壌栽培野菜の品種開発に携わっているらしいが、その詳細については紗月の知るところではない。彼女にとって重要なのは、男が岩野の顧客の一人だということだった。

もっとも、相手の方も最初からそれを認めたわけではない。話を引き出せたのは、徹夜で下調べを済ませた犬伏のおかげだった。

「最後に彼と会ったのはいつ?」

男は答えを渋ったが、隠しても得にならないと判断したのだろう。先週の日曜だと、紗月に答えた。動物乗りの集まりがあったらしい。

「岩野自身も動物乗りを?」

「ああ。大きな犬でね。いつもの女たちも一緒だった」

「女?」

男は少しだけ愉快そうに、岩野の女性関係について話してくれた。あいつ、あの岸本の娘と付き合ってるのさ。

「集まりで、何か変わったことは?」

紗月は努めて表情を変えないようにして訊ね、それとなく話題を変えた。

「ひどい夜だった」男は顔をしかめた。「熊が出てさ。死ぬかと思ったよ」

彼女が咎《とが》める気配を見せずにいると、男は少しだけ協力的になり、日曜の出来事を話してくれた。白い狼が羆とともに現れ、川を渡ってこちらに来たこと。あっという間にパニックが起き、彼自身もすぐに逃げ出したこと。その後のことは知らないらしいが、事件のあった場所を聞き出せただけでも良しとするべきだろう。

男に教えられた道を進むと、流れのゆるやかな場所に出た。弓なりになった川の内側に、比較的開けた空間が広がっている。その中心に、大きな焚火の跡があった。炭化した薪の残骸が散らばり、灰が地面を覆っている。

「ここか」

紗月は三次元スキャナーで周囲の地面を手早く調べた。複数の足跡がすぐに見つかる。数が多すぎて役に立たないくらいだった。犬や狐、それに狸《たぬき》。ひづめの跡らしきものは、たぶん鹿か何かだろう。男の話通り、相当な数の動物乗りが集まっていたらしい。その中に、ひときわ大きな足跡があった。五本指の痕跡がくっきりと地面に刻み込まれている。たぶん、羆だ。

しかし、狼の痕跡は見当たらなかった。失望が胸をかすめたものの、あることにすぐ気が付く。巨大な羆の足跡はすべて、何か別の跡を踏み消すように刻まれていた。

深読みのしすぎかもしれない。あの狼に執着しすぎているという自覚はあった。転送室に残された白い毛が、事件とどう関わっているのかさえ定かではないのに。

その時、小枝の折れる音がして、紗月は背後を振り返った。

一瞬、狼の群れに見えた。だが、違う。犬だった。どれも大きい。どこかから逃げ出した個体が野生化したのかもしれなかった。黒い毛が盛り上がった筋肉を覆い、滑《なめ》らかな牙が歯茎ごとむき出しになっている。

彼らは吠えなかった。唸り声も、遠吠えもない。ただ、鼻の先をひくつかせ、耳をピンと立てて紗月を睨《にら》みつけていた。

「先に訊いておく」

ベルトに手を回しながら彼女は言った。

「あんたたち、動物乗り？」

答えはなかった。紗月は腰を落とし、右手を滑らせて拳銃を抜いた。だが、狙いを定めるよりも早く、二頭の黒犬が飛び掛かってきた。咄嗟《とっさ》に逆の手で薪の残骸を拾い上げ、相手の頭を殴りつける。半分以上炭化していた薪はあっという間に崩れたが、飛び散った灰が目潰《めつぶ》しになったらしい。一頭が横ざまに飛びのいた。

無防備になった黒犬のわき腹めがけて引鉄《ひきがね》を絞る。別の一頭が右腕に嚙みつき、狙いが逸れた。シャツが破れ、鋭い痛みが襲う。必死になって腕を払ったが、犬の身体は信じられないほど重かった。バランスを崩し、背中から地面に倒れ込む。がむしゃらにもう一度引鉄を引いたが、相手は難なく躱し、彼女の両肩に爪を立てると凄まじい力で押さえ込んだ。

痛みで一瞬、意識が遠のく。倒れた反動で足を上げ、飛び掛かってきた別の一頭を全力で蹴り飛ばした。だが、肩に食い込んだ一頭が離れない。彼女は呻《うめ》きながらありったけの力をこめ、獣臭い頭部を振りほどこうとした。口が開き、鋭い牙が露《あら》わになる。滴った唾液の粒が、右耳を濡らした。

次の瞬間、別の影が突如として現れ、黒犬の身体を突き飛ばした。大きくあえぎながら身体を起こす。彼女が目にしたのは、自分を庇《かば》うように二頭の黒犬を威嚇する、毛の長い別の犬の姿だった。背中が膨らみ、毛の隙間から保護コードらしきものが覗いている。

動物乗りだ。

肩の痛みに呻きながら、顔を上げる。足元の銃を拾おうと手を伸ばしたが、黒犬の様子がおかしいことに気づき、動きを止めた。揃って鼻をひくつかせ、何かの匂いを嗅いでいる。やがて、くるりと向きを変えると森の奥へ駆けていき、黒犬たちは紗月の前から姿を消した。

「ありがとう」

助けてくれた犬の背中に、礼を言う。

「あなた、動物乗りね」

犬は小さく鳴き、アーモンド色の瞳を紗月に向けてから歩き出した。ついてこい、と言っているかのように。

彼女は立ち上がり、豊かな褐色の毛が揺れる様をじっと見つめた。大きく息を吸って、後を追う。前を進む犬の動きには、動物乗り特有のぎこちなさがあった。

でも、あの犬たちは違う。動物乗りではない、本物の動きだった。ならば何故、自分を襲ったのだろう。昨日の羆にしてもそうだ。明らかに、何者かに操られたような様子だった。

心当たりがないか、目の前の動物乗りに訊ねようと足を速める。着信があったのはその時だった。

「何?」

紗月は口元に手を当てて囁いた。犬伏の声がそれに答える。

「悪い知らせです。岩野潤也が死にました」

「死んだ？　いつ？」

「半時間前。彼のオルタナが、山の麓でバラバラになっているのが見つかりました。発電所の敷地を出て、西に三キロほど進んだ地点です」

岩野が死んだ？

動揺を隠すように、口の中の唾を飲み下す。

「でも――どうしてそんなところに？　彼は発電所にいたはず」

「自分の意志で向かったのは確かです。現場から三〇〇メートルほど離れた場所に、発電所の車がありました。オルタナに対応したデカいやつです。理由は検討もつきませんね。本人に訊ねようにも、スタックはぐちゃぐちゃです。あの分だと、魂の欠片《かけら》も残っちゃいないでしょう。ひどい有様ですよ。羆の仕業って話も出てますが、しかし動物がオルタナを襲いますかね？」

「場合によるでしょうね」

少なくとも、あの羆はわたしを襲った――紗月は昨日の出来事を思い返しながら答えた。

「それと、もう一つ不可解な点が」

「何？」

「電池がないんです」犬伏は言った。「オルタナの残骸を調べてるんですが、バッテリーユニットが丸ごと見当たらないんですよ。誰かが持ち去ったとしか考えられなくて」

ふいに、ある考えが頭をよぎった。野生の羆が充電池を盗んだところで、使い道はない。しかし、それがただの羆でないなら、話は別だ。

「悪いけど頼みがある」紗月は言った。「死人が出た以上、今夜にでも山狩りが始まるはず。わたしの代わりに参加して」

「どうしてまた」彼は呻いた。「ぼくがオルタナ苦手なの、知ってるでしょう」

「別件で手が離せないの。運が良ければ、夜には合流できるかもしれない。犯人はたぶん、今も山の中にいる」

「心当たりが？」

「今から、それを確かめる。また連絡するから」

狼に気をつけて。

そう言って、紗月は電話を切った。

6

高校に入ってからしばらくして、未來は病気になった。睡眠時遊行症、つまり夢遊病だ。

夜になると二段ベッドの下から抜け出し、積み上がった段ボールの山を避けてドアを開ける。家を出て、一〇〇メートルの道のりを歩き、いつも同じ空き家の前で目を覚ます。その繰り返しだった。

そのたびにわたしは彼女の後を追いかけ、寒さに震える肩に萌黄色《もえぎ》のカーディガンをかけた。カーディガンの布地は淡いラベンダーの匂いがした。美菜さんの使う洗剤のせいだ。その頃わたしたちの着ていた服は、どれも同じ匂いがしていた。

「おはよ、未來」

「ん」

彼女は寝ぼけた様子で目を擦り、カーディガンに袖《そで》を通した。

「ほんとに何にも覚えてないの？　ドアの鍵まで開けてるじゃん。それも無意識？」

「わかんない。ただ――」

「何？」

「何かに呼ばれてた気がするの。それが何なのかは、わからないけど」

「ふうん」

わたしは空き家の前の階段に座って、やせっぽちの手足をぐいと反《そ》らせた。星空を分割するように伸びた、超高架路《ハイパーハイウェイ》の影が遠くに見える。その先に、わたしたちの町だった場所があった。

建設現場の照明だろう。天浪山の山肌はぼんやりと発光し、無数のホタルに覆われているようで。けれど、それがただのホタルだったら、わたしたちが町を追い出されることもなかったのだ。

「綺麗だよね」光る山肌を見つめながら、未來が言った。「ママは許せないって怒ってたけど」

「懲《こ》りないね、おばちゃんも」

あの人のせいで、わたしたちがどれだけ酷《ひど》い嫌がらせを受けてきたことか。なかでも最悪だったのは、ペロが殺されたときだった。未來の手を引いて森に行き、湖近くの地面を掘って彼のお墓を作ってあげたっけ。冷たくなった犬の身体を埋めているあいだずっと、未來はペロのことを想《おも》って泣きじゃくっていたけれど、わたしはどこか冷めたような気持ちで、土から出てきた大きなミミズを見つめていた。

「もしかしたら、ペロに呼ばれたのかもね、あたし」

未來は指の先を合わせ、息を吐いた。ほっそりとした指の隙間から、線香の煙のように白い吐息が立ち上る。

「ママも言ってたじゃん。人間には聞こえない、魂の声があるんだって」

「信じるんだ。おばちゃんの話」

咎めるようにそう言うと、未來は目を細めてわたしをにらんだ。

「何が言いたいわけ」

「別に。動物に魂なんてないってだけ」

「はん。あんた、ペロのこと嫌いだったもんね」

「違う」わたしは言い返した。「あの人のせいで、わたしたちがどれだけ酷い目にあったのか、忘れるわけにはーー」

「わたしたち？」

聞き返した未來の声は冷たかった。頬の筋肉がはっきりと強張る。

「あたしだよ、酷い目にあったのは。李子じゃない」

「どういう意味」

「事実でしょ。ママのことでいじめられるのは、いつもあたしだけだった。あんたはそれを見てただけ」

「やめて」

「他人事《ひとごと》だもんね。あんたには全部。家族じゃないんだから」

気づいたときにはもう、身体が動いていた。頬を張る音が夜に響く。右の手のひらが、じんじんと痛んだ。

長く伸びた前髪越しに、未來がわたしをにらむ。その瞳に浮かんでいたのは、どうしようもない寂しさの色だった。

「ずるでしょ。そんな言い方」

「ごめん」未來はわたしから目を逸らした。「……知ってる？　狼の家族って、すごく愛情深いんだってさ。人間よりも、ずっと」

家族。なんて嫌な言葉だろう。

血が繋がってるからといって、それだけで家族になれるわけじゃない。

ペロが死んだとき、わたしは嫉妬した。彼が殺されたのは、未來の愛犬だったからだ。未來が美菜さんの娘だったから。みんなが家族だったから。

ペロは死ぬことで、未來の本当の家族になった。

わたしと違って。

本当の家族っていうのは、苦しみを分け合う人たちのことだ。幸せじゃなくて、苦しさで繋がる存在。未來がそれをわたしに求めていることはわかっていた。彼女はわたしに自分と同じように傷つき、苦しんでほしかったのだ。でも、美菜さんのことでいじめられるのはいつも未來で、わたしじゃなかった。殺されたのはペロで、わたしじゃなかった。それは町の人たちにとってわたしが、二人の本当の家族じゃなかったから。

いっそのこと、いとこじゃなければ良かったのに、と思う。だって、いとこってすごく中途半端だ。血が繋がってるのに結婚できるし、家族なのかそうじゃないのか、はっきりしない。はっきりしないものは、とても苦しい。

十九歳になった今でも、わたしは時々そう思う。

「なんでこんなこと、思い出すんだろう」

ため息を吐き、ベッドから垂れ下がった力のない手を握る。目の前に横たわった未來の身体はすでに大人で、でも目元には幼い少女だった頃の面影があった。一緒に暮らし始めたばかりの頃の。わたしより三か月も年下のくせに、自分の方が姉になるのだと言い張って譲らなかった頃の。

浮き出た血管の模様をなぞり、ため息を吐く。開かれた両目には生気がなく、時折機械的なまばたきを繰り返す他には、何の動きも見られない。

右手の甲には擦り傷があった。あの夜、サイロから彼女の身体を連れ帰ったときについた傷だ。傷口の表面ではすでに血が固まり、その下で新しい皮膚が作られ始めている。彼女の身体がまだ生きている、その証《あかし》だった。

「ごめんね」

返事はなかった。当然だ。彼女の意識は今もまだ、あの狼の中にいるのだから。

チャイムが鳴った。予想よりも少し遅い。部屋を出て、玄関に向かう。廊下は狭く、キッチンからはすえたにおいが漂っていた。思えばもう何日もゴミを出していない。

玄関の扉を開けると、女がいた。神崎紗月。美菜さんの古い友人だ。彼女のことはずっと前から知っていたけど、相手の方はそのことを知らない。

肩の傷は応急処置を済ませたらしい。破れたシャツはそのままだったが、出血はすでに止まっていた。

「犬の姿も良かったけど、人間の姿も素敵ね」

わたしは肩をすくめ、これみよがしに女の前で煙草をくわえた。

「あなた、名前は？」

「李子」わたしは短く答えた。

「神崎紗月よ」

女はそう名乗ると、自分は警察の人間だと説明した。特区の発電所で、作業員の身体が盗まれた事件を調べている、と。

潤也の身体が消えたというあれだろう。事件のことは知っていたが、あまり考えないようにしていた。居心地の悪い気分になるからだ。嫌いな人間に同情するのは、あまり気持ちの良いものじゃない。頭の中から彼のことを追い出して、目の前の女に意識を向ける。

「それなら、どうして川なんかにいたの？　発電所からは、だいぶ離れてると思うけど」

「色々あってね」彼女は肩をすくめた。「あなたこそ、どうしてあそこに？」

朝からずっと、犬に乗って尾けていた——とは言えなかった。代わりに煙草の先で奥の部屋を指し、彼女を家に上げる。言葉で説明するのは面倒だった。実際に見せた方が早い。

「先に聞いてもいいかな。あなた、美菜の娘さん？」

「だったら何？」

「別に。ただ、美菜とは古い友達だから」

「母親じゃない」簡潔に答える。「あの人は未來のママ。わたしは引き取られただけ」

「そう。未來さんも、ここに?」

「いない。今は」含みを持たせないよう、淡々とそう答える。

廊下の流し台に口の開いた空き缶が並んでいた。その中の一本に吸いさしを沈めてから、奥の部屋のドアを開ける。

部屋は狭く、ベッドとサイドテーブルの他には何もない。パイン材のテーブルには、角の折れた数冊のノートと、ガラス製の写真立てが置かれていた。女の視線を遮るように早足で歩き、写真立てをうつ伏せに倒す。

美菜さんは眠っている。髪で隠れた横顔に、大きな傷跡。いつもと変わらない、穏やかな表情だった。

「お休み中?」女は部屋の入口で立ち止まった。

「それじゃ、起こさないように――」

「起きないよ」わたしは言った。「意識がないの。二年前から、ずっと」

遷延性《せんえんせい》意識障害、というのが医師の診断だった。つまり、植物状態。二年前、局地型地震によって生じた土砂崩れに巻き込まれたのだ。呼吸はあるし、心臓も動いているけれど、意識はまったくない。回復の可能性はある、と医師は言った。ただし、それが何年後になるか、何十年後になるかは誰にもわからない、とも。

「でも」女は困惑したようだった。「私は美菜と話した。つい昨日のことよ」

「あれはわたし」

「え?」

「警察なら、動物乗り《ズーシフト》のことは知ってるでしょ」

わたしは美菜さんの傷跡にそっと触れながら言った。

「実用性を考えれば、機械《オルタナ》への転送だけで十分なのに、どうして生体スタックの研究が進められているのか、わかる?」

「医療分野での応用目的でしょう。不治の病にかかった人の延命治療とか……」

「それはどちらかと言えば長期的な目標。でも、今すぐにできることもある。意識のない人の介護って、すごく大変だから」

その言葉で、彼女はすべてを察したようだった。唇を固く結んだまま、美菜さんの首元を覗き込む。生体スタックが取り付けられたその場所を。

「まさか」女は言った。「美菜の中に入って、身体を動かしてたの? 二年の間ずっと?」

「そ。正確にはわたしと未來が交代で」

植物状態は脳死とは違う。大脳が損傷しているせいで意識はないけれど、小脳や脳幹はちゃんと生きて、動いている。だったら、他のところから意識を持ってくればいい。たとえそれが、別の人間のものであっても。

わたしたちが選んだのは、そういう道だった。美菜さんの身体に接続したスタックへ意識を転送し、身体を動かす。彼女の代わりに食事をし、排泄をし、床ずれを防いで運動をする。この二年間、岸本美菜という人間の肉体は、そうやって生きてきた。

未來が潤也と付き合うようになったのも、それが理由だ。いまだ未認可の生体スタックを手に入れるためには、彼に頼る以外の手段はなかった。

「それじゃあ、美菜は――」

「目覚めない」わたしは冷たく言った。「残念だけど。あんたの姿を見ることは、たぶんもうない」

怒るかと思ったけれど、女は何も言わなかった。傷ついた方の腕を伸ばし、美菜さんの頭にそっと触れる。節くれだった指先が、絡まった髪をやさしく梳《す》いた。

「良い匂いがする」女は静かに言った。「香水?」

「ラベンダー。美菜さんが好きだった香り。あの人は、射手座の匂いって、そう呼んでたけど。意味わかんないよね」

「――そうね、ほんとに」

その言葉はたぶん、嘘だ。表情は隠れて見えなかったけど、わたしにはそれがわかった。ここにいたのが未來だったら、女の声に隠れた悲しみに寄り添えたのかもしれない。彼女はそういう人間だったから。でも、わたしは違う。誰の心にも寄り添えない、冷たい人間。

「植物状態の人でも、匂いにだけは反応を示す場合が多いんだって」

女の横顔に向かって、わたしは言った。

「嗅覚は意識を介さない、原初的な感覚だから」

五感のなかで嗅覚だけは唯一、視床を経由しない特殊な処理経路を持っている。おそらく、そのせいなのだろう。植物状態と診断された患者のなかでも、匂いを嗅ぐ能力だけは残っている場合が多いのだと、未來はわたしに教えてくれた。

「結局さ、嗅覚の仕組みってよくわかってないらしいんだよね。匂いを直接表す言葉って全然ないじゃん。甘い香りとか、酸っぱい匂いとか、そんなのばっかり。匂いそのもののことを考えるのって、人間には無理なんだよ」

でも、その匂いこそが美菜さんに残された最後の希望だった。嗅覚の残っている患者は、植物状態と診断された場合であっても、回復する可能性が高いのだという。たとえ意識がなくとも何かがまだ、その脳内には残されているからだ。

そう知ってからというもの、わたしたちは、身の回りの匂いに対してとても注意深くなった。ひょっとしたら、この匂いこそが美菜さんの意識を取り戻す鍵なのではないかと、そう思わずにはいられなくて。

「それで」わたしは訊ねた。「何しにここに?」

「岩野が死んだ」彼女は言った。「さっき連絡が入ったの。破壊されたオルタナからは、バッテリーユニットが盗《と》られていたそうよ」

「そう」

目を伏せ、唾を飲みこむ。女に動揺を悟られたくなかった。

「彼、あなたの友達と交際してたそうね。岸本未來。美菜の娘。彼女はどこ?」

「ここにはいない」

「隠し事はなしでいきましょう」

女は柔らかいため息を吐いた。

「あなたの友達が動物乗りだってことはわかってる。たぶん、あなたも居場所を知らないんでしょう？　だから今日、わざわざ私に接触してきた。目的はこれ。違う？」

女は半透明のケースを取り出し、部屋の明かりにかざした。細長い毛束のシルエットが浮かび上がる。

「昨日の晩、廃駅にいたのがあなただったと聞いて合点がいった。この毛が必要なんでしょ。友達の行方を探すために」

「そこまでわかってるなら、どうしてここに来たの」

わたしは鼻を鳴らした。女は正しい。今のわたしに必要なのは、目の前にある狼の毛だ。

潤也を殺したのは、おそらく未來だろう。少なくとも、破壊されたオルタナからバッテリーユニットを奪ったのは彼女だ。あの夜、サイロを発《た》ってからもう五日が経つ。メインユニットの充電池はそろそろ限界のはずだった。

「私の話はただの憶測よ。根拠はない。少なくとも、特区警察の中ではそう見做《みな》される。それに、気になることはまだあるの。さっき、野犬に襲われたでしょう。昨日は羆。どちらも、野生動物の動きじゃなかった。動物乗りとも違う。誰かが彼らを指揮して、操ってるみたいに見えた。オルタナを破壊したのだって、きっとそう。あなたの友達が、羆か何かに指示してやらせたんだと思う。問題は、どうしてそれが可能なのかってこと」

「わたしなら、わかるはずだって？」

「あなたは凪狼を直接見てる。それに友達が乗るところも。そうでしょ？」

女はこれみよがしに毛束の入ったケースを掲げ、中身を振った。

「……匂いがした」

わたしはしぶしぶ彼女に言った。「妙な匂い。甘くて、少し刺激が混ざってる。その匂いを嗅いだとき、身体が勝手に動きそうになった。犬の身体がね。凪狼の伝説については、昨日の夜に話したでしょ」

女は頷いた。凪狼は、動物たちの魂に直接語り掛けることができる。それが、彼らが神の獣と呼ばれる所以《ゆえん》だ。

「嗅覚言語。わたしはそう考えてる」

もともとは、未來がたどり着いた仮説だった。狼は匂いによるコミュニケーションを発達させてきた生き物だ。体臭で仲間の個体を識別し、数キロ離れた獲物の恐怖臭を嗅ぎ取って狩りをする。彼らにとって、世界の本質は匂いなのだ。

もしも、匂いによるコミュニケーションを、さらに発達させた種がいたとしたら。音声コミュニケーションを棄《す》て、嗅覚言語のみで社会性を維持するようになったとしたら――。

「凪狼は、匂いを通じて他の個体に働きかけてる。その言語は、きっと種の違いを超えた、もっと根源的なものなんだと思う。ただの推測だけどね。とにかく、わたしに話せることはこれだけ」

顎先を上げ、女の顔をにらみつける。握った拳の上を、汗の粒が伝っていった。わたしはその手をゆっくりと解《ほど》き、女の前に突き出した。

「あんたの要求には応えた。今度はそっちの番。毛を頂戴」

「彼女は人を殺した」

女は静かに訊いた。

「それでも行くつもり？」

「選択肢はない。未來を止めないと」

「やめなさい。彼女を探すために、また犬に乗るつもりでしょう？　危険すぎる。あなたが自分で言ったのよ。凪狼は匂いで他の動物を操るって。すぐに山狩りが始まる。私たちに任せなさい」

「……わたしは、あの子の家族になれなかった」

拳を握る。血が滲むほど強く。

「でも、友達だから」

だから、行かなくちゃ。

女の目が泳ぎ、揺れる。一歩近づくと、怯えたように後ろに下がった。大人って時々、バカみたいに怖がりだ。

手を伸ばし、女が握ったケースに触れる。抵抗はなかった。力をこめ、それを女から取り上げる。プラスチックの表面は温かく、少しだけ汗で湿っていた。

「友情なんて、脆《もろ》いものよ」

目を伏せて、吐き捨てるように女が言った。あるいは、自分に言い聞かせただけかもしれない。

「バカじゃないの」わたしは笑った。「だから、行くんでしょ」

女を残して、部屋を出る。

今度こそ、未來を見つけるのだ。

夜はすぐにやってきた。

ビームランプの光が宵闇を切り裂き、列を成して進んでいく。人工筋肉によって制御されたオルタナの隊列は、まるで巨大な昆虫のようだ。わたしは白化した倒木の陰に身を潜め、彼らの行く先を見定めようとした。

泥火山帯《ボッケ》を越えて進むオルタナたちは、動きこそ滑らかだったが足取りはおぼつかなかった。数歩進むたびに、粘性の高い泥に足を取られている。この様子なら、先回りして未來のもとまでたどり着けるかもしれない。

そう思ったとき、とつぜん眩暈がした。胃が痙攣して、吐きそうだ。歯を食いしばり、土の匂いを嗅ぎながらじっとこらえる。

リバウンドだ。動物乗り《ズーシフト》は負担が大きい。一日にそう何度もできるものじゃないってことは知っていた。生体スタックだって、本当は使用するごとに十二時間は休ませないといけないのだ。

大きく息を吸い、とっぷりと暮れた森に飛び込む。視界は奇妙に色づき、まるでカラーセロハンをでたらめに貼り付けた子供の工作みたいに見えた。翻訳アルゴリズムを通してもなお、わたしの意識が犬の身体にうまく馴染《なじ》めていないのだ。落ち着けと自分に言い聞かせて、鼻先に意識を集中させ、嗅いだばかりの匂いを思い出す。

――見つけた。

足を止め、地面に鼻を近づける。複雑に繋がり、絡み合った匂いのネットワーク。その中にかすかな、けれど確かな痕跡を見つけた。間違いない。あの白い毛と同じものだ。少し風化し、土の匂いと混じり合っているが、それほど昔のものじゃない。追跡は容易《たやす》い。

バネのように身体をしならせ、走り出す。体毛を逆立てる風が遠吠えに似た音を立てた。苔の生えた倒木を飛び越え、火山岩の破片を散らして疾駆《しっく》する。

エゾマツの林を抜けると、ふいに開けた場所に出た。月が明るい。淡い銀光が、霧のかかった空気のなかで乱反射する。湿った地面は柔らかく、折り重なった死と時間の匂いがした。

目を凝らすと、遠くに廃墟《はいきょ》のような建物が見えた。たぶん昔の森林保護局の管理棟だろう。あるいは製材所の残骸かもしれない。

突然、殺気が夜を貫いた。反射的に地面に伏せる。一瞬の後に銃声が聞こえ、耳元を鉄の匂いがかすめていった。

「動物乗りだ」

暗がりの中で雑音《ノイズ》まじりの声がした。

「見ろ、背中が膨らんでる」

「だけど、ただの犬だぞ。相手は罷って話じゃなかったか?」

「別のやつだろ。どのみち違法だ」

小屋の反対側からオルタナが二体、姿を現した。一体は猟師が使うような小銃を手にしている。自前の装備がないところを見るに、たぶん災害救助用のオルタナだろう。最新鋭の人工身体と、古めかしい猟銃の組み合わせが何ともおかしい。

連中から見れば、動物乗りは全員が犯罪者だ。区別なんて必要ない。たぶん、こちらを動けなくしてからスタックを回収するつもりなのだろう。相手が何者かは、そこでゆっくり考えればいいというわけだ。

風が吹き、薄雲が空を覆う。月光が途切れた一瞬をついて、わたしは全速力で飛び出した。

コリーの体重はおおよそ二〇キロ。セント・バーナードには負けるけど、それなりに重い。側面にぶつかったのが効いたのだろう、相手は一瞬よろけたが、すぐに体勢を立て直した。振り下ろされた上腕を横跳びで躱し、距離を取る。身体がふらつき、頭の奥がずきずきと痛んだ。

まともに戦っても勝ち目はない。とにかく逃げるしかないとわかっていたが、身体はそれを躊躇っていた。連中がわたしに狙いを定めている間は、少なくとも未來は安全だ。

吐き気がひどくなった。歯をむき出し、唾を飛ばして唸る。次の攻撃は早かった。繰り出された拳をすんでのところで躱し、舞い上がった土埃に隠れるように滑り込む。二体の間を抜けて背中側へ。猟銃を持った方が反転し、銃口を向ける。わたしはその動きを先読みして距離を詰めた。あとは純粋な速さ比べだ。

発砲音。尻尾の先を弾がかすめる。でも、かすめただけだ。わたしは速度を上げ、相手が二発目を装塡する前に飛び掛かった。

二度目の発砲音が、聞こえた。

衝撃が右の後肢を貫く。身体から力が抜け、受け身を取る間もなく地面に激突した。痛みに耐えながら頭を上げる。小屋の陰から、三体目の仲間が姿を現すのが見えた。構えた銃口が鈍く光る。

逃げようとしたが、肢に力が入らなかった。限界だ。

——くそったれ。

そのときだった。猛烈な勢いで地面が揺れ、三体のオルタナは一斉に動きを止めた。何十という不揃いの足音が波のように土中を伝わり、横たわるわたしの身体を揺らす。

密集したエゾマツの間から、巨大な影が躍《おど》り出る。牡鹿だった。頭を振りかぶり、銃を持ったオルタナの上腕にねじれた角《つの》を勢いよくぶつけて跳ね上げる。

オルタナの一体が何かを叫んだが、言葉にならなかった。狐の大群が茂みを越えて現れ、襲い掛かったからだ。すさまじい数だった。己の身体が傷つくのも厭《いと》わずに突進し、跳ね、なだれを打って圧倒する。

人工物の匂いはしなかった。統率の取れた動きだけど、動物乗りじゃない。これは正真正銘、本物の狐たちだ。

銃声。一人が発砲した銃を、滑空する影が奪い取った。勝ち誇った鳴き声が森に響く。梟たちは何度も空を滑り、降下し、嘴を鳴らしながら、オルタナの主眼《メイン・アイ》に集中砲火を浴びせかけた。

狐の波が弾け、最後に残った一体のオルタナが立ち上がる。強化カーボンの外殻は返り血にまみれ、関節からしみ出した黒い液体と混じり合って光っていた。最後の動力をかき集めて腕を上げ、わたしの頭に銃口を向ける。

わたしは覚悟を決め、目を閉じた。

けれど、頭を破砕するはずの弾丸は、いつまで経っても届かなかった。のどを鳴らして唾を飲み、おそるおそる目を開ける。

オルタナの姿は消えていた。巨大な羆の前肢に組み敷かれ、大地のなかにめり込んで。人工筋肉が破損した外殻の隙間から溢《あふ》れ出し、黒い油が陥没した地面をなぞるように伝っていく。羆はわたしの顔を真っすぐに見据えると、クゥと鳴いた。その背後から、ゆったりとした気配をまとった、純白の狼が姿を現す。

凪狼《カーム・ウルフ》。

痛みをこらえ、力を振り絞って身体を起こす。

〈リコ〉

とつぜん、意識のなかに言葉が浮かび上がった。声が聞こえたわけじゃない。でも、その言葉が誰のものなのか、わたしにはすぐわかった。

〈未來〉わたしは心の中で彼女の名を呼んだ。これってテレパシー、じゃないよね〉

〈嗅覚言語〉彼女は言った。〈あなたも気づいてるでしょ。〈犬側の嗅細胞に働きかけて、生じた神経信号をあなたの意識に読ませてるの。ある種の共感覚みたいなものね。初めは難しかったけど、もう慣れた〉

おそらくは、分泌する揮発性物質の成分を変化させ、周囲の個体に干渉しているのだろう。調香師たちが香料を調合し、目的に沿った新たな香りを生み出すように。

〈そうやって、犬とか羆を操ってるわけだ〉

〈あたしは指示を出しただけ。別に、身体を乗っ取ったわけじゃない。あくまでコミュニケーションの結果よ〉

コミュニケーションというのは、控えめすぎる表現だとわたしは思った。少なくとも、多くの生き物はそれに逆らう術《すべ》を持たない。

〈わたしのことも操るつもり？〉

〈まさか。第一、その犬にはあなたの意識が乗っている。強い自我の前には、匂いといえど無力なの〉

〈へえ〉

わたしは鼻を鳴らした。凪狼は人間の魂に触れられない。言い伝えの通りというわけだ。

〈世界は匂いで満ちている〉彼女は静かに言った。〈だからこそ、嗅覚は生物にとって最も身近で原初的な感覚なの。ほんの数ミリしかない小さなダニだって、酪酸の匂いをシグナルに行動しているし、鼻のない植物でさえ、匂いを感知することができる。茎や葉が虫に食われたときの匂いに反応して、自身の抵抗力を高めるの〉

それは、はるか昔から生き物たちの遺伝子に刻まれてきたプログラムだ。分子の交換によって成立する、匂いの経済。あらゆる存在が、匂いという名の回路で繋がり、入力と出力をくり返しながら、巨大なネットワークを形成している。

それこそが、目には見えない魂の世界。

凪狼《カーム・ウルフ》の世界なのだ。

わたしは震える前肢に力をこめ、彼女に近づいた。狼の背中で蔦《つた》のように絡み合う数本のコードが目に入る。オルタナから奪ったバッテリーを新たに繋いでいるらしい。いくら指示を出せるとはいえ、狸や羆の前肢では、細かい作業はできないはずだ。おそらく、相当に器用な動物がどこかにいる。

〈帰ろう〉とわたしは吠えた。〈今ならまだ間に合う〉

〈戻らない〉

〈どうして?〉わたしは目を細めた。〈潤也を殺したから?〉

突然、羆が身を起こして吼えた。膨らんだ影が、月の光を半分に遮る。丸太のような前肢の下で、バラバラになったオルタナの残骸がわずかに軋んだ。

〈彼のことを気にするの？〉不愉快そうな、未來の言葉。〈あんなに嫌ってたのに〉

〈殺したいほど憎んでいたわけじゃない〉

それに、未來は知らない。

あの夜、空っぽになった彼女の身体をサイロから運んだのは、潤也だ。ボロボロになったわたしがサイロに戻ると、彼は人間の身体で待っていて、何も言わずにコリーの傷の手当をした。それから、未來の身体を抱き上げてやっとのことで助手席に乗せ、わたしたちの家まで車を走らせたのだ。

リコ、と彼は別れ際にわたしの名前を呼んだ。こいつを頼む、と。

それが、最後に聞いた彼の言葉だ。

〈彼の方からやって来たの。あたしを探してね〉未來は前肢で地面を掻いた。〈こっちからおびき出したわけじゃない〉

〈どうして、殺したの〉

〈殺してなんかいない。彼の身体は、ちゃんとここにいるもの〉

流れていた空気の色が、ふいに変わった。古びたトタンが軋み、落ち葉の擦れる音がする。羆の遠吠えに応えるように、五つの人影が廃墟になった小屋の奥から姿を現した。

五人。消失したはずの、作業員の数と同じだ。月明かりに照らされた彼らの表情は虚ろで、意識があるようには思えない。その内の一人から、懐かしい匂いがした。

〈嗅覚刺激によって駆動する本能の回路は、どんな生物にも存在する。もちろん、人間にもね。意識の発達とともに不要とされ、深くに埋もれてしまったけど、消えてなくなったわけじゃない〉

瞬間、わたしはすべてを理解した。

凪狼《カーム・ウルフ》は人間の魂にだけは触れられない。それは、自我があるからだ。自我とはつまり、世界から距離を保つための手段。だから人間だけは、凪狼にも操れない。

けれど、意識のない人間だったら？　意識を転送した後の空っぽの身体なら？

転送中の身体はブランクだ。植物状態の患者と同じ。でも、意識がない人間も、匂いにだけは反応を示すことがある。

彼女は呼び覚ましたのだ。人間の脳内の、その最古の地層に埋もれていた回路を。意識の裏に隠された、魂の世界を。

〈彼への復讐《ふくしゅう》ってわけ？〉わたしは問いただすように短く吠えた。

〈別に。どちらかと言えば、ただの練習。目的に向けたリハーサル。いざという時の人質にもなるしね……〉

〈リハーサル？　練習なら、そのへんの動物でやればいいじゃない。わざわざブランクを盗まなくたって〉

〈あんたも、その言葉を使うんだね〉

ふいに、軽蔑の匂いがあたりを満たした。青色の瞳が、わたしを鋭くにらむ。

〈ブランクだなんて、嫌な言葉。意識のなくなった身体は、ただの抜け殻だと思ってる〉

〈別に、そんなつもりは――〉

〈責めてるわけじゃない。結局、それが人間の限界なんだよ。ママが眠りについたとき、みんなママが死んだと思った。あんたでさえ思ったよね。意識のない身体は死んでいるのと同じだって〉

〈そんなことない〉

〈ウソつき〉

彼女の言葉がツンと香る。

〈あたしだって同じだよ。ママはもういなくなったんだって、そう思った。身体はまだ生きてるのに、息をする死体としか思えなかった。あたしたちはただ、服にアイロンをかけるみたいに、ママの身体を手入れした〉

青い瞳が、揺らぎながらわたしを見る。

息が苦しい。口の中が渇いていた。

〈だけど、この身体でなら、あたしはママを感じられる。この力があれば、ママはまた生きられる。もう一度やり直せるんだよ、あたしたち。今度こそ、ちゃんとした家族になれる〉

わたしはようやく理解した。凪狼の力で、もう一度家族をやり直す。それが彼女の目的なのだ。馬鹿げた考えだ、と言いたかった。物言わぬ身体を操ったところで何になる？　それで何をやり直せる？

人間の魂は意識《こころ》に宿る。

身体じゃない。

でも。

白い体毛が、風に震える。鼻先がぶつかるくらいの距離で、彼女はわたしの後肢に触れ、その傷口を爪の先でつうっとなぞった。鋭い痛みに、悲鳴のような声がこぼれる。

〈痛いよね〉彼女は満足そうに言った。〈わかるよ。あんたの痛みも、怒りも、戸惑いも、あた

しは全部感じられる。繋がってるから〉

　わたしは身をよじるようにして後ずさると、白い狼から距離を取った。自分の鼓動と、乱れた息を感じる。狼は首をもたげ、月明かりを浴びながら、身体を弓なりに反らした。鼻先だけが、泣いているかのように黒い。

〈ずっと寂しかった。子供のときから。どこにいても、誰といても、独りぼっちだって気がした〉

〈――わたしがいたのに〉

〈自惚《うぬぼ》れ屋〉

　未來は笑った。

〈でも、今は違うの。あたしは独りで生きなくてもいい。匂いの世界では、みんながいつだって繋がってる。過去も未来も全部がある。それは、とても幸せなこと〉

　だから来て、と未來は言った。それが合図だったかのように、茂みが揺れる。姿を現したのは、見覚えのある雑種犬だった。

〈……ペロ〉

〈一緒に行こう。あたしたち、今度こそ本当の家族になれる〉

　薄雲がなびき、月に大きなレースがかかる。ラベンダーに似た香りが、わたしを包んだ。恍惚《こうこつ》のなかで意識が薄れ、身体が意志に反して動き出す。

〈ダメ〉

　わたしは歯を食いしばり、湧き出る衝動に抗って足を止めた。首を横に振り、狼の青い目を見つめる。

〈行かない――、行けないよ〉

〈どうして?〉未來は悲しい目をした。〈本当の家族なら――〉

〈そんなもの、なりたくない〉

父の葬式を思い出す。あの日、未來は撃たなかった。

わたしは撃った。

家族じゃないから。

友達でいたかったから。

〈そっか〉

凪狼は目を細めて微笑《ほほえ》んだ。

〈でも、ごめん。もう遅いんだ〉

7

レースのかかった夜のなかを、紗月は歩いた。

うっすらと霧がかかった空気は冷たく、山から吹き下ろす風が傷口に沁《し》みる。顔を上げると、月光がもやの中で星々に橋をかけていた。ざらついた空気の舌触りを味わいながら、息を吸う。特区に戻るのは気が進まなかったが、仕方なかった。山狩りの結末を知る責任が、自分にはある。

誰かの足音が聞こえた気がして、紗月は足を止めた。交差点の向こう、特区の方角からだ。霧越しに信号機の赤い光を見つめ、様子を窺う。

光が青に変わった。足音が近づき、だんだんと大きくなる。唇を噛み、唾を飲む。目を凝らすと、よろめきながらこちらに向かってくる人影が見えた。

「どうかしましたか」

近づいて、声をかける。若い男だった。特区からやってきたのだろうか。よく日焼けした顔は奇妙に弛緩《しかん》し、虚ろな瞳は何も映していない。

ぞっとした。あの、羆の瞳を思い出す。

酔っぱらいか、それとも夢遊病の類《たぐい》だろうか？

いずれにせよ、このまま放っておくわけにはいかない。そう思ったときだった。

霧が黒く染まる。人影は一つではなかった。何十という人々が、両腕を下げ、規則的に身体を揺らしながら歩いてくる。その中に交じって、白い獣の姿があった。何頭もの狼たちが甘い香りを漂わせ、闇の中から姿を現す。旅人を惑わせ、沼地に誘う狐火のように。

懐かしい匂いが霧のように広がり、彼女を包む。

一人の若者が、紗月のすぐ横を通り過ぎた。よく見知った顔だった。

「犬伏」

名前を呼ぶ。けれど、彼は振り返りもしなかった。その虚ろな背中を前にして、ようやく気づく。

ブランクだ。意識のないはずの身体たちが一斉に、まるで何かに導かれるようにして山の方へ向かっている。

特区に戻らなければ、と紗月は思った。あるいは後輩の身体を追い、連れ戻すべきか。けれど、彼女はそのどちらも選ばなかった。気づいたときにはもう、元来た道を駆け戻り旧市街の方へと向かっていた。

息が切れ、鼓動が自分の耳に響く。不吉な予感を振り切るように、紗月は全力で地面を蹴った。ソックスの中で、爪先《つまさき》が痛む。傷口を縛っていた包帯が解け、風にさらわれて飛んでいった。ようやく、公営住宅の明かりが見えてきた。廃駅を通り過ぎ、ポストのある角を曲がる。美菜の家はもうすぐだ。あと少し、もう少し——。

紗月は足を止めた。

何かが道をやってくる。三人分の人影だった。

「美菜！」

美菜の身体は、二人の女性と共にいた。一人は先ほど会ったばかりの少女。もう一人は、彼女の知らない人物だった。李子と同じ年ごろで、美菜によく似た綺麗な顔立ちをしている。三人はわずかに手の先を触れさせながら、かすれた白線の上を歩いていた。

待って、美菜。

咄嗟に駆け寄り、手を伸ばす。けれど、指先が触れる寸前に、何かが紗月を引き留めた。躊躇いのなかで、伸ばした腕が空を切り、落ちる。

きっと、彼女の顔が幸せそうだったからだ。あるいは、三人が手を繋いでいるように見えたから。そこに絆《きずな》を感じたから。

もしかしたら、羨《うらや》ましかったのかもしれない。

紗月は少女たちを止めなかった。

——さよなら。

立ち尽くし、レースのかかった空を見る。

吹き抜けた夜風が運んできたのは、いつか感じた夏の匂い……、それは、はるか遠い過去から届けられた、星々の甘い残香だった。

十五までは神のうち

1

フェリーのタラップを下りると、足元にクラゲの影が見えた。気まぐれな月のように、にごった傘をゆるやかに収縮させながら、波止場の隅をただよっている。ユウレイクラゲですよ、と船員の男が教えてくれた。

「この季節になると、毎年流れてくるんです。小さめのやつですけどね。泳ぐのはやめといた方がいいですよ」

ぼくは礼を言い、濡《ぬ》れた桟橋の上を歩き出した。トランクの転がる鈍い音がそれに続く。

三十年ぶりに目にする瀬見島《せみじま》の夏は、記憶のなかのそれよりもずっと鮮やかな色をしていた。海はおそろしく深い青色で、空はそれよりも少しだけ淡い。こんもりとした緑の斜面に貼りつくように、まばらな家々が立ち並ぶ。

トランクのキャスターがロープの束に乗り上げ、乾いた音を立てる。懐かしい手触りのハンドルは、どうにも手に馴染《なじ》まなかった。もともとは仕事用に買ったものだが、こうして使うのは久しぶりだ。三年前、林間学校に持っていった息子が、片方のキャスターを派手に壊したせいだった。

けれど、壊れたはずのトランクは今、軽快に桟橋の上を転がっている。

半年前、息子が〈巻き戻し〉を選んだからだ。

「あの子が決めたことだ」

彼が消えてからというもの、それがぼくの口癖《くちぐせ》になっていた。

「仕方ないさ。あれこれ考えたって意味がない」

それは正しい言葉のはずだった。少なくとも、ぼくたちの社会が選択した正しさではあった。

〈巻き戻し〉は法律で定められた子供の権利だ。息子が自分の意志で選んだ以上、親に口を出す権利はない。

出生追認制度。全ての日本国民は、十五歳の誕生日を迎えた時に一度だけ、自分の出生を——この世界に生まれたという事実そのものを、認めるか否《いな》かという選択肢を与えられる。もちろん、大抵《たいてい》の子供たちは追認を選び、何も起こらずに人生は続く。一方で、ごく稀《まれ》にそれを認めない子供たちもいる。その場合は、〈巻き戻し〉処置が行われ、彼らはこの世界に生まれなかったことになる。

息子は、後者だった。

桟橋を抜け、港に隣接したロータリーへ向かう。日に焼けた時刻表でバスの時間を確かめると、次の便まではあと一時間以上あった。近くの自販機で水を買い、ベンチに座って口に含む。ペットボトル一本が二五〇円。本土では考えられない値段だ。

約束の時間までは、まだだいぶ余裕があった。目的の中学校に向かう前に、久しぶりの故郷を歩いて回るのも悪くはない。

千葉の実家に手紙が届いたのは、七月の終わりのことだった。差出人は木村祥子《しょうこ》。今から三十年前、島の中学校で兄の担任をしていた先生だ。手紙には次のようなことが書かれていた。兄が通っていた瀬見島の第一中学が閉校するということ。閉校にあたって校史を編纂《へんさん》していること。その一環として歴代在校生の名簿をまとめていること。つきましては、と彼女は書いていた。西野陽翔《はると》さまのお名前を名簿に記載してもよろしいでしょうか、と。

困惑した両親がぼくに連絡を寄越《よこ》し、返事を書く役目はぼくが担うことになった。

「どうしてわざわざ島に行くの？」妻は呆《あき》れた口調で言った。「こんな丁寧な手紙まで書いて。葉書に丸をつければいいだけなのに」

「気になるだろ。いなくなった人間の名前をわざわざ名簿に載せたがる理由が何なのか」

「気を利《き》かせたんでしょう。知りたいなら学校に電話してみたら？」

「直接会って、話したいんだ」

ぼくはきっぱりと言って、封筒の口を糊付《のりづ》けした。「懐かしの母校を最後に一目見ておきたいしね」

「あなたの母校じゃなくて、お兄さんのでしょ」

確かに、その通りだった。ぼくは六年生のときに引っ越してしまったから、島の中学に通ったことはない。

「思い出したいんだ」ぼくは答えた。「兄貴のことを。もうずっと忘れてた。君にだって、ほとんど話したことがなかっただろ。もう一度島の景色を目にしたら、何か思い出せるかもしれない」

兄の生きていた痕跡は、この世界のどこにも存在しない。写真は一枚もないし、何ギガと撮りためられていたはずのビデオも、幼い頃に読みふけっていたボロボロの昆虫図鑑も、父の誕生日にプレゼントした下手くそな似顔絵も、何一つ残っていない。

三十年前、ぼくの兄は〈巻き戻し〉を選択した。この世界に生まれなかったことを選んだのだ。ぼくの息子と同じように。

それ以来、ぼくは兄が生まれなかった世界を生きてきた。三十年。長い時間だ。兄が本当にいたことを、信じられなくなるには十分なほど。

「そう上手《うま》くいくとは思えないけど。大昔の話でしょう」

「兄貴は目立つタイプだった。すごくね。女の子はみんな夢中だったよ。たぶん、今でも覚えてくれている子はいると思う」

「ねえ」妻は哀れむようにぼくを見た。「初恋を引き摺《ず》るのは男の子だけなのよ」

そうなのかもしれない。じりじりとした日差しの中を歩きながら、ぼくはあの手紙の差出人のことを考えた。

木村祥子。懐かしい名前だった。あたたかくて、少しだけ苦い。

港を離れ、寂しい雰囲気の通りを歩く。道幅は広く、両脇に古びた街路灯が並んでいた。店らしきものはほとんどない。旅館の看板がいくつか出ていたが、どの建物にもシャッターが下りていた。軽自動車が乗り上げるように停車しているせいで、歩道が半分塞がれている。

交差点を渡ろうとしたところで、キャスターが縁石に引っかかった。ハンドルを強く引っ張るが、動かない。坂道を下りてくる自転車に気づかなかったのは、そのせいだった。

ブレーキ音が響く。反射的に身を引いたが、間に合わなかった。目の前を横切った自転車が横転し、浮き上がった前輪が空回りするのが見えた。真っ黒な帽子が宙を舞う。

「大丈夫ですか?」

ぼくが慌てて声をかけると、自転車の持ち主は腰のあたりを擦《さす》りながら立ち上がった。

「ごめんなさい。ブレーキの利きが悪くて」

「いえ、こちらこそ。よそ見をしていたもので」

「旅行ですか? 珍しい」

相手の問いかけに、ぼくは曖昧に肩をすくめた。綺麗《きれい》な女性だ。五十代くらいだろう。長い髪を後ろで一つにまとめている。目元の皺《しわ》に年齢が滲《にじ》んでいたが、それ以外はむしろ若々しい顔立ちだった。

「とにかく、すみませんでした」

落ちていた帽子を拾って渡す。受け取った彼女の手を見た時、その形に見覚えがあることにぼくは気づいた。他の指はすらりと長いのに、薬指だけが妙に短い。

「祥子先生?」

思わずそう漏らすと、彼女は驚いた顔でぼくを見た。

「西野です」ぼくは言った。「お手紙を差し上げた。西野陽翔の弟の」

「ああ、そうでしたか」

彼女はほっとしたように息を吐いた。

「予定よりちょっと早いですけれど、お会いできて良かった」

「本当に。偶然ですね」

ぼくは彼女と握手をした。手のひらに伝わるぬくもりが、心をざわつかせる。

少なくとも、ひとつの点において妻は正しい。

男の子は、初恋の相手をいつまでも忘れないものなのだ。


先生に出会ったのは、五年生の夏だった。

「何だかごめんなさいね」

安物のコップに入った麦茶を啜《すす》り、彼女は落ち着かない様子でぼくに言った。そわそわした視線を壁の時計に向け、茶色がかった耳元の毛を何度も指に巻き付ける。ぼくはその様子を盗み見ながら、何度も自分のコップを持ち上げて、テーブルについた水滴の跡を台拭きでぬぐった。何度繰り返しても、コップを戻すたびに新しい水滴がつくので、やりがいのある仕事だった。

蒸し暑い日だった。先生は兄の家庭訪問のために、ぼくたちの家を訪れていた。問題は、兄が時間を勘違いしていたことで、家にはぼく以外誰もいなかった。母さんは先生に出すお茶菓子を買いに出かけていたし、兄は友達と海に遊びに出ていた。

「たぶん、もうすぐ帰ってくると思います」

言いながら、ぼくは自分の麦茶を静かに飲んだ。緊張して、ひどく喉が渇いていた。

「ありがとう。しっかりしてるのね。さすが、陽翔くんの弟さん」

「蒼《あお》です」とぼくは答えた。「十歳。先生は?」

「木村祥子。年は内緒」

先生はにっこり笑って、人差し指を唇に当てた。きっと、すごく若いに違いない。今までに会ったことのあるどんな女の人よりも、先生は綺麗だった。肌はさらりと白く、長いまつ毛がまばたきのたびに揺れている。鼻筋の通った顔立ちなのに、笑うとリスみたいな可愛《かわい》らしい雰囲気になるところも素敵だった。

ぼくはテーブルに頬杖《ほおづえ》をつきながら、先生の左手をこっそりと盗み見た。指輪はない。念のため、反対の手も見てみたけれど、薬指は裸のままだった。

「あれ」違和感を覚えたのは、その時だった。「先生の薬指――」

「ああ、これ」

先生は恥ずかしそうに指を隠した。

「あんまり見ないで。母親からの遺伝なの」先生は言った。「嫌になっちゃう」

「ぼくもそうなんです」

気が付くと、言葉が口をついて出ていた。

「足の指なんですけど、薬指がすごく短くて、ほとんど地面についてないんです。父さんは自分に似たんだって言ってるけど、ぼくの方がずっとひどくて。それに、兄ちゃ……兄貴は普通の足なんです。指もぜんぶ揃《そろ》ってて。だから、海に行ったときとか、いっしょに歩くのが、なんか嫌で」

「そうなの？」

先生は驚いたようだった。

「あ、ううん。見せなくていいよ。疑《うたが》ってるわけじゃないから。じゃあさ、仲間だね。私たち」

仲間、という言葉の響きが、ぼくの心をくすぐった。目の前にいるこの綺麗な人と、自分がひとつでも同じものを共有できているのが嬉《うれ》しかった。たとえそれが、指の短さであったとしても。

「そうなんだ」先生はしみじみと言った。「だからなのかな。陽翔くん」

「兄貴がどうかしたんですか？」

「大したことじゃないんだけどね。ちょっと前に私の指を見た時、褒めてくれて。かわいいって。だから、きっと弟のことを思い出したんだろうな、って。素敵なお兄さんだよね」

ぼくは何を言えばいいのかわからず、下を向いた。

「兄貴は——」ようやく、口から言葉が出た。「時々、ぼくに意地悪をするんです。本気じゃなくて、ほんの冗談で。ぼくが腹を立てたり、言い返したりできるように、って。兄貴が完璧すぎると弟がつらいだろうって、そう思ってるから」

「彼らしいね」

先生は笑った。

「だけど、君だってお兄さんの気遣いが、ちゃんとわかってるってことでしょう？　大人だよ、それって。羨《うらや》ましい」

でも、先生は間違っていた。

ぼくは大人じゃなかったし、兄のことなんて何ひとつわかっていなかったのだ。

あれから倍以上の年を重ねてもなお、先生は美しいままだった。薬指は相変わらず短く、目元に刻まれた皺には成熟した色気が滲んでいる。

「変わりませんね」

運ばれてきたアイスコーヒーをストローの先でかき回しながら、ぼくは言った。ロール式のカーテンが日差しを遮《さえぎ》っているせいで、喫茶〈ペガサス〉の店内は薄暗かった。

「変わったわよ、流石《さすが》に」先生は苦笑いした。「人を化け物みたいに言わないで。三十年近く経《た》ってるもの」

「それでも変わりませんよ。相変わらずお綺麗です。この店だって、昔のままだ。覚えてますか？　夏休みに、先生が一度連れてきてくれましたよね」

自分の言葉に刺激されるかのように、次々と記憶が蘇《よみがえ》ってくる。あれも五年生のとき。夏休みの終わりだった。兄と一緒に堤防で釣りをしていて具合が悪くなったぼくを、たまたま、車で通りかかった先生が見つけて、この店に連れてきてくれたのだ。たぶん、熱中症だったのだろう。涼しい車内で聴いたスピッツの歌声と、店で飲んだミント水の味が蘇る。

「先生の車、よく覚えてます。緑の軽自動車。ナンバープレートがぼくの誕生日と一日違いでしたよね」

「すごい記憶力」先生はため息を吐いた。「昔の車のことなんて、私は何も覚えてない」

「さっきまでは忘れてましたよ。先生にお会いしたから思い出しただけです」

「思い出せるだけですごいけどね、私からしたら」

「でも、先生だって兄のことは覚えていたでしょう」

エプロンを巻いた店員が、クリームソーダを運んでくる。大きなバニラアイスが浮かんだその子供っぽい飲み物に、先生は嬉しそうに口をつけた。

「それは偶然。閉校が決まったときに、記念事業で校史を編纂しようって話になって。その役目を押しつけられたの。卒業生名簿をまとめたり、色々やってるときに、君のお兄さんのことを思い出して。初めて受け持ったクラスの子だったし、それに――」

グラスの外側を、水滴が伝って落ちる。先生は記憶を手繰《たぐ》るように、ゆっくりとした口調で話した。

「やっぱり、ショックだったから。自分の教え子から〈巻き戻し〉を選ぶ生徒が出るなんて、考えたことがなかった。それで、せめて名簿にだけでも名前を載せてあげられたらって」

「よくうちの住所がわかりましたね」

「濱坂《はまさか》くんって知ってる？　陽翔くんと仲が良かった。彼のお母さまから教えてもらったの」

「ああ、あの神社の」

先生の言葉で思い出す。濱坂慎一《しんいち》は、島にある神社の一人息子だった。兄の親友で、ぼくも何度か遊んでもらったことがある。

「そうそう。今は和歌山の方にいらっしゃるみたいなんだけどね。ご両親同士で年賀状のやり取りだけは続けてたみたい」

「へえ、意外だな」

初耳だった。てっきり、兄のことを思い出させるものは全て、遠ざけてきたものと思っていたのだが。

「もう島にはいないんですか、濱坂さん。残念だな。兄の話を聞きたかったのに」

「お兄さんのこと？　何か調べてるの？」

「調べてる、ってほどじゃないですけど。先生の手紙で、兄のことを思い出したんです。忘れていたことに気づいた、と言う方が正しいかな。いつの間にか、兄が生まれなかった世界に適応していたんだと思います。何しろ三十年経ちましたから……。それで、色々と気になってしまって。たとえば、兄はどうして〈巻き戻し〉を選んだんだろう、とか」

あの時のことは、あまり思い出したくない。ある日突然、町役場から確認の電話がかかってきて、両親はパニックになった。兄は誰にも言わないまま、〈巻き戻し〉の申請を出していたのだ。その後、両親がどれだけ問い詰めても、兄は頑として理由を話さず、考えを変えることもなかった。両親は絶対に認めないと言い張り、役場に怒鳴《どな》り込んだものの、却《かえ》って虐待を疑われる始末。兄の〈巻き戻し〉後、ぼくたち家族が島を離れた理由のひとつが、それだった。

「先生は覚えてますか、兄のこと」

「いい子だったよ」

懐かしむように、先生は言った。

「すごくしっかり者でね。大学を出たばかりの新米だった私を随分助けてくれた。成績も良かったな。正直に言うと、テストの採点のときも、ちょっと頼りにしてたんだ。あの子の答案、ほとんど模範解答代わりに使えたから」

「そんなことしてたんですか？」ぼくは呆れて笑ってしまった。

「駆け出しだったんだもの」先生は言い訳した。「それくらい優秀だったの、彼はね。泳ぐのも上手だった。水泳部だったでしょ？　私、前の人が病気で倒れたとかで、顧問を押しつけられてさ。よく覚えてるよ。将来はどんな大人になるのやらって、職員室でも噂《うわさ》の的だった」

「でも、兄は大人にならなかった」ぼくは言った。「〈巻き戻し〉を選んだから」

先生はため息を吐き、ストローの先でアイスを沈めた。細かな泡がぷつぷつと浮かび上がり、水面で弾《はじ》けて消える。

「その呼び方は好きじゃない」先生は答えた。「遡《そきゅう》及中絶って言ってほしいね。子供の側《がわ》から見たら、〈巻き戻し〉なのかもしれないけど、結局あれは中絶でしょう。母親にとっては」

確かに、ぼくたちが子供の頃はまだ、遡及中絶とか、非出生措置みたいな難しい呼び方を大人たちは使っていた。〈巻き戻し〉という呼び方は子供向けに作られたもので、それがいつの間にか一般的な呼称として普及したのだ。

はじまりは一九九五年。時間遡及理論《スチールヘッド・セオリー》の発見が、タイムトラベルへの道筋を拓《ひら》いた。当時の興奮と熱狂は想像に難《かた》くない。空想の産物だったタイムマシンが、今や月面ロケットと同様、手の届くところに現れたのだ。子供たちの間では恐竜ブームが沸き起こり、九八年に公開された「のび太の恐竜」のリメイクは一二〇億という異例の興行収入を叩《たた》き出した。

けれど、研究が進むにつれて、ジュラ紀恐竜ツアーの難しさは次第に明らかになっていった。車や飛行機と異なり、タイムマシンは移動量——つまり遡《さかのぼ》る時間が長くなっても、消費するエネルギーの量はさほど変わらない。問題は質量だ。タイムマシンの総重量が増えるほど、消費エネルギー量は指数関数的に増え、莫大《ばくだい》なものとなる。成人男性一人を過去に飛ばすためには、太陽を一つ燃やし尽くす必要があるという事実が判明するにつれ、タイムトラベルの熱狂はしぼんでいった。

ところが、人類初のタイムマシンは意外な場所から現れた。八〇年代からカプセル内視鏡の開発に携わっていたイスラエルのラファエル社が、医療用の超小型タイムマシンを発表したのだ。二一世紀が始まってすぐのことだった。

カプセル型遡及投薬機、通称ＴＣＭ。直径わずか二五ミリ。どんぐりのような形をしたそれを、患者に飲ませるだけでいい。あとはＴＣＭが時を遡り、重症化する前の身体へ遡及的に薬を届ける。遡及投薬療法は、画期的な発明だった。たとえ現在において、どれだけ病状が進行していても、ＴＣＭを使えば、事実上の初期治療が可能になるのだ。

問題はここからだった。二〇〇四年、アメリカのカリフォルニア州で一人の青年が両親を相手取った裁判を起こす。彼は自らの母親に対し、ＴＣＭを使用して、自分を遡及的に中絶するよう要求したのだ。

青年の要求は、少なくとも技術的には可能だった。ＴＣＭに経口中絶薬を搭載し、母体に投与すれば良い。カリフォルニア州最高裁判所は、青年の要求に応えることは事実上の自殺幇助《ほうじょ》であると判断し請求棄却の判決を下したが、これが全米を巻き込む議論に火を点《つ》けた。

「生まれないことは死ぬことではない」

「生まれるかどうかは自分で決める」

出生選択派《ネオ・プロチョイス》と呼ばれる若者たちは、口々にそう主張すると、出生の不均衡性を問いただし始めた。親は子供を作ることを選べるのに、子供の方は選べない。その意味で、出生とは単なる生の押しつけであり、根源的な暴力である――。

二〇〇七年に発生したリーマンショックが、彼らの怒りに拍車をかけた。若年層の失業率は二五パーセントを超え、政府が主要金融機関の救済プログラムに四〇〇〇億ドルを投じる一方で、学生ローンの総額は一兆ドルを突破した。アメリカ社会は子供の居場所を作ることなく子供だけを作り続けている――多くの若者たちがそう主張したのも、無理からぬことだった。

そしてついに――ニューヨークのブルックリン橋で十五人の若い男女が一斉に自らの頭を撃ち抜くという悲劇的な抗議活動を経て――アメリカは世界で初めて出生の事後選択権を法制化した国家となった。

「日本で〈巻き戻し〉の導入が決まったとき、私は十六歳だった」

先生はため息を吐いた。

「惜しかったね、って友達と話したよ。別に、生まれたくなかったわけじゃないけど、それでも君たちの世代が当たり前にもらえる権利を、自分がタッチの差で逃したと思うと癪《しゃく》だった。だから、その時に決めたの。この先の人生で、絶対に子供は作らないって。結婚相手とも、それで別れた。それ以来、ずっと独り身。色々言われたりもしたけど、子供を持つよりはずっとマシ」

日本が出生追認制度の導入を決めたのは二〇一二年のことだ。その後押しとなったのは前年の大震災と原発事故で、東日本を覆った放射性雲と低線量被ばくへの不安が日本人の死生観を大きく変えた――少なくとも、教科書ではそのように説明されている。それが果たして真実なのか、当時たったの四歳だったぼくには判断がつけられないけれど。

「息子が生まれたとき」ぼくは言った。「あらゆる人から祝福の言葉をもらいました。ぼくたちの両親、会社の同僚、大学時代の友人、行きつけの美容師さんからも。でも、ぼくは素直に喜べなかった。兄のことがあったから」

「息子さんは、今おいくつ?」

「いません。半年前に十五歳を迎えまして――」

その先は言わなかった。先生は察したように目を伏せ、グラスに残った緑の液体を残らず啜った。

〈巻き戻し〉を実際に選ぶ子供の数はとても少ない。それゆえ、残された家族は多くの場合、心ない偏見に晒《さら》されることになる。たとえば、〈巻き戻し〉は遺伝する、という風説がそれだ。ぼくのように、近しい家族に出生否認者が出た人間は、その子供も〈巻き戻し〉を選ぶようになる――と言われている。血液型診断と同じく根拠のない噂だが、信じる人間も多い。

「一つ言えるのは」先生は言った。「たとえ特別な理由がなくても、〈巻き戻し〉を選ぶ子たちはいるってこと。あなたのお兄さんがどうだったかは知らない。息子さんもね。でも、必要以上に自分を責めない方がいい」

「でも、ぼくのように家族を二人も〈巻き戻し〉で失うケースは滅多《めった》にない。それは事実でしょう？」

「ただの偶然。長年教師をしてると、嫌でもわかるの。子供って、すぐに死ぬとか殺すとか言うでしょう。命を軽く考えてるの。きっと、自分のことを神様か何かだと思ってるのね」

その通りだ、とぼくは思った。

あの頃、ぼくたちはほんの子供で、そしてきっと、神様だった。

2

ぼくには子供時代が二つある。

一つは、兄が生まれた世界。三十年前の〈巻き戻し〉によって失われた、かつて現実だったはずの——けれど、今ではぼくの記憶の中にしかない世界。

もう一つは、兄が生まれなかった世界。一般に現実と呼ばれているもので、だけどぼくにとってはそうじゃない。ぼくにとっての現実は、いつだって兄のいた世界だった。

それでも、三十年という時間をかけて、ぼくは兄のいなかった世界に少しずつ慣れていった。一段しかない子供部屋のベッド、記憶にない家族旅行のアルバム、兄の代わりに描いたらしい父の似顔絵。そういうものに触れるたび、ぼくの脳みそは勝手に現実との辻褄《つじつま》を合わせ、知らない記憶を一つ、また一つと積み上げていった。

片やすでに失われ、薄れていくばかりの記憶。片や目の前の現実によって補完され、新たに重ねられていく記憶。初めから結果の見えた勝負だ。長い年月が経つうちに、ぼく自身でさえ、兄がいた世界のことをどこか夢や幻のように感じるようになっていた。

それでもまだ、はっきり覚えていることもある。

子供の頃、ぼくは十五歳になるのが怖かった。

〈巻き戻し〉を選ぶつもりは、別になかった。友達はそれなりにいたし、家族仲も悪くない。子供の目から見ても、甘やかしすぎではないかと思うほど、両親はぼくたちに対して優しかった。それはとても――不自然な優しさであるように、ぼくには思えた。

　二人が優しいのはきっと、ぼくたちを恐れているからだ。ぼくたちが人生を巻き戻すことを。だから、優しい。まるで腫物《はれもの》に触るみたいに。その優しさはきっと、ぼくや兄が十五歳になった途端に消え去るだろう。六年生の頃、ぼくはそんな風に感じていた。

「あ、見て。もうセミが死んでる。まだ七月なのに、可哀相《かわいそう》」

　神社の縁側に腰かけた怜奈《れな》が、華奢《きやしや》な足を揺らしながら地面を指差した。湿った色合いの土の上に、脚を折り曲げた茶色いセミが転がっている。

　ぼくは汗をたっぷり吸ったランドセルを傍《かたわ》らに下ろし、湿った土と古びた木々の匂いを嗅いだ。縁側の板は冷たく、火照《ほて》った太ももの裏を冷ますのにちょうど良かった。

「セミってさあ、なんで上を向いて死ぬのかな。やっぱり、空を見てたいから？」

「死後硬直ってやつじゃないかな」とぼくは言った。「脚の関節が曲がって、身体を支えられなくなるんだよ」

「うわ、シラケる」

　怜奈は顔をしかめ、薄い紫のハンカチで汗をぬぐった。

「普通にさ、死ぬときは空を見てたいでしょ。入道雲がきれいだなあ、もっと飛びたかったなあ、みたいな」

「でも、今日は入道雲なんて出てないし……」

　夏休みが近づいていた。小学生最後の夏だ。昨日までの雨はどこへやら、空は真っ青に晴れ渡り、緑がかった夏の匂いがあたりに満ちている。あとは入道雲さえあれば完璧だった。

「あのねえ」怜奈は呆れたように言った。「心の目で見なさいよ。やだやだ。アオって絶対、柴崎先生みたいなつまんない大人になるよね」

「そっちの方がいいよ。コバセンみたいになるよりは」

柴崎先生は、ぼくたち六年一組の担任だ。コバセンこと小林先生は怜奈たち六年二組の担任。生徒からの評価は五十歩百歩といったところだ。ただし、保護者の評判は圧倒的に二組の方が悪かった。

問題は、コバセンが極度の〈巻き戻し〉派だということにある。何しろ、進級初日の挨拶で、生徒たちに「大人を代表してお詫《わ》び」するくらいなのだ。先生に言わせれば、子供を生むことは人生の押しつけで、無責任で暴力的な行いなのだった。

「あいつ、ほんと嫌い」怜奈は吐き捨てるように言った。「今年こそはいなくなるかもって思ったのになぁ」

「無理だろ。本土じゃ居場所がないから、うちの島に押しつけられたんじゃん」

困ったことに、怜奈はコバセンのお気に入りの生徒だった。たぶん、彼女の家庭環境のせいだろう。怜奈には父親がいないし、母親は何というか……少し変わってる。

「ママと相討ちしてくれないかな。そしたら、あたしのへその緒も切れるのに」

「あと三年の辛抱だよ」ぼくは言った。「そうしたら、高木さんのお母さんも――」

「あ！　また名字で呼んだ。それ、気持ち悪いからやめてって言ってるじゃん」

「わかったよ」

ぼくはため息を吐いた。六年生というのは厄介な時期で、それまで当たり前だったことが、急に難しくなったりする。女の子を下の名前で呼ぶのも、その一つだ。たとえ、相手が気心の知れた幼馴染《おさななじみ》であっても。

「つまり、十五歳になれば、怜奈のお母さんだって何も言えなくなるだろ。へその緒だって切れるしさ」

怜奈のお母さんは気分屋だ。機嫌のいいときは娘を溺愛するけれど、少しでも気を損ねると困ったことになる。二言目には「生まなければ良かった」で、遡及中絶をチラつかせて脅すのだ。もちろん、ただのハッタリだ。それでも、〈巻き戻し〉が子供側の権利だと知らないうちは効果てきめんの脅しだし、たとえ知識として知ってはいても、やっぱり不安は拭えない。何しろタイムカプセルを飲み込むのはぼくたちじゃなくて、親なのだから。

へその緒、というのは怜奈が好んで使う表現のひとつだった。あたしたちは十五歳になるまでずっと、ぶよぶよしたピンクのへその緒から逃げられずにいる――。

「まあ、いい加減聞き飽きたけどね。中絶上等、やれるもんならやってみろって感じ」

「さすがに本気じゃないでしょ。お母さんも」

「何でわかんの」怜奈は横目でぼくを睨《にら》んだ。

「だって、子供が欲しいって思ったから、怜奈が生まれたわけだろ」

「単にセックスがしたかっただけだよ。あたしが生まれたのはそのおまけ。大人なんて、みんなそう」

「セックス?」聞いたことのない言葉だった。

「げ。マジか」

怜奈は困ったように頭を掻《か》いた。「もしかして、知らない？」

「うん」

「えーっとね。セックスっていうのは——」

「怜奈」

怒ったような声とともに、制服姿の中学生が本殿の裏から現れた。兄と同じクラスの濱坂くんだ。

「慎ちゃん」怜奈がぱっと立ち上がった。「ちょっと、盗み聞きやめてくれない？」

「怜奈の声が大きいんだろ。頼むから、うちの境内でそういう話はやめてくれ」

「ねえ、ハル兄は？　一緒じゃないの？」

怜奈は見事なまでに濱坂くんの言葉を無視した。

「知らない。部活じゃないかな。ていうか、そういうことはアオに訊《き》きなよ」

ぼくは首を横に振った。別に、兄弟だからって互いの予定を何でも知ってるわけじゃない。

「ハル兄の誕生日って、九月だよね」怜奈はあっさりと話題を変えた。「そしたら十五歳じゃん。やっぱ、誰かにコクるのかな」

「心配しなくても、相手は君じゃないよ」

「そんなのわかんないじゃん。ね、アオ」

ぼくは曖昧に息を漏らして、彼女から目を逸《そ》らした。

「まあ、いいや。行こ」

　怜奈は勢いよくランドセルを背負うと、縁側からひょいと飛び降りた。ぼくの腕をつかみ、強い力でぐいと引っ張る。行き先はわかっていた。秘密の話をしたい時、ぼくたちが向かう場所はいつも一つだ。

　ぼくたちはランドセルをがちゃがちゃ鳴らしながら境内を抜け、山に続く坂を上り始めた。石畳の路地が碁盤の目のように広がり、緑の苔《こけ》が茂った側溝を、ぬるくなった水が流れていく。坂道は傾斜がきつく、黒っぽい瓦《かわら》屋根がすぐ手の届きそうな場所に迫っていた。白いスニーカーを光らせながら駆ける怜奈の姿は、まるで屋根から屋根へと渡っていく黒猫のようだ。

「ねえ、どう思う」

　爪先《つまさき》立ちで振り返りながら、怜奈が訊いた。

「どうって、何が？」

「だから、ハル兄のこと。誰かにコクるのかな。十五歳になる前にさ」

　確かに、十五歳の誕生日前を告白のタイミングにする人は多い。もし、結果がダメで、死ぬほど恥ずかしい思いをしても、〈巻き戻し〉をすれば全部なかったことにできる——実際にどうするかはさておき、そういう心構えをしておくだけで、多少勇気が出るものらしい。

「本気で言ってるの」ぼくは笑った。「うちの兄貴がそんなセコいこと考えるわけないだろ。バレンタインが来るたびに、田舎に越してきて正解だったっていつも母さんが言ってるよ。都会の中学なんか通ってたら、チョコの山でそれこそ家の床が抜けちゃうってさ」

「さすが」怜奈は笑った。「アオとは違うね」

　ぼくは無視した。

「じゃあ、アオはどうする？　十五歳になる前に誰かに告白する？」

「誰にさ」

「誰でも。好きな子とか、いないわけ？」

ふいに、祥子先生の短い指が頭に浮かんだ。慌てて首を振り、それを追い出す。

「いないよ」とぼくは言った。

坂のてっぺんに大きな白い建物が姿を現した。古ぼけた外壁のあちこちを、緑の蔦《つた》が覆っている。昔は老人ホームとして使われていたらしいけど、今では碌《ろく》に手入れもされず、雨ざらしになっていた。

建物の脇を進んで裏手に回ると、開けた場所に出た。草に覆われた空き地の先に海が見える。潮風が汗に濡れた髪の毛を揺らした。島にある隠れ処《かくが》の中でも、怜奈が一番気に入っている場所だ。その昔、母親がホームで働いていた頃に見つけたらしい。

空き地の真ん中に、薄いブルーのワゴン車がほったらかしで置かれていた。背の高い雑草に囲まれ、下半分が緑の海に沈んでいるように見える。

「あ、見て」

怜奈が車の前で足を止め、フロントガラスを指差した。小さなセミのぬけがらが、爪の先をワイパーに引っかけてくっついている。彼女はそれを指でつまむと、手のひらの上にころりと載せた。

「すっごく綺麗。標本みたいじゃない？　ハル兄にあげようかな」

「いらないだろ」ぼくは言った。「小学生じゃないんだから」

「ふーん。じゃ、アオにあげる」

怜奈はぼくの手をぎゅっと摑《つか》むと、セミのぬけがらを無理やりそこに押しつけた。パリパリという乾いた音が響く。ぬけがらはあっさり砕けて粉になり、風にさらわれてどこかに消えた。

助手席の方に回り、ドアを開ける。鍵はかかっていない。ホームが潰《つぶ》れてからずっと、この場所に放置されているのだ。むわっとした車内の空気に、思わず鼻をつまむ。助手席に無理やり身体をねじ込むと、座席に積もった土埃《つちぼこり》が舞い上がった。

反対側のドアが開き、怜奈が運転席に飛び込んでくる。リクライニングを限界まで後ろに倒し、スニーカーを履いた両足をハンドルに乗せた。

「行儀が悪いぞ」

「やめてよ。ママみたいなこと言うの。ね、アオも倒しなよ」

提案の形をとってはいたけれど、そこには命令に似た響きがあった。ぼくは諦めて目を閉じ、背もたれごと後ろに倒れ込んだ。お腹《なか》のあたりにちょっとした浮遊感。目を開けると、すぐ横に怜奈の顔があった。

「さっきの話の続きだけど」彼女はぼくの目を覗《のぞ》き込んで言った。「セックスっていうのは、つまり性交のことね。性行為。わかる?」

「ちっとも」

「だろうね。アオらしい」

怜奈は呆れたようにため息を吐き、手ぶりを交えてぼくに説明してくれた。

なるほどね、とぼくは思う。おちんちんに、そんな使い方があったとは。

「それって、みんな知ってることなのかな」

半開きになった助手席の窓から外を見ながら、ぼくは訊いた。

「まあ、ほとんどの子はそうなんじゃない。もう六年生だよ、あたしたち。子供の作り方くらい、知っとかなきゃ」

別にそんなことはないだろうと思ったけれど、口には出さなかった。

「――つまり、父さんたちは二回も、そういうことをやったわけか」

「二回?」

「ぼくの分と、兄さんの分。二回だろ」

怜奈はまじまじとぼくを見て、それから思い切り吹き出した。からからという笑い声が、車内に響く。天井から蜘蛛《くも》が落ちてきて、怜奈のお腹を這《は》いまわった。

「あー、おっかしい」

彼女は蜘蛛をひょいとつまむと、窓の隙間から投げ捨てた。

「あのさ、毎日セックスするんだよ、大人って。気持ちいいから」

「だけど、そんなことしたら、ものすごい数の子供が出来ちゃうじゃないか」

「別に、必ず妊娠するわけじゃないし。それに、普通はみんな避妊してるしね。避妊のやり方、聞きたい?」

「いや、いい」

ぼくは断った。大人の階段を上るのは、一日に一歩だけでいい。怜奈はつまらなそうに口をとがらせると、身体を起こしてハンドルを握った。アクセルペダルを踏み込んで、唇の隙間からエンジン音を響かせる。

「ねえ」怜奈がハンドルを握ったまま振り返った。「二人で見に行かない？　土曜日に。大人たちがしてるとこ。で、思い切り邪魔してやんの」

ぼくは思わず咳《せ》き込んだ。「何だって？」

「知ってる？　山の奥にある廃トンネル。ほら、中学校の脇から登っていく道があるじゃない。あれをしばらく行ったとこ。この前、中学生の先輩から聞いたんだけど、あのへんに車を停《と》めて、中でやってる人たちがいるんだって」

「セックスを？」

「セックスを」

「知りたくなかったな」

ぼくはため息を吐いて足を伸ばした。

「でも、何で土曜日なのさ。火祭りだろ、その日」

瀬見島では毎年七月に、火祭りと呼ばれるお祭りがある。お神輿《みこし》を担いだ大人たちが松明《たいまつ》の明かりとともに海に入るのだ。

「だからこそでしょ。みんなの目が海に向いてるうちに、山でこっそり……って考えるやつがいそうじゃない？」

「なるほどね」

本当は、屋台で食べ歩くのを楽しみにしていたのだけど……。ぼくは諦めて両手を上げた。怜奈は一度言い出したら自分の意見を絶対に曲げない。

「わかったよ、行こう」

「やったぁ」

怜奈は大喜びで手を伸ばし、ぼくの頭をくしゃくしゃと撫《な》でた。その腕を振り払い、焼きそばとりんご飴《あめ》に心の中で別れを告げる。

「そうだ。家にカメラがあるんだよね。使い捨てのやつ。あれで写真撮ってやろうかな。それか、卵とか投げつけるのもいいかも」

「良くない」ぼくは呆れた。「せめて写真じゃなくて、スケッチにしたら？　得意でしょ」

助手席のグローブボックスからスケッチブックを取り出す。怜奈は目の色を変えてそれを引ったくった。

「ちょっと、勝手に見ないでよ」

「勝手にって……、何が描いてあるかくらい知ってるし」

怜奈のスケッチブックは、下手くそな男の子の絵でいっぱいだった。全て兄の似顔絵だ。優しげな目、日に焼けた肌、くしゃくしゃになった髪。辛うじて特徴を摑んでいるとはいえ、似ているとはお世辞にも言えない。

当然だ。彼女が毎回モデルにしているのは、兄ではなくぼくなのだから。

「いい加減、兄貴に直接頼みなよ。ぼくを身代わりにするんじゃなくてさ」

兄のことだ。怜奈が頼めば、二つ返事で引き受けてくれるだろう。でも、彼女は一度だって兄の前でスケッチブックを開いたことはなかった。ぼくの顔を通してしか、怜奈は兄を描こうとしない。

「嫌。恥ずかしいじゃん」

「わかんないなあ」

変わったな、と思う。昔の怜奈なら、簡単に頼んでいただろう。ベタベタと兄につきまとっていた頃の彼女なら。でも、兄が中学に上がってからというもの、昔のように三人で遊ぶことは少なくなった。兄が部活に入ったこともあり、何となく距離感のようなものが出来てしまったのだ。

「ちょっとアオ、動かないで」

怜奈が言った。いつの間にか、手には鉛筆を握っている。ぼくはため息を吐いて、半開きになった窓から外を見た。セミたちの声がうるさかった。


その夜は、家の近くの銭湯に行った。

兄が母さんと喧嘩《けんか》をしたからだ。いつもは声を荒立てたりしない母さんが、その日はやけに強い口調で怒鳴っていた。

「なあ。アオはどう思う?」

黄色い桶《おけ》に水をためながら、兄が訊いた。浴場のあちこちからお湯の流れる音が聞こえて騒がしい。

「どうって、何が」

「高校だよ。俺のさ」

「知らないよ。兄ちゃんの話だろ」

ぼくはシャワーのお湯を頭からかぶりながら、リンスのボトルを手で探った。ほれ、と言って兄がぼくの手にボトルを押しつける。

「うわっ」

出てきた液体を髪の毛につけて、ぼくは思わず声を上げた。

「これ、ボディソープだろ」

「お、気づいたか。早いな」

「死ね」ぼくは呻《うめ》いて、ねっとりした泡を流した。「ていうか、何でオレまで付き合わなきゃいけないんだよ。風呂くらい一人で来ればいいじゃん」

「何だよ、金なら出してやっただろ」

兄は恩着せがましく言ったが、そういうことじゃない。そもそも、ぼくは銭湯が嫌いなのだ。湯舟が広すぎて落ち着かないし、備え付けのスースーするシャンプーも苦手だ。何より、そこかしこに他人の痕跡が残っているのが嫌だった。落ちている髪の毛とか、蛇口に残った石鹸《せっけん》の泡とか、微妙に濡れたサウナの床とか。汚いったらありゃしない。

そそくさとリンスを髪につけて洗い流し——今度は間違えなかった——、足先から湯舟のなかにそっと入る。信じられないくらい熱かった。温度計を見ると、四四度もある。こんなの、一分も入っていられない。

「お前だったらどうする、アオ」

脱衣所でドライヤーに十円玉を入れていると、兄が再び訊いてきた。

「考えたこともないよ、高校のことなんて」

「もし俺が——」兄は言った。「島を出て外の高校に行くって言ったら、ついてくるか?」

ぼくはぽかんと口を開けて兄を見た。兄は冗談めかしたような――それでいて、真剣な目でぼくを見ていた。水泳選手にしては珍しい、真っ黒な髪がおでこに貼りついている。

「何でそんなに島の外に出たいのさ」

「変か？」

「変じゃないけど――」

でも、島の生活は嫌いじゃない。そりゃ、もう少し賑《にぎ》やかな町で暮らしてみたいって気持ちはあるけど、いざ行ったらすぐに疲れて嫌になりそうだ。

「別に、一生ここで暮らさなきゃいけない理由もないだろ。俺たちは島の生まれじゃないんだし」

「そうだけどさ」

ぼくたち家族が瀬見島に越してきたのは、震災の翌年。兄は七歳、ぼくはまだ四歳だった。島に来る前は、東京にほど近い賑やかな町に暮らしていたらしい。ただ、その頃の生活を、ぼくは兄と違っておぼろげにしか覚えていない。

「十五歳を越えたら、もう大人だ」兄は言った。「何だって出来る。島を出て一人暮らしを始めたって、何も問題ないはずだ」

もちろん、母さんはそれが面白くないのだった。まったく、あんなに怒った母さんは見たことがない。高校生が一人暮らしだなんてとんでもないと言って、裏切られたかのような声で兄に怒鳴った。そこには、いつもぼくたちに気を遣っていた、優しい母親の表情はなかった。たぶん、兄に〈巻き戻し〉をするつもりがないと知って、安心したのだろう。

「でもさ、怜奈は寂しがるよ」

「そうだな」兄は笑った。「じゃあ、やっぱりアオは島に残らないと」

わかってないなあ、とため息を吐く。ぼくがいたって、ダメなのだ。怜奈が好きなのは兄なのだから。まったく、あのスケッチブックを見せてやりたい。

いつの間にか、ドライヤーの風が止まっていた。髪はまだ濡れていたけど、これ以上お金を入れるのも勿体《もったい》なくて、荷物をまとめて外に出る。七月の夜風は、まだ少しだけ冷たかった。

「陽翔くん」

自販機でジュースを買っていると、ふいに女の人の声がした。聞き覚えのある声だ。慌てて振り返ると、祥子先生が左手にトートバッグを提げて立っていた。

「先生」兄が驚いたような声を上げた。「どうして、こんなところに」

「家の給湯器が壊れちゃって。一昨日《おととい》はトイレの電球が切れたばかりだし、もう最悪」

そう言った先生の髪の毛はまだ濡れていなかった。たぶん、今来たところなのだろう。そのことに、何故《なぜ》かがっかりしている自分に気づく。

「もしかして、陽翔くんの家もお風呂が壊れちゃったの?」

「違いますよ」ぼくは横から口を挟んだ。「喧嘩したんです、兄貴が。母さんと」

「おい、アオ」

兄が不機嫌に小突いてきたけど、ぼくは無視した。たまには、恥をかいてもらわなくちゃ困る。

「喧嘩?」先生はびっくりしたようだった。「へえ。意外だな」

「兄貴が、高校生になったら島を出るって言って、それで——」

「アオ、よせ」

そう言った兄の声は、さっきよりもずっと険しかった。「先生、気にしないでください。別に喧嘩って言っても大したことじゃないんで。ほんとに」

「ああ、うん」先生は、気まずそうにぼくたちから目を逸らした。「それなら良かった」

「大丈夫なんで、ほんとに」

兄はぼくの腕をつかみ、ぐいと引いた。

「行くぞ、アオ」

見たことのない兄の剣幕《けんまく》に、ぼくは従うほかなかった。腕の痛みをこらえながら、とぼとぼと歩く。先生にさよならを言いたかったけど、言葉が上手く出てこなかった。

細い路地は湿っていて、近くを流れる用水路から蛙《かえる》の声が聞こえた。空には雲が出ていて、星は見えない。ぼんやりした月の影が、クラゲみたいにふわふわと夜の空を泳いでいた。

「ごめん」とぼくは言った。

兄は答えなかった。でも、腕をつかむ力が緩んで、それから聞き取れないくらい小さな声で「悪い」と言った。

家にたどりつくまでずっと、ぼくたちはお互いの顔を見なかった。

3

島に来たばかりの頃、神様を見たことがある。

雪の積もった朝だった。当時は知らなかったけれど、瀬見島では珍しいことだったらしい。ぼくと兄は早朝に家を抜け出して、一面の白に沈んだ町を二人で歩いた。雪玉をぶつけあい、坂を上る。老人ホームを通り過ぎ、見晴らしのいい空き地に出た頃には、二人ともコートの下までぐしょ濡れだった。

空き地の真ん中に誰かがいた。男物のコートに身を包み、ファーのついたフードをかぶっている。スニーカーの跡が点々と、坂の下から彼のもとに続いていた。ぼくたちに背中を向けたまま動かない。海を見ているようだった。ぼくと兄は空き地に積もった新雪で遊びたかったけれど、彼に近寄りがたい雰囲気を感じて、立ち入ることが出来ずにいた。

強い風が吹いた。フードがめくれ上がり、振り返った彼の顔が見えた。綺麗な顔立ちをした中学生くらいの男の子だった。彼は風の行方を追うように一歩踏み出し、そして消えた。跡形もなく。

ぼくと兄は揃ってその場に立ち尽くし、空っぽになった空き地を見つめた。空き地には何も残っていなかった。ついさっきまでそこにあったはずの、坂の下から続くスニーカーの跡さえなかった。そこにはただ、まっさらな雪だけが残されていた。

「ねえ、今の見た？」

声がした。振り返ると、小さな女の子がそこにいた。紫のコートの胸元に、派手なワッペンがついている。

「あの子、神様だよ！　きっと」

女の子はそう言って笑った。

それが、ぼくと兄と高木怜奈の出会いだった。

火祭りの土曜日は、朝から蒸し暑かった。

最後の授業は特活の時間で、その日は出生追認制度についての説明を受けることになっていた。十五歳になって慌てないよう、今からきちんと考えておきなさいというわけだ。薄いパンフレットが配られ、十分で黙読するように指示される。おしゃべりはしないこと、と先生が言った。

『みなさんは選ぶことができます』

最初のページは、そんな一文で始まっていた。

『生まれてきたことを認めるか、認めないか。それは、みなさんの世代から認められるようになった、新しい権利です』

ページをめくる。やわらかいタッチのイラストが目に入った。母親らしき女の人が、どんぐりのような形をした銀のカプセルを飲み込んでいる。

『〈巻き戻し〉の方法自体は、とても簡単です。薬の入った小さなカプセルを飲み込むだけ。カプセルが時間を遡り、十五年前の身体に薬を届けます。役目を終えたカプセルは、排泄物《はいせつぶつ》に混じって体外に出されるので、身体に害はありません。そして、届けられた薬が身体に吸収され、みなさんはこの世界に生まれなかったことになります。

気を付けてほしいことが二つあります。

一つ目。〈巻き戻し〉そのものをなかったことにはできません。一度〈巻き戻し〉が行われると過去は書き換わり、みなさんは生まれなかったことになります。みなさんの持ち物、描いた絵や日記、写っている写真やビデオなどあらゆるものが消えてなくなり、そうなったらもう、やり直しはききません。

　二つ目は、カプセルを飲むのがみなさんではなく、みなさんのお母さんだということです。〈巻き戻し〉を選ぶのはみなさんの権利ですが、実際に病院に行くのはみなさんではありません。自分がどうするつもりなのか、ふだんからおうちで話し合っておくようにしましょう。その時、お母さんやお父さんの気持ちも忘れないようにしてあげてください。

　最後にもう一つだけ。大人になることは、決してつらいことではありません。もちろん、大変なこともあるでしょうが、それ以上に楽しいことやうれしいこともたくさんあります。みなさんが正しい選択をして、豊かな人生を送れることを願っています』

　文章はそんな風に終わっていた。

　配られたパンフレットの行く末は三つだった。ランドセルにきちんと仕舞《しま》って持ち帰られるか、机の奥に突っ込まれるか、もしくは紙飛行機になって教室を横切るかの三択だ。

「オレ、関係ねえもん」

　前の席に座った中尾がつまらなそうに言って、イカ飛行機の形に折ったパンフレットのページを飛ばした。彼は五歳のときにお母さんを病気で亡くしている。いくら権利があるといっても、母親がいなければ〈巻き戻し〉は不可能だ。

「選べるんなら、そうしたの？」とぼくは訊いた。

「わかんねえけど」中尾が言った。「でもさ、この間、最後の一本が抜けたんだよ」

「何の話？」

「子供の歯。奥のやつが抜けて、全部生え替わったの。それで、なんかオレ、がっかりしちゃってさ。ああ、オレの人生、もうやり直しがきかないんだなって。ほら、子供の歯だったら、虫歯になってもまた次の歯が生えてくるじゃん。〈巻き戻し〉だって、そういうことだろ。何かあっても、リセットできるわけじゃん、お前らは」

「けど、全部消えちゃうんだぜ」

横から飯田が口を挟んだ。「最初から生まれてこなかったことになってさ。写真とかビデオとかも全部なくなって。去年、賞をもらったカブトムシの絵だって、なかったことになるんだぜ。嫌だろ、普通に。なあ、アオ」

「うーん、まあ。そうかもね」

ぼくは曖昧に首を振った。

彼の言いたいことはよくわかる。でも、「神様」を見たあの日から、ぼくの頭にはあのまっさらな雪の美しさが焼き付いて離れなかった。

大人たちは時々、〈巻き戻し〉は自殺と同じだって言うけれど、それは違う。死ぬってことは、この世界に残るってことだ。死体とか服とか玩具《おもちゃ》とか、出し損ねたままのラブレターとか、そういうものを全部残すということだ。

そんなのはごめんだった。ぼくは何も残したくない。もしも世界から消えるなら、冬の池に張った薄氷みたいに、一切の痕跡を残さずにいなくなるのがいい。なかったことに出来ない人生は、ぼくには荷が重すぎる。

「まあ、まだ先の話だしな」飯田が言った。「でも、アオの兄ちゃんはそろそろだよな。来月だっけ?」

「再来月。まあ、普通に追認すると思うよ。昨日だって、高校生になったら島を出るって母さんと喧嘩してたし――」

言ってから、しまったと思った。慌てて、視線をさっと教室中に走らせる。休み時間になると時々、怜奈はこっちの教室に遊びに来る。兄の話を聞かれたくはなかった。

幸い、彼女の姿は見当たらなかった。ほっと息をつき、二人の方に向き直る。

「だから、まあ」念のため、声を潜める。「〈巻き戻し〉はしないだろ。高校のことは知らないけど」

「ハル兄だしなぁ。この前だって水泳の地方大会、行ったんだろ。すげえじゃん。瀬見っ子だって、あんなに速くは泳げねえって」

悪気なく喋《しゃべ》る中尾のわき腹を、飯田が小突いた。ぼくは二人に気を遣って目を逸らし、それに気づかないふりをする。

中尾も飯田も、ぼくや兄と違って島の生まれだ。瀬見島の子供は大抵そうで、他所《よそ》から来るやつは珍しい。兄はあまり話したがらないけれど、転校してきたばかりの頃は結構苦労したらしい。ぼくたち家族が、関東から来たせいもあるのだろう。当時はまだ、放射能についての無責任な噂が残っていたし、子供はそういう噂に敏感なものだ。

もしかしたら、とぼくは思う。

兄はずっと、孤独だったのかもしれない、と。

「あのさ」

その日の夕方、玄関でナップサックを背負いながら、ぼくは兄に訊いてみた。「オレ、あんまり覚えてないんだけど。島に来たばっかかの時って、やっぱり色々あった?」

「どうした、突然」

兄は笑いながら、ぼくの首筋に冷たいものを押し当てた。凍ったポカリのペットボトルだ。

「そりゃ、なくはなかったけど。怜奈とお前もいたしな、大したことなかったよ」

「本当に?」

なおも食い下がると、兄はため息を吐いて隣に座った。

「新型コロナって、覚えてるか。あっという間に世界中で流行《はや》って、パニックになっただろ」

ぼくは頷《うなず》いた。兄が言っているのは、去年の春の出来事だ。中国の何とかって町に新種のウイルスが出現して、世界中に広まった。アメリカとかイタリアが特にひどくて、何万人も死んだらしい。日本も大騒ぎになって学校は休校、マスクなしでは外を歩けなくなった。緊急事態宣言、というやつだ。

今ではもう、そのウイルスは思い出のなかにしか存在しない。五月の初め頃に歴史が変わって、コロナの流行はなかったことになった。ニュースによると、中国の政府がTCMを使って治療薬を最初期の感染者たちに投与したらしい。おかげでパンデミックは起こらなかったことになり、何万人という人たちが生き返った。めでたし、めでたしだ。

「あの頃って、ちょうど木村先生が赴任してきた時期でさ。色々言われてたんだよ。先生、俺たちと同じで関東の出身だから。タイミング悪いよな。中学生なんてガキだからさ、クラスのやつらも結構酷《ひど》いこと言ってて。それで俺、ちょっとキレちゃってさ。だからまあ、やっぱり気にはしてたのかもな。昔のこと」

「ふうん」ぼくは唸《うな》った。「でも、良かったじゃん。なかったことになってさ」

「ああ。だけど、記憶が消えるわけじゃない。そういうのって、ちょっと気まずいよな」

「今でもそんな感じなの？」

ぼくはちょっと心配になった。祥子先生が今でも学校に馴染めないのだとしたら、可哀相だ。

「心配すんな。それより、待ち合わせに遅れるぞ」

背負ったナップサック越しに、兄はぼくの背中を押した。つんのめるように立ち上がり、玄関を出る。太陽は大きく傾いて、電線の影がクレヨンで描いた線路みたいに、道路の上に伸びていた。

怜奈は神社の前で待っていた。浴衣《ゆかた》姿だった。淡いブルーの生地に、ピンクの朝顔がプリントされている。帯は赤色。同じ色のかんざしで、髪を一つにまとめていた。

「何？　似合ってない？」

ぼくのびっくりした顔を見て、怜奈が不機嫌そうに訊いた。

「そうじゃないけど。どうして浴衣なのさ。トンネルに行くんじゃないの」

「ママの見栄《みえ》。着ていけってさ」怜奈はため息を吐いた。「断るわけにいかないでしょ。お祭りに行かないのがバレちゃうじゃん。それよりこれ、持って」

怜奈は紺色の手提げ袋をぼくに押しつけた。スーパーに持っていくような薄手のやつで、ずしりと重い。中を覗くと、紙製の卵トレーが見えた。重さから察するに、他にも色々入っていそうだ。

「これ、何?」

「反生殖たまごミサイル」怜奈は答えた。「言ったでしょ。これを車にぶつけてやるの。こっちは使い捨てカメラね。二十七枚撮れるんだって」

「本当にやる気?　やめた方がいいと思うけど」

ぼくはため息を吐いて歩き出した。肩にバッグの紐《ひも》が食い込んで痛い。長くなった二人分の影が、熱せられたアスファルトの上にのっぺりと貼りついている。

海沿いの道を進むと徐々に人が増えてきた。あちこちに屋台が立ち並び、吊《つ》り下がった提灯《ちょうちん》の炎が揺らいでいる。知った顔とすれ違うたび、怜奈がにこやかに手を振るので、ぼくはちょっとハラハラした。

「印象づけておかなきゃ」彼女は囁《ささや》いた。「お祭りに行ってないって、ママにバレるわけにはいかないもん」

「なら、りんご飴くらい買おうよ」

「ダメ。浴衣を汚したらママに殺される」

廃トンネルなんかに行く方がずっと汚れそうだと思ったけど、口には出さなかった。何を言ったところで、どうせ言いくるめられるに決まってる。

屋台の陰から男の子が飛び出してきたのは、そのときだった。手にはかき氷の容器を持っている。いちご味だ、と思ったときにはもう、身体が反射的に動いていた。男の子と怜奈の間に間一髪で割り込み、ぶちまけられたシロップを胸で受ける。男の子はぶつかった衝撃で尻餅をつき、すぐに立ち上がると悪びれる様子もなくへへ、と笑って走り去った。その背中に怜奈が死ねっ、と大声で叫ぶ。

「何、あのガキ。最悪。アオ、大丈夫？」

「無理。肋骨《あばら》折れたかも」

溶けたかき氷がシロップと入り混じってシャツの裏を流れ落ちる。今すぐ家に帰ってシャワーを浴びたいという衝動を、ぐっとこらえてぼくは言った。

「行こう。みんなが見てる」

一連の騒ぎのせいで――というよりは主に怜奈の「死ね」のせいで――ぼくたちは注目の的になっていた。観光客らしい若い二人組の女性が、あらあらと他人事《ひとごと》のような顔で笑っている。怜奈がその二人にまで突っかかりそうな素振りを見せ始めたので、ぼくは慌てて彼女の手を引いてその場を離れた。

郵便局のある三叉路《さんさろ》を右に曲がり、中学校のある方に進む。ひどい坂道だった。来年から、この坂を毎日上らなきゃいけないと思うだけで、気が滅入《めい》る。お祭りから離れるにつれて、あたりはどんどん暗くなり、草の匂いが強くなった。静けさのなかで、側溝を流れる水音だけが聞こえている。

「ねえ」怜奈がふいに言った。「何であんなこと、したの」

「何でって……」ぼくは答えに困った。「だって、浴衣を汚したらまずいだろ。ぼくのシャツはまあ、帰って洗えばいいいし」

「何それ。かっこつけじゃん。ハル兄みたい」

その言葉に一瞬心が躍《おど》ったけれど、怜奈は続けた。

「あたし、ハル兄のそういうところ、嫌い」

ぼくは驚いた。記憶にある限り、怜奈が兄を悪く言うのを聞いたのは初めてだった。理由を訊きたかったけれど、たとえ訊《たず》ねたところで彼女は教えてくれない気がした。

山の夜は、町よりも早い。すでに日は沈みかけ、足元に黒々した影が広がり始めていた。山道を一歩進むごとに、視界がどんどん暗くなる。道の両端から張り出した木の影が、分厚いカーテンみたいにぼくらを覆った。

「ハル兄、島を出るんでしょ」と怜奈が言った。

足の動きが一瞬止まる。やっぱりね、という顔で怜奈はぼくの方を振り返った。頭のなかでぐるぐると言葉を並べ替え、しばらく経ってようやく答える。

「別に、出るって決めたわけじゃないよ。そうするかもってだけで。だいたい、外の高校に受からなきゃ意味ないしね」

「大丈夫でしょ。ハル兄なら」怜奈は呟《つぶや》いた。「ねえ、そしたらアオはどうするの。いっしょに島を出る？」

「まさか。兄貴は一人で行くってさ」

怜奈はふうんと呟いたきり、何も言わなかった。

それから、三十分以上歩いただろうか。ようやく山の中腹にたどりつく。二人とも汗だくで、髪の毛が耳に貼りついて鬱陶《うっとう》しかった。一度足を止め、ナップサックからペンライトを取り出す。

「ダメ。点けないで」耳元で怜奈が囁いた。「もうすぐトンネルだよ。気づかれるかも」

「でも、危ないよ」

ぼくは言ったが、怜奈は譲らなかった。幸い月が明るかったから、目を凝らせば道の様子は辛うじて見える。ぼくたちは汗ばんだ手を繋《つな》いで、夜の山道を慎重に歩いた。

「ストップ」

黒々とした深い穴が、ぽっかりと口を開けていた。薄闇の中でもはっきりその形がわかるほど、暗く、黒く沈んでいる。トンネルだ。昼間に見たことは何度かあったけど、夜に来るのは初めてだった。怜奈の細い指が、緊張したようにぼくの左手を強く摑む。

ぼくたちは息を殺し、暗闇に目を凝らした。人の気配はない。トンネルに続く道には、一台の車の影もなかった。

「誰もいない」

ぼくはがっかりしたような、安心したような気持ちになった。

「トンネルの中にいるのかも」怜奈はあきらめなかった。

「入る気？　真っ暗だよ」

トンネルには電気が通っていない。明かりなしで歩くのはとても無理だ。それに、正直言ってちょっと怖い。

しばらく押し問答を続けた末、結局はぼくが折れた。ただし、ライトは点けて足元だけは照らす、という条件付きだ。トンネルの入口に近づくと、澱《よど》んだ水のにおいがした。

「じゃ、行くよ」

大きく息を吸って、一歩を踏み出す。ぴしゃりという足音がトンネルの壁に響いた。天井から滴《た》れ続けた水のせいで、あちこちに水たまりができているらしい。足元は一応舗装されていたけれど、ぬめぬめした苔や泥のせいでひどく歩きにくかった。

「見て」と怜奈が言った。「あの奥。ぼんやり光ってる」

彼女の言う通り、トンネルの奥はわずかに明るかった。何かがある。ぼんやりとした光がそこからわずかに漏れていた。

「カーテンを引いてるんだ」怜奈は興奮した口調で言った。「車の窓に。間違いないよ。あそこにいる」

唾を飲み込んで、耳を澄ます。天井から落ちる水滴の音に混じって、誰かの苦しそうな声が聞こえた。汗とシロップでべたついたシャツが胸に貼りつき、気持ち悪い。

「もしかして、これ？」ぼくは疑いながら訊いた。「何だか苦しそうだけど」

怜奈は答えず、慎重に先へと進んだ。くぐもった声は次第に大きくなり、車体の軋《きし》む音がそれに加わる。間違いない。この奥だ。

隣で怜奈がひゅうと息を吸い、唾を飲み込む音が聞こえた。ぼくはペンライトの先をゆっくりと上げ、トンネルの先の薄闇を下から順に照らし始めた。少しずつ、慎重に。

初めに見えたのは、二つのタイヤだった。それから、丸っこいテールランプ。メタルグリーンの車体が、ライトの光を反射する。

嫌な予感がした。思わず身震いし、怜奈の手を強く握る。

「どうしたの？」

困惑した声で怜奈が囁く。ぼくは答えなかった。耳元の血管がどくどくと脈打ち、その音で頭がいっぱいになる。そんなはずはない、とぼくは自分に言い聞かせた。似たようなデザインの車なんて、他にいくらでもあるはずだ――。

ライトの先を、ほんの少し右に向ける。ナンバープレートの数字が見えた。

「――戻ろう」

「ちょっと！」

ぼくが手を引くと、怜奈は嫌がるように身をよじった。怒った声で、ぼくに囁く。

「急にどうしたの。怖くなった？　今さら？」

「そうじゃない。とにかく、早く行こう」

「イヤ。せっかくここまで来たのに――」

「怜奈！」

自分でも驚くほどの大声と共に、彼女の腕を強く引く。気づいた時には、怜奈が悲鳴とともに足を滑らせ、水たまりに倒れていた。頭の中がぐちゃぐちゃになって、自分の身体を止められない。

ライトに照らされた四桁の数字は、ぼくの誕生日と一日違いで――つまり、そこにいたのは紛《まぎ》れもなく、ぼくの初恋の先生だった。

4

「ねえ、聞いてるの」

電話口の妻の声で我に返る。民宿の部屋は電波が悪かった。窓を開けていても時々通話が途切れてしまう。ぼくは日焼けした畳の上にあぐらをかき、小さなカメムシが這っている錆《さ》びた窓サッシを見やった。

「うん、ごめん。電波が悪くて」

「先生には会えたのかって聞いたんだけど」

「会えたよ」ぼくは答えた。「昔とぜんぜん変わってなかった」

「前にも会ったことあるの?」

「言ってなかったっけ。昔、兄貴の担任だった人だよ。閉校の話が出たのがきっかけで、また島に戻ってきたんだって」

ふうん、と妻は言った。公立校の人事異動については、たぶん彼女の方が詳しいだろう。今は休職しているものの、半年前まで彼女も中学校の教師だった。

「そっちはどう。また例の集まり?」

声に皮肉な調子が混じらないよう、慎重に話す。息子が消えて以来、妻はある集まりに足しげく通うようになっていた。表向きは〈巻き戻し〉で子供を失った親たちの互助会ということになっているが、運営母体はキリスト教系の新興宗教だ。

〈巻き戻し〉には、いまだ解明されていない厄介な点が一つある。過去が変わり、世界が書き換えられても、人間の記憶だけは消えないのだ。息子の写真はたったの一枚さえ残っていないが、それでもぼくの記憶には、あの愛くるしい顔立ちがはっきりと残っている。それが何故なのか、科学者たちは誰一人として答えることができないままだ。

　科学に代わって、この謎に対する答えを用意したのが、宗教だった。過去改変の影響が及ぶのはあくまで物質世界のみであり、われわれの記憶がその影響を受けないのは、モノではない魂を人間が持っている証拠、というわけだ。

「今日は別の勉強会」妻はため息を吐いた。「この前、話したでしょう。あなたも一緒にどうかって」

「そうだったかな。どうにも記憶が――」

「戦争のためなのよ、結局。子供の権利のためなんて嘘《うそ》。あなたはロマンチストだから、認めないかもしれないけど――」

「そう。楽しかったなら良かったよ」

　ぼくは妻の言葉を遮るように口早に言った。息子が消えてからというもの、彼女の言動のひとつひとつが、自分への当てつけであるように思えて仕方なかった。

「明日には帰る。これ以上見るものもなさそうだし」

「無理しないでいいのに。せっかく行ったんだから、昔の友達にでも会ってきたら」

「みんないなくなってるさ」

　島を出てから、昔の友人に連絡を取ったことは一度もない。心の奥底にこびりついた兄の記憶が、それを許してくれなかった。

「ゆっくりしてね」妻は言った。「久しぶりのお休みだもの」

　電話が切れる。久しぶりの休み……、確かにそうだ。息子が生まれてからというもの、本当の意味で休めたことなど一度もなかった。眠っているときでさえ、いつも身体のどこかが目を覚まして、見張りに立っていたような気がする。

風呂に行こうと思い立ち、部屋を出て一階に向かった。ところが、脱衣所に続く扉は貼り紙で塞がれていた。「故障中。近隣の銭湯をお使いください」と手書きの文字で書いてある。ため息を吐き、玄関口に回った。あの銭湯の名前は何だったたか、と思う。

日没が近かった。空はどんよりと雲に覆われ、今にも降り出しそうだ。傘を持っていくべきか迷ったが、今さら部屋に戻るのも億劫《おっくう》だった。薄暗い湿った空気のなかを、ぽつぽつと歩く。

路地にはみ出した鉢植えを避けながら、妻の言葉を思い返した。出生追認制度は、子供の選択権を保護するための制度だ。教科書にもそう書かれている。けれど、それが真実の全てではない。「戦争のため」だという妻の言葉も、たぶんそういう意味だろう。

ＴＣＭは必ずしも、治療薬しか運べないわけではない。たとえば、ストレージデバイスの中には、総重量が一グラムに満たないものもある。未来における戦争や経済の情報を記録したそれらを、過去に送り込むことも理論上は可能なはずだ。

もちろん、医療目的以外でのタイムマシンの開発・製造は国際条約で禁じられている。そのため、どの国も表立っては口にしない。けれど、アメリカは中国が秘密裡《ひみつり》に開発していることを確信しているし、中国はアメリカに対して同じことを考えている。ロシアもイギリスもインドも、考えることは皆同じだ。結局、行きつく先は情報戦の相互抑止しかない。

だから、ある時期を境に各国がこぞって出生追認制度を導入したのは、ＴＣＭの開発・製造を国家で独占管理するためだと言われている。その考えに従うならば、子供の出生選択権などというものは、政府が用意した都合のいい方便に過ぎない。

実際、過去に日本政府はアメリカに対し、二〇一一年に発生した巨大地震の情報を、TCMによって過去に送るよう申し入れを行っている。無論、アメリカ側はこの申し入れを実現不可能であるとして拒否し、その翌年、日本政府は出生追認制度の導入を決定した。

全てはただの憶測だが、あながち的外れというわけでもない。この三十七年間で、追認制度の見直しを図った国が一つもないのがその証拠だ。

「――懐かしいな」

古びた建物の前で足を止める。銭湯の名前は「せみの湯」だった。建付《たてつ》けの悪い戸を引いて中に入る。下駄箱《げたばこ》にはほとんど鍵が差さっていた。時間が早いせいかもしれない。靴を脱ぎ、番台の老人に料金を訊く。

「八〇〇円」と彼は言った。

「そんなに」ぼくは驚いた。「昔は四〇〇円くらいだったのに」

「あんた、島の出身かい」

ぼくは頷き、老人に千円札を渡した。

「西野陽翔って名前を知らないかな。聞き覚えがあったら、教えてほしい」

「さあ」

「それじゃ、高木怜奈は?」

「高木?」老人は眉を上げげた。褐色の顔がわずかに歪《ゆが》む。「そんな名字は山ほどいるが、うちの島で高木って言えば一人だな。有名なやつさ。新聞にも出たんじゃなかったかな」

「誰？」

「下の名前は忘れちまったなあ。ひどい女さ。娘の同意書を偽造して、〈巻き戻し〉をやろうとしたんだ。娘がいなけりゃ、もっとマシな人生を選べたはずだって考えたらしい。すぐにバレて捕まったけどな」

「ひどいね。最近の話？」

「随分昔だよ。二十年……いや、もっと前か？」

老人がお釣りを渡してよこした。汗で湿ったその硬貨を、手の中で圧《お》し潰すように固く握る。爪が肌に食い込み、真っ赤な跡を手のひらに残した。

「ひょっとして、その娘の名前が怜奈だったりしないかな」

「さあねえ。詳しく知りたかったら、昔の新聞を見てみるといい。まあ、娘の名前は載ってないかもしれんがね」

ぼくは老人に礼を言うと脱衣所に行き、汗で貼りついた服を脱いだ。備え付けの扇風機が、生暖かい空気を攪拌《かくはん》している。

老人の話に出てきた女性は、おそらく怜奈の母親だ。年代的にも合致するし、何よりあの人には、そういう危うさが昔からあった。

ぼくは怜奈の境遇を想《おも》い、怒りを覚えようとしたが、何故だか上手くいかなかった。怒るべきだと頭では分かっていたけれど、それに心が追い付かないのだ。

島の大人たちも、きっと同じだったのだろう。少なくとも彼らは、表立って怜奈の母親を咎《とが》めることはなかった。妊娠してすぐ、事故で夫を亡くした彼女のことを不憫《ふびん》に思っていたのだろう。

怜奈の母親にとって、娘の存在は否《いや》が応《おう》でも夫の死を思い起こさせるものだった。おそらくは、一度ならず本気で中絶を考えたのかもしれない。ただ、当時は母体保護法の運用が厳格化され始めた時期で、中絶のハードルは以前に比べて上がりつつあった。

出生追認制度の存在が、従来の妊娠中絶にもたらした影響は両義的だ。国内における経口中絶薬の使用を一般化し、中絶技術そのものの発展を促した一方で、女性の中絶権を制限する議論を生み出しもした。生まれるかどうかを決めるのはあくまで子供の側であるべきというわけだ。

もちろん、中絶が直ちに違法になったわけではない。母親の権利と子供の権利を調停しようとする試みは、世界の多くの地域で今もなお続いている。しかし、少なくともそれ以前に比べれば、中絶の精神的・制度的ハードルが上がったことは事実だ。

「ちょっとごめんよ」声がした。「入らないならどいてくれんかな」

浴場の入口を塞いでいたことに気づき、慌てて脇にのく。瘦《や》せた老人が腰にタオルを巻いたまますぐ横を通った。少し間をあけてから、彼の後について洗い場に入る。浴場の雰囲気は、記憶にあるものとほとんど変わりがなかった。プラスチックの桶だけが、黄色から白へと変わっている。

「若いね。どこから来たの？」

わざわざ一つ離れた椅子に座ったにもかかわらず、老人は話しかけてきた。彼から見れば、四十代も若いうちに入るらしい。

「神奈川の方です。横浜から、少し行ったところ」

「へえ。遠かったでしょう。釣り？」

「いえ」身体を洗いながら短く答える。「子供の頃、この島に住んでて。まあ、墓参りみたいなものですよ」

「ああ、そうなの。昔とずいぶん違っちゃったでしょう。輸送船の燃料がね、まあ値上がりしちゃってさ。ここ十年くらいかな。おまけに内航船にも炭素税がかかるっていうんでね、ひどい話だよ。ほんとに、島の生活も成り立たなくて」

「学校も閉まっちゃうみたいですね」

「第一中ね。もう子供も全然いないから。昔は賑やかだったんだけどねえ」

彼の言葉に、ぼくは内心首を傾《かし》げた。記憶にある限り、瀬見島が「賑やか」だったことなど一度もない。

「まあ、のんびりしていきなよ。子供に戻ったつもりでさ」

シャンプーの泡の下で、ぼくは頷いた。でも同時に、それが不可能なこともわかっていた。

子供の頃のぼくならきっと、怜奈の母親に怒りを覚えることができただろう。けれど今、ぼくの中にあるのは、共感にも似た淡い感情だけだった。

ぼくはもう子供じゃない。神様でもない。

シャンプーの泡が垂れ、目に沁《し》みる。やっぱり銭湯は嫌いだ、とぼくは思った。

5

火祭りの翌週、怜奈は学校に来なかった。月曜の学校にはまだ祭りの余韻が残っていて、興奮した話し声があちこちに聞こえた。ぼくは隣の教室に行き、小林先生にも訊ねてみたけれど、欠席の理由は知らされていないと言われただけだった。

次の日、学校に姿を見せたとき、彼女は口元を大きなマスクで覆っていた。

「風邪でも引いた?」

「ちょっとね」

怜奈はぼくの問いかけを曖昧にはぐらかし、さりげなく距離を取った。声は硬く、目が泳いでいる。何かに怒っているようでも、怖がっているようでもあった。ぼくは何かあったのかと訊ねたが、彼女は答えなかった。

謎が解けたのは、放課後になってからだ。ぼくたちは神社の縁側に腰かけながら、神主さんにもらったアイスキャンデーを齧《かじ》っているところだった。

ところが、キャンデーの表面が溶け始めた頃になっても、怜奈はそれに口をつけようとしなかった。

「食べないの?」

「うん。あとで食べる」

「溶けちゃうよ」

ぼくが言うと、彼女はため息を吐いて、ようやく口にかかったマスクを外した。

左の口元に、大きな傷があった。唇のすぐ上あたりが真っ赤に腫れ、ぎざぎざの傷口が見える。机の角か何かで切ったのだろうか？　血は止まっていたけれど、ひどく痛そうだった。

「何も言わないで」怜奈は静かに言った。

「でも――」

「いいから」

よくない。傷の理由は明らかだ。

あの夜、トンネルから戻った怜奈の浴衣は泥だらけだった。ぼくのせいだ。先生の車を見てパニックになって、わき目も振らずに逃げ出した。

「謝りに行く」ぼくは言った。「ちゃんと説明して、それで――」

「絶対にやめて」

怜奈は小さな声で、けれどきっぱりと囁いた。

「馬鹿なこと言わないで。もう終わったの。ママは癇癪《かんしゃく》を起こしたことを後悔してる。余計なことして、話を蒸し返さないで」

「でも、ぼくのせいだよ」

「アオのせいじゃない。トンネルに行こうって言い出したのはあたし。浴衣を着ていったのもあたし。勝手に自分のせいにしないで。いい？」

ぼくは何も言えず、溶けていくアイスキャンデーの滴《しずく》をひたすらに見つめた。

怜奈が何と言おうと、彼女がぶたれたのはぼくのせいだ。

ぼくが彼女を傷つけたのだ。


「違うよ」

次の日、神社の縁側に腰かけたぼくに、濱坂くんはそう言った。

「怜奈を打《ぶ》ったのは怜奈の母親だろ。君じゃない」

「だけど、ぼくが――」

「そりゃ、浴衣が汚れたのは、君が悪かったかもね。怜奈を転ばせたのも。でも、普通の親は、浴衣を汚されたくらいで子供を傷つけたりしない」

濱坂くんは真剣な口調でそう言った。夕方の境内は薄暗く、表情はよく見えない。それでも、ぼくを心配してくれているのはよくわかった。

何だか、変な気持ちがした。いつもなら怜奈と並んでいるはずの場所に、怜奈じゃない人と座っている。三つ年上の、兄の友達。何だか、知らないうちに大人になってしまったみたいだ。

「兄貴なら、どうしたと思う?」

「ハル?」濱坂くんはちょっと困ったような顔をした。「あいつはまあ、ちょっと変わってるからね」

「変わってるって?」

「ああ、勘違いしないで。いいやつなのは間違いない。ただなぁ……。ほら、去年、休校になりかけたことがあっただろ。小学校も中学校も。コロナだとかで。あの時にさ、うちのクラスの石黒ってやつが、担任の先生に結構ひどいことして。その先生っていうのが、外から来たばっかりの新任の人だったんだよな」

　ぼくは頷いた。祥子先生のことだ。

「ある日さ、石黒が教卓の椅子をこっそり捨てちゃったんだよ。ベランダから落としたんだったかな、確か。教室に入ってきた先生がそれで困っちゃって。そしたらハルのやつがすげーキレてさ。どうしたと思う？　自分の椅子を教卓に持ってって、先生を座らせたんだよ。で、石黒のところに行って言うわけ。俺の椅子がないんだけど、って」

「よくわかんないな」ぼくは言った。「それのどこが変わってるの？」

　兄ならたぶん、それくらいのことは普通にするはずだ。

「ハルが正義感の強いやつだってことは知ってるよ。でもさ、それなら先生の椅子を返せって、普通に言えばいいだけの話だろ。なんでわざわざ、自分の椅子をあげるなんて回りくどいことをするんだ？　いつもそうなんだよ。何でも自分を巻き込まないと気がすまないんだ、あいつは。で、みんなもそれを期待してる」

　ぼくはふいに、怜奈の言葉を思い出した。兄の「そういうところ」が嫌いだと。

「あいつはたぶん、この島を出た方がいいんだよ」

　濱坂くんは静かに言った。

「誰もあいつのことを知らない場所に行ってさ。それで、一から生まれ変わるんだ。何もかも全部リセットして」

「〈巻き戻し〉みたいに？」

「心配？」

「ううん。兄貴がそんなことするわけないし」

「わかんないよ」と彼は言った。「あいつ、結構ロマンチストだから」

「ロマンチスト？」

「自惚《うぬぼ》れ屋ってこと。自分が消えたら世界が滅ぶと思ってるタイプだろ」

ぼくは笑ったが、濱坂くんは真剣だった。

「中学に入るとさ、年に何回か〈巻き戻し〉の授業があるんだよ。遺《のこ》された家族の話を聞いたりとか、そういうやつ。それで一回、映画を見たことがあってさ。『バタフライ・エフェクト』っていう昔の映画。知ってる？」

「知らない」

「簡単に言うと、ほんの少し過去を変えるだけでも、それがどんどん大きくなって世界がめちゃくちゃに変わっちゃうって話。地球の裏側で蝶《ちょう》が羽ばたくと、こっち側では台風が生まれる、みたいなね。要するにお説教だよ。気軽に〈巻き戻し〉なんてやると、どんな影響が起こるかわからないぞってね。ぼくに言わせりゃ逆効果だよ。そんなこと言われたら、みんな自惚れるに決まってる。自分には世界を変える力があるんだ、ってさ。ハルも絶対そのタイプだろ」

「濱坂くんは違うの？」

「現実を見なよ」

濱坂くんは小さく笑った。寂しそうな声だった。「ぼくたちの世界は、そんなに大きく変わってる？　毎日ころころ歴史が変わって、朝起きるたびに大臣の名前が違うなんてことが起きてる？　バタフライ・エフェクトなんて嘘だよ。蝶が数匹羽ばたいたくらいで、台風が生まれるわけがない。ちょっと考えればわかるでしょ。川底の小石と同じ。一つや二つどかしたところで、流れは何も変わらない。せいぜい、小エビが数匹逃げ出すくらいさ。そんなもんだよ、現実なんて」

「ぼくは――」

「じゃあ、濱坂くんは〈巻き戻し〉しないんだね？」

そのとき、誰かが鳥居をくぐって参道をこちらに向かってくるのが見えた。

「おい、アオ！」

兄だった。ぼくと濱坂くんの取り合わせを見て、物珍しそうに目を細める。

「なんだ、怜奈はいないのか。珍しいな」

「風邪気味だって」ぼくは嘘をついた。

「ふうん」兄は言って、濱坂くんの方を向いた。「それよりお前、進路希望票を出せってさ。先生からの伝言」

「ひょっとして、それだけ言いに来たのか？」

「別に。ついでだよ。おいアオ、帰ろうぜ」

ぼくは頷いて立ち上がった。ランドセルに下げたキーホルダーの鈴が、乾いた音を立てて鳴る。

鳥居の外では、すでに街灯がぽつぽつと灯《とも》り始めていた。薄暗い空気越しに、隣を歩く兄の姿を盗み見る。ぼくより二〇センチ以上背が高くて、見上げても表情がよく見えない。塩素のにおいが制汗剤と混じり合って、ぼくらの間を漂っていた。

「あのさ」とぼくは言った。「しないよね？　〈巻き戻し〉なんて」

「どうしたんだよ、急に」

「濱坂くんが言ってたからさ。ハルはロマンチストだから心配だ、って」

「何だそれ」

兄はこちらを見ずに軽く笑った。「心配すんな」

「うん」

「——母さんたちには内緒だけどな」

心なしか、兄の歩くペースが緩んだ気がした。

「本当に時々だけど、思うことはあるんだ。ああ、もういいやって。慎一にはバレてたのかもな、それが」

「もういいや、って何。どういうこと？」

「お前も十五歳になればわかるよ」

兄は坂道の二歩先で足を止め、ぼくを優しく見下ろした。

「オレだって、もうすぐ十二だよ」

「ああ。だけど、十二歳と十五歳は違う。お前、また背が伸びただろ？」

「三センチね」

でも、兄にはまだまだ届かない。

「俺はこの先、たぶんほとんど背が伸びない」兄は言った。「慎一も。身体が成長しきっちゃったんだな、たぶん。十五歳っていうのは、そういう時期なんだ。自分の身体がどれくらいの大きさになるのか、その限界がわかっちまう。身体の大きさだけじゃなくて、頭の良さとか、自分の将来とか、そういうのも。ああ、俺って多分これくらいだなっていうのが、見えてくるんだ。何が出来て、何に手が届いて……何が出来ないかってことも、全部」

「何だよ、それ」

ぼくは唇を強く噛《か》んだ。

「身長が伸びないからって何なのさ。いいだろ、もう。一七〇センチもあるんだから。それに、勉強だって水泳だって、これからじゃないのかよ。中学生と高校生じゃ、タイムも全然違うだろ」

「そうだな。お前が正しいよ」

兄はあくまで優しい声色を崩さなかった。濃紺色の空に、少しだけ欠けた白い月が浮かんでいる。夏の終わりを告げる、大きなクラゲみたいだった。

「だけどな、クロールのタイムが二秒縮んだからって、それが何なんだ？　そんなくだらない、どうでもいいことが、さも大切だって顔をして、これからずっと生きていかなくちゃいけないのか？」

その言葉に滲んだ鈍色《にびいろ》の絶望を、ぼくは生涯忘れないだろう。

兄が〈巻き戻し〉を選んだのは、それから二か月後のことだった。

6

兄が消えてすぐ、両親は島を離れることに決めた。ひと月も経たないうちに家の中は段ボールだらけになり、まるで予《あらかじ》めこうなることがわかっていたみたいに、引っ越しの準備はあっさりと終わった。

島で過ごす最後の夜、ぼくは眠れなかった。床に敷いたマットレスの上で、何度もしつこく寝返りを打つ。ベッドはすでに運び出された後だった。窓のカーテンも外してしまったせいで、部屋の中がいやに明るい。窓際に積み上げられた段ボール箱に月明かりがぶつかって、摩天楼みたいな形の影を部屋の床に落としていた。

コツン、という音が窓から聞こえた。しばらく身構えたままでいると、もう一度聞こえた。コツン。それからもう一度。ぼくは膝立ちになって窓枠に手をかけ、こっそりと外の様子を窺《うかが》った。

誰かが外にいた。小柄な人影が、街灯から少し離れた場所に立っている。ぼくはしばらく迷った後、上着を羽織《はお》って部屋を出た。忍び足で階段を下り、玄関に向かう。階段の床板が足の裏に貼りつき、軋むような音を立てた。父さんたちが起きてくる気配はない。たぶん、医者からもらった睡眠薬が効いているのだろう。

「ひさしぶり」

玄関を出ると、人影は小さくこちらに手を振った。厚手のパーカーを羽織り、フードを深くかぶっている。顔はよく見えなかったけれど、声で怜奈だとわかった。

「うん、ひさしぶり」

ぼくは気まずさを押し隠しながら答えた。

兄が消えてからというもの、ぼくは彼女に会うことを避けていた。彼女の方も同じだった。どんな顔をして話せばいいのかわからなかったし、彼女の顔の傷痕を見るのもつらかった。あたりが暗くて助かった、とぼくは思った。

「どうしたの、こんな時間に」

「ちょっとね」怜奈はパーカーの紐を指先でいじった。「あのさ、ハル兄のことなんだけど」

「うん」

ぼくは彼女からわずかに距離を保ったまま、次にくる言葉を待った。街灯が急《せ》かすように瞬《またた》く。

怜奈はフードの裾を指で摘み、しばらく躊躇《ためら》ったあとで再び離した。

「ごめん。なんでもない」

彼女は首を横に振った。

「そう言えば、誕生日おめでと。ね、ちょっと歩かない？」

「本気？　もうすぐ日付が変わっちゃうよ」

「いいじゃん。明日には島を出ちゃうんでしょ」

ぼくは頷き、彼女の後について歩き始めた。正直に言うと、少しだけありがたかった。気まずさを引き摺ったまま、彼女と別れたくはない。

それでも、久しぶりに二人で並んでいると、気づまりな沈黙を感じずにはいられなかった。話すべきことは山のようにある。火祭りの夜のこと、彼女の母親のこと、消えてしまった兄のこと……。でも、話したいことは何一つ見つからなかった。

自動販売機の明かりが、真っ暗な道に光の浮島を作り出す。少しずつ、冬が近づいていた。薄っぺらのスニーカーが、石畳の冷たさを足先に伝える。

「ねえ」と彼女が訊いた。「島を出たら、どこに行くの」

「千葉。そっちの方に親戚が住んでるんだって。会ったことないけどさ」

「ふうん。千葉って何があるの？」

「ディズニーランドとか」

「そっか。羨ましい」

「だろ」

遊びに来なよ、とは言わなかった。

坂を上りきる。いつもの空き地は真っ暗で、昼間よりずっと波の音が大きく聞こえた。隣で怜奈がペンライトの明かりを点ける。細い光の筋が、冷たい空気の粒を照らした。

草むらから、コオロギたちの声が聞こえた。波音の隙間を縫うように、やわらかい音色が響いている。歩き出すと声は止まり、足を止めると再び響く。指揮者になった気分で、ぼくたちは車の方に向かった。

「覚えてる？」

ドアをあけながら、彼女が言った。

「最初に会ったときのこと。あたしと、アオと、ハル兄の三人で。雪が積もった朝でさ。男の子が、この空き地にいて、それで、いきなり消えちゃって」

「覚えてる」

あの雪の白さを忘れたことは、一度もない。

「なんか、不思議な感じ。こんなにはっきり覚えてるのに、あれはもう現実じゃないなんて。ハル兄が、本当はあそこにいなかったなんてさ。あの男の子も消えちゃって、ハル兄も消えちゃって、あたしたち二人しか残ってない」

「――ぼくもいなかったのかも」

助手席に乗り込みながら、ぼくは呟いた。怜奈がライトを消し、暗闇がぼくらを包んだ。

「あの朝、散歩に行こうって言い出したのは、兄貴の方だったんだ。だからきっと、兄貴がいなかったら、ぼくもあの空き地には行かなかったんだと思う。あの男の子を見ることもなくて、怜奈にも会ってなくて、それでぼくたち本当は――」

「違うよ」

「どうしてわかるの?」

「だって」と怜奈は言った。「あたしたち、ここにいるじゃない。あたしも、アオも。いっしょにいるじゃない。大丈夫。何も変わってないよ」

ぼくは怜奈を見た。少しずつ大人になり始めている、彼女の顔の輪郭を見た。ぼくに見えたのはそれだけだった。

「そうだね」ぼくは言った。

でも、と同時に思った。本当に、何も変わらないのだろうか。

濱坂くんの言葉を思い出す。

川底の小石を拾っても、水の流れは変わらない。でも、たとえそうだとしても、住処《すみか》を失った生き物たちはいたはずだ。小エビ、カジカ、名前も知らない小さな虫たち。

暗闇のなかで、左手がグローブボックスに触れる。その中にあるスケッチブックのことを考える。怜奈が描いたたくさんの兄の似顔絵は、きっともうない。代わりに描かれているものは何だろう。それとも、ずっと白紙のままなのだろうか。

すぐ隣で、怜奈がパーカーのポケットをまさぐる気配がした。もぞもぞと動いて、何かを取り出す。丸いレンズが、月光をわずかに反射した。

「あのときのカメラ」怜奈は言った。「ほら、火祭りの夜に使うはずだったやつ。結局、一枚も撮れなかったけど」

彼女はパーカーのフードを外し、左手をぼくの肩に回した。カメラを持った右手をぐいと伸ばし、レンズをぼくたちの方にくるりと向ける。

「撮るよ」

止める間もなく、乾いたシャッター音とともに、ストロボが車内を照らした。思わず目を瞑《つむ》り、顔を逸らす。

「もう一枚」

再び、閃光《せんこう》。ぼくは痛む目を擦《こす》りながら、彼女に文句を言った。

「何なのさ、もう」

「現像したら一枚送るよ」怜奈は言った。「アオの新しい家に。だから持ってて。十五歳になるまで、ずっと」

「どうして？」

「どっちかが〈巻き戻し〉を選んだら、わかるでしょ。写真が残ってたら、お互い大人になったってこと。もし、消えちゃったら、まあそういうこと」

ぼくは頷いた。すっかり薄くなってしまった、家族のアルバムを思い出す。

「アオは、どうするつもりなの」

「わかんないよ。まだ、三年あるし」

「もう三年しかないんだよ、あたしたち」

怜奈が言った。そのとおりだ、と思う。

あと三年経てば、ぼくたちは十五歳になる。神様でいられる最後の年だ。

その時になれば、見えるのだろうか。

兄の見ていた、その景色が。

「――ねえ、覚えてる？」ぼくは怜奈に訊いた。「七月に、神社の境内でセミを見ただろ。引っくり返って死んでるやつ」

「うん。仰向《あおむ》けになって、空を見てた」

「違ったよ」

ぼくは言った。

「セミの目ってさ、本当は背中の側を向いてるんだって。空なんか見えないんだ。仰向けになったって」

だから、彼らが見ていたのは空じゃない。深い地面の奥底だ。もしかしたら、後悔していたのかもしれない。空になんて、羽ばたくべきじゃなかったと。

静まり返った車の外で、虫たちの声がした。あーあ、と怜奈が明るい声で沈黙を破り、伸びをする。

「何それ、もう。シラケちゃった。せっかくいいフンイキだったのに」

「ごめん」

「ダメ、許さない」

彼女は笑った。薄闇のなかで、気配が近づく。

「お詫びにさ」と彼女は言った。「キス、してよ」

冗談めかした声だった。でも、ぼくの上着を摘んだその手は、縋《すが》るように震えていた。

強い海風が、窓を鳴らす。月が雲に隠れ、彼女の表情はもう見えない。

ぼくはキスをしなかった。

それから三十年が経った今でも、あの夜二人で撮ったはずの写真は、ぼくの手元に届かないままだ。

7

翌朝は、早くに起きて宿を出た。町には人気《ひとけ》がなく、電信柱に止まった鳩《はと》のポウ、ポウという声だけが響いている。

神社を過ぎ、石畳の細い路地を上る。立ち並んだ家屋の大半は空き家だった。窓に貼られた養生テープが、潮風にはためいている。記憶を頼りに歩いていくと、坂の上に老人ホームの残骸が見えた。ひどい有様だ。白かった壁は一面の蔦に覆われ、あちこちの窓が割れていた。壁が崩れ、鉄骨がむき出しになった場所もある。

坂を上りきって、廃墟《はいきょ》の裏手に回る。潮の匂いが強くなった。懐かしい空き地が姿を現す。断崖の向こうに、空と海の青色が見えた。

驚いたことに、あのワゴン車はまだ残っていた。車体の半分が蔦や葉に覆われ、ボディの色はほとんどわからなくなっている。フロントガラスはひびだらけで、錆びたワイパーが根本から折れ、草の中に落ちていた。

ドアに手をかけ、軽くゆする。緑の葉が揺れ、ざらざらとした赤錆が指先に残る。ぼくは絡まり合った蔦を何度も引っ張り、やっとのことでドアを開けた。

土埃が舞い上がり、思わず咳き込む。ひどい匂いだった。何度かドアを開け閉めし、古い空気を車内から追い出す。

運転席は記憶にあるよりもずっと小さく、狭苦しかった。シートが破れて詰め物が飛び出し、まともに身体を支えられない。ぼくは慎重に身体を伸ばし、風化したハンドルに手を添えた。そう言えば、とふと思う。運転席の方に座るのは初めてだ。いつだって、ハンドルを握っていたのは、ぼくではなく怜奈だった。

助手席の方に身体を傾け、グローブボックスに手をかけたが、動かなかった。長年の湿気で膨張したのかもしれない。それでも、かなりの力を込めて引っ張ると、弾けるように蓋が開いた。

ぼろぼろのスケッチブックが入っていた。黒い表紙の角が折れ、銀色だったはずのリングは真っ赤に錆びている。膝の上に置き、湿気で柔らかくなった表紙をそっと開く。

茶色に変色した画用紙に、鉛筆画がびっしりと描き込まれていた。すっかり線が薄くなり、今にも消えてしまいそうだ。どのページにも、ラフなタッチで描かれた男の子の顔があった。優しげな瞳と、くしゃくしゃになった黒い髪。

兄じゃない。彼の存在を示すものは、三十年前のあの日に、全て消えてしまったはずだ。写真もビデオも、律儀に取ってあったバレンタインの手紙さえも。だから、ここに描かれた男の子が、兄であるはずがなかった。

これは、ぼくだ。

スケッチブックを閉じて、息を吐く。グローブボックスの中に、まだ何かが残っていた。薄いビニールに包まれた、色褪《いろあ》せた一枚の写真。目を凝らし、太陽の光にそれをかざす。

二人の子供が写っていた。男の子と女の子。暗い場所で無理にストロボを当てたせいだろう、二人とも目を閉じて、たがいにそっぽを向いてしまっている。

ぼくはそこに囚《とら》われている十二歳の自分を見つめ、それから隣の少女に目を移した。写真に写っている怜奈は、記憶よりもずっと幼く見えた。ぼくは幼馴染だった少女の顔を指先でなぞり――、そして気づいた。

写真の中で微笑《ほほえ》む彼女の口元には、あの日つけられたはずの傷がなかった。

目を擦り、まばたきをし、ぼくは何度も写真を見た。

額を伝った汗の粒が、唇に触れる。塩辛い。

真実はいつだって、涙に似た味がする。

目を閉じて、手探りでハンドルに触れる。いくらアクセルを踏み込んでみても、車はどこにも進まなかった。

過去にも。未来にさえも。


応接室の窓からは、空っぽの運動場がよく見えた。緑色のバックネットが、ぽつりと寂しげに佇《たたず》んでいる。

祥子先生は麦茶の入ったグラスをテーブルに置いた。昨日と違って、鼻の上にブルーの眼鏡をのせている。

「すみません。急にお邪魔してしまって」

「全然。どうせ人もほとんどいないし、気にしないで」

「今日は校史編纂の仕事ですか」

「ええ。ついでに生徒たちの進路相談……というより愚痴大会かな。むしろ来てくれて助かった。抜け出す口実ができたから」

廊下の方から、数足の上履きがパタパタと駆けていく音がした。

「面白いものね」沈んだ声で、先生は言った。「十代の女の子たちってみんな、自分が世界で一番理解されないと思ってる。本当に理解されないのは、私みたいなおばさんなのにね」

「――ロマンチストなんですね」

ぼくは麦茶を一口飲み、椅子を引いて座り直した。学校の応接室は、冷房が効きすぎていて少し肌寒いような気がした。

「一つ、謝っておくことがあります。昨日は嘘をつきました」

「どれのこと？」先生は微笑んだ。「私が綺麗だって部分かな」

「いいえ。先生からの手紙がきっかけで、兄を思い出したと言ったでしょう。本当は、半年前からずっと、兄のことを考えてました。息子のことがあったからです。どうして〈巻き戻し〉を選んだのか、その理由を知りたかった」

先生は、ちょっと哀れむような目でぼくを見た。

「島に来て何か収穫はあった？」

「ええ」ぼくは頷き、先生をまっすぐに見た。「先生は、兄が出生否認をした理由を知っている。違いますか？」

「知らないわね。申し訳ないけど。昨日も言ったでしょう。子供が〈巻き戻し〉を選ぶのに、深い理由なんかないって」

「そうかもしれない。でも、少なくとも兄にははっきりとした理由があった。あなたはそれを知っているはずだ」

先生は何かを言おうとしたが、鳴り出したチャイムがそれを阻んだ。埃まみれのスピーカーから、ひび割れた音が流れ出す。

「その坂を——」

ぼくはグラウンドと反対の方角を指差した。

「上って行ったずっと先に、廃トンネルがありますよね。今はどうか知りませんが、ぼくが子供の頃は、島の大人たちが密会場所としてよく使っていた。先生も、よくご存じのはずです」

「どうして、そう思うの？」

「この目で見たからです。兄が消える二か月前の火祭りの夜、友達に誘われてトンネルに行きました。大人たちの密会を、一目覗き見てやろう、ってね。そこで見たんです、先生の車を。ショックだったし、友達の顔には消えないほどの傷が残った。行くべきじゃなかったって後悔しました。大人しく、屋台でりんご飴でも食べてれば良かったんです」

ぼくはポケットの中から色褪せた写真を取り出し、テーブルに置いた。

「これが、ぼくとその友達の写真です。島を出る前の晩に撮りました」

「友達って、女の子？」先生は微笑んだ。「ああ、待って。何だか思い出してきた。陽翔くんが言ってた気もする。弟と同い年の幼馴染がいるって」

「怜奈です」

「かわいい子ね」

「ええ」ぼくは答えた。「それに、傷もない」

そう。あの夜、ぼくの家を訪れた怜奈の顔には傷がなかった。ほんの小さな痕さえも、この写真には写っていない。

あれは簡単に消えるような傷ではなかった。少なくとも、痕ひとつ残らないなんてことはありえない。考えられる可能性は一つだ。

怜奈の傷は、初めからなかったことになった。

兄の〈巻き戻し〉によって。

ぼくは大きく息を吸い、先生の顔を真正面から見据えた。彼女の薄いブルーの眼鏡に、年老いた自分の顔が映り込む。それはどこか、記憶の中の兄に似ていた。

「あなたは、兄の子供を妊娠してた。違いますか？」

グラスの中で氷が崩れる。

先生は答えなかった。その顔には驚きも怒りもなく、ただ落ち着いた微笑みだけが浮かんでいた。彼女はグラスを手に取って口をつけ、長い時間をかけてその中身を飲み干した後で、言った。

「理由は？」

「怜奈の傷痕が消えたのは、兄が〈巻き戻し〉を選んだからです」

ぼくは答えた。気を抜けば空回りしそうな自分の舌に力を込め、なるべくゆっくりと言葉を選ぶ。

「それ以外には考えられない。あの頃、ぼくたちの周りで〈巻き戻し〉をした人間は、他に誰もいませんでした」

怜奈が怪我《けが》をしたのは、火祭りの夜にトンネルへ行ったからだ。正確には、ぼくが先生の車を見て、パニックになったから。

怜奈は気づいていたはずだ。兄が〈巻き戻し〉をした直後に、自分の傷が消えたことに。それが意味していることに。けれど、誰にも言わなかった。あの最後の夜に、ぼくのもとを訪れた時でさえ。

「兄が消えたことで、怜奈は怪我をしなかったことになった。それは、ぼくが先生の車を見なかったということ、先生がトンネルに行かなかったということです。兄の〈巻き戻し〉によって、それが起きた。つまり、先生があの夜いっしょにいた相手は兄だった、という推測が成り立ちます」

「なるほど」

「一夜限りの関係だったとは思えません。兄は真面目でしたから。高校進学を機に島の外に出ようとしていたのも、あれは先生が勧めたんでしょう？　将来的に、二人で島を出るつもりだった。違いますか？」

先生は答えなかった。ぼくはそれを肯定と受け取る。

兄は先生と付き合っていた。誰にも知られないよう、こっそりと逢瀬《おうせ》を重ね、そして先生は兄の子を身籠《みごも》った。

妊娠を知ったとき、先生はひどく焦ったはずだ。何しろ、当時の兄はまだ中学生。明らかに条例違反だし、二人の関係が知られれば、仕事をクビになるくらいでは済まない。おそらく、産むという選択肢はなかっただろう。

不運なことに、当時は妊娠中絶にとって向かい風の時期だった。申請手続きは複雑になり、審査もより厳しくなる一方だった。時間もかかるし、その過程で兄との関係が明るみに出てしまっては、元も子もない。仮に隠し通せたとしても、若い新任教師が相手も知れずに妊娠したとあっては、島の噂になることは避けられなかったはずだ。

「だから、あなたは兄に自分の妊娠を打ち明けた」

「――言うべきだと思った」

先生はそう答えた。教師らしい、淡々とした口調だった。

「私だけの子供じゃない。彼の子供でもあった。知る権利があると思った。私だけで決めるわけにはいかないって――」

「あなたは兄のことをわかってた」

ぼくは言った。言葉に怒りを込めようとしたが、上滑りするばかりで上手くいかなかった。

「兄なら自分を救うために〈巻き戻し〉を選ぶだろうことを知っていた。そうせずにはいられないだろうと。それをわかっていて、あなたは兄を利用した」

「そう思う？」

彼女は不愉快そうに眉を上げた。

「君のお兄さんはね、私に何も言わずに〈巻き戻し〉を選んだの。神様になったつもりで、一人で何もかも背負い込んで、全部なかったことにした」

「そうさせたのは、あなたでしょう」

ぼくの言葉に、先生は静かにグラスを置いた。本当に、何の音もしなかった。

「満足？」彼女は言った。「そうやって、大昔のことを掘り返して、探偵みたいに謎解きをして、お兄さんの秘密を暴いて、さぞかし気が晴れたでしょうね」

でもね、と彼女は告げた。

「そんなことをしても、あなたの息子は戻ってこない」

ぼくは立ち上がった。

「もう行きます」ぼくは言った。「フェリーの時間があるので」

「それがいいでしょうね」

先生は座ったまま、立ち上がろうとしなかった。部屋を横切り、廊下に繋がる扉に手をかける。

そのとき、彼女の擦《かす》れた声が背中に触れた。

「ねえ」彼女は言った。「私は産むつもりだった」

ぼくは振り返ることなく扉を閉めた。何も聞きたくなかった。早足で校舎を抜けて、外に出る。

日差しがひどく眩《まぶ》しかった。目を細め、鬱陶しいくらいに青い空を見る。

何もかもが完璧な夏の日なのに、入道雲だけが足りなかった。

8

息子が人生を巻き戻した日、ぼくは仕事で中国にいた。

二泊三日の出張だった。上海《シャンハイ》で打ち合わせを済ませた後、その足で上饒《シャンラオ》に行き、工場を二つ回ってまた戻る。スケジュールはきつかったが、仕事自体は順調だった。

異変に気付いたのは、上海に戻る新幹線の中だった。チャットリストの中から、息子の名前が消えている。アプリの不具合かと思ったが、他の連絡先はどれもきちんと残っていた。消えたのは息子だけだ。

嫌な予感がして、すぐにクラウドの写真フォルダにアクセスした。カメラロールを遡っても、息子の写真は一枚も見つからなかった。一年前に行ったはずのマレーシア旅行の写真も、中学の入学式の写真さえなかった。

席を立ち、妻に電話をかける。電源が切られています、という機械音声が繰り返し聞こえるだけだった。

上海に着くと同時に会社に連絡し、その夜の最終便で日本に戻った。三時間足らずのフライトが、永遠のように感じられた。通関待ちの列でパスポートを開いたとき、押されているスタンプのいくつかが、記憶と違っていることに気が付いた。

どうやって家まで戻ったのか、そこからはほとんど覚えていない。気が付くと、ぼくは知らないマンションの前にいた。見たことも、ましてや住んだこともないマンションだ。ここはぼくの家じゃない、と思った。けれど、免許証の裏に書いてある住所は、間違いなくここを指していた。

ぼくは知らないはずの暗証番号を押し、知らないはずのエレベーターに乗って、知らないはずの部屋に向かった。表札には名字だけが書かれていた。右手がスーツの上着をまさぐり、知らない形の鍵を取り出す。それを差し込もうとしたとき、ドアが開いた。

「おかえりなさい」

妻がいた。でも、髪型が記憶と違う。その表情には、どこか毅然《きぜん》としたものがあった。

「あの子は――」

「いない」妻は言った。「わかるでしょ」

「わかるわけがない」

ぼくは気色《けしき》ばんだ。

「何も言わなかったじゃないか。どうして黙っていたんだ？　どうして、教えてくれなかった？

あいつが〈巻き戻し〉を選んだって――」

「カプセルを飲むのは、わたしだもの。あなたには関係ない」

「俺は父親だぞ！」

「なら、訊くけど」

妻は静かに言った。

「聞いてたら、あなたはどうした？　バカなことを考えるなって、あの子に怒鳴ってくれた？　わたしと一緒に、あの子に泣いて縋ってくれた？」

「そんなの――」

当たり前だ、と言おうとした。息を吸い、口から吐く。けれど、言葉は出てこなかった。

あの日見た雪の白さが――その美しさが、目に焼き付いて離れない。

大人になった今でも、ずっと。

ほらね、と妻は言った。

「だから言わなかったのよ」


人気のない桟橋で、魚の死骸が干からびていた。

数艘の漁船がもやい綱の向こうで波に揺られ、海鳥がその周りを飛び交っている。水平線には船影ひとつ見えなかった。帰りのフェリーまでは、まだ時間がある。

フェリーの待合所は、桟橋から少し離れた場所にあった。色褪せたかき氷の幟《のぼり》が、ヨットの帆のように風をはらんで揺れている。自動ドアをくぐると、冷たい風が顔に当たった。

ベンチの並んだ待合所を斜めに横切る。乗船券売り場は建物の奥にあった。

「すみません」

くすんだガラス窓越しに声をかける。返事がない。もう一度呼びかけると、バタバタという足音が聞こえた。中年の女性がガラスの向こうに現れる。

「お待たせしてごめんなさい。フェリーですか?」

「ええ。岡山行きを一枚」ぼくは答えた。

「十九時の便でいいですか? ごめんなさいね、あと一時間くらいあるんだけど。良かったら、裏のお店でかき氷でも食べてください」

窓口の女性はそう言って笑った。その笑い方に聞き覚えがあるような気がして、財布を探る手が止まる。ぼくは身体をかがめ、ガラス越しに彼女の顔をじっと見つめた。

知らない女性だった。でも、知っているような気がした。線の細い顔立ちで、柔らかい髪の毛をおでこの真ん中で分けて、顔の左右に流している。口元に大きな傷痕が見えた。

「あの、どうかしましたか?」

思わず息を呑《の》んだぼくに、女性が怪訝《けげん》な顔で訊いた。

まばたきをする。傷痕は消えていた。光の加減だろうか。ひょっとしたら、ガラスについた傷が、偶然重なって見えたのかもしれない。

「すみません」ぼくは答えた。「何だか、お会いしたことがあるような気がして」

「そうですか」

彼女は困惑したようにぼくを見た。ぼくの荒れた肌や、剃《そ》り残した髭《ひげ》や、徐々に深まりつつある顔の皺を見た。彼女は本当に、ぼくのことを知らないようだった。あるいは知っていたけれど、そのことを永遠に忘れてしまったのかもしれなかった。

「もしかしたら、以前もここでお会いしたのかもしれませんね」彼女は言った。「島には何度かお越しに？」

いいえ、とぼくは嘘を吐いた。「初めてです」

それから、薄いクリーム色のチケットを受け取り、窓口を後にした。待合所を出ると、むせ返るような熱気と、色褪せた夕方の匂いがぼくを包んだ。うんざりするくらい暑い日だった。

山の方角から、セミたちの声が聞こえていた。ざらついた声が、折り重なって響いている。ふいに、ぼくは鳴いているセミの姿を、もう久しく見ていないことに気が付いた。もしかしたら、セミたちは皆とっくの昔に死んでいて、ただ声だけがいつまでもこだましているのかもしれなかった。

桟橋に腰かけ、どこまでも凪《な》いだ海を見つめる。雲の切れ端が、少しずつ夕日に染まり始めていた。

海の向こうの夕暮れが近づいてくるまでずっと、セミたちはどこにもない夏の中で鳴き続けていた。

さよなら、スチールヘッド

1

食事って最悪だ。動物と植物の死骸《しがい》を咀嚼《そしゃく》して口のなかでかき混ぜ、舌先のバクテリアと一緒に飲み下すなんて、考えただけでぞっとする。ぼくは低い声で呻《うめ》きながら、夕食代わりのサンドイッチを一口齧《かじ》った。

乾いたパンが食道を下る。お腹《なか》のあたりが引き攣《つ》るように痙攣《けいれん》して、自分の胃がバターと格闘し始めるのがわかった。バクテリアでいっぱいの胃液が大きくうねる。

「あのさ、エド」

伸びた前髪を切りながら、フラニーが呆《あき》れたように隣で言った。焚火《たきび》に照らされた金色の毛《ブロンドヘア》の先端が、ひと房、またひと房と夜の闇に消えていく。

「落ち着きなよ。〈アイデス〉にバクテリアなんていない。それで、胃液って何?」

「胃の中を満たしてる消化液」

「胃?」

「人間の消化器官のこと」

「なるほどね」彼女はにやっとした。「で、あたしたちはいつから人間になったわけ?」

ぼくは黙って肩をすくめた。それ以上の言葉を返す余裕は、今はない。

彼女の言いたいことはわかる。バクテリアとか消化器官とか胃痙攣とか、そういうのはぼくたちと関係のない、〈アイデス〉の外にある世界の話だ。つまり、本物の人間の話。

ぼくたちは人工知性《ヴァース》だ。バターでべたついた両手も、神経質に震えている太腿《ふともも》も、大きくうねった黒髪も全部見せかけだけで、本当には存在しない。

「ちっとも良くならないね、エドのその症状」

「君こそ」ぼくは言い返した。「連続不眠記録、更新中だろ」

「まあね」

フラニーはにやっと笑って、銀のハサミを軽く振った。刃先についた髪の毛が舞う。彼女は極度の不眠症だった。今のオーナーのもとで目覚めてこのかた、一度も眠ったことがないらしい。

もちろん、プログラム上の存在であるぼくたちは、実際には食事も睡眠も必要ない。それでもサンドイッチを食べたり眠ったりするのは、人間の物真似《ものまね》がぼくらの仕事だからだ。

「見る必要ないじゃん、夢なんて」

「そうでもないよ」ぼくは答えた。「夢には起きている間の記憶や経験を整理する役割があるんだって」

「それ、人間の話でしょ」

「でも、夢のおかげでここが現実だって実感できる。夢がなかったら現実もない」

「ここだって夢みたいなものじゃん」とフラニーは笑った。「人間からしたらさ。それとも、見分ける方法がある？」

「簡単さ。夢の中なら吐き気を感じない。サンドイッチを食べて気持ち悪くなってる方が、ぼくにとっての現実だよ」

フラニーは哀れむような目でぼくを見て、それからふと気づいたようにハサミの先をこちらに向けた。

「ね、エドの髪もずいぶん伸びてるじゃん。切らせてよ」

ぼくは慌てて立ち上がろうとしたけれど、間に合わなかった。

「やめてったら」

「ちょっと動かないでよ。間違って――」

シャキンという不吉な音がした。明らかに長すぎる黒髪の束が地面に落ちる。恐る恐る後頭部に手を回すと、裸の頭皮が指に触れた。

「ごめんってば」フラニーが申し訳なさそうに言った。「大丈夫。ほら、あたしの髪をあげるから」

彼女は自分の髪を手早く切ると、それをぼくの頭の後ろにぐいと押し込んだ。ひどくくすぐったい。ぼくは身をよじり、彼女からさっと距離を取った。

「やめてよ、くすぐったい」

ため息を吐《つ》き、頭についた彼女の毛を払う。フラニーのことは嫌いじゃない。でも、他人に身体を触られるのは好きじゃなかった。それに、彼女の顔はどことなくホリーに似ていて、それがぼくの心をざわつかせるのだ。ウェーブのかかった長い金髪、ターコイズブルーの瞳、すっと伸びた鼻筋、おでこと頰《ほお》にうっすら散った無数のそばかす……。

「そんなに気にしなくてもいいじゃん。髪なんてまた伸びるんだし」

「別に、伸びる必要なんてないのに」ぼくは心の底からため息を吐く。「気持ち悪い」

「人間は髪の毛だけじゃなくて、爪とかも伸びるらしいよ。理由は知らないけど」

ぼくは知っていた。人間の生態については以前に随分と調べたのだ。爪も髪の毛も伸びる仕組みは同じらしい。不思議なことに、人間はぼくたちの髪だけが伸びるように設計して、爪についてはそうしなかった。

「その調子じゃ、キャンプを出られるのはまだ先になりそうだね」

「君こそ、全然治す気ないだろ」

「当たり前じゃん」フラニーは笑った。「ここは楽しいし。だいたい、あたしがいなくなったらエドはどうなるのさ」

「別に。平気だよ」

嘘《うそ》だった。フラニーはキャンプで一番の友達だ。彼女がここを出ていくなんて考えたくもない。

ぼくは中指の関節を何度も擦《こす》り、爪の先で強くつねった。どれだけ強くつねっても、皮膚は赤くならないし、血も出ない。「本当に?」と頭のなかで意地悪な声がする。もしかしたら、目に見えないくらい小さな傷が出来て、そこから細菌が入り込んでいるのかも。黙れ、とぼくは心の中で言う。そんなことはありえない。細菌なんていないし、ぼくには本物の身体もない。ぼくはただの人工知性で、グローブ社がリリースした何万という商品のうちの一つ。だけど考えれば考えるほど、自分が生き物じゃないということが信じられなくなって、生きているような、本当の身体を持っているような気持ちになって、どんどん吐き気が強くなる。

「大丈夫？」

フラニーがぼくの顔を覗《のぞ》き込んで言う。ぼくは頷《うなず》き、ポールに言われたように、何か楽しいことを考えようと努力した。湿った土の中に潜んでいる何十万という微生物以外のことを。

「一昨日《おととい》のシチューのことを考えたら？」とフラニーが言う。

「却下。食べ物以外で」

「川向こうの森に棲《す》んでる虎のこと」

「ダメ」

「虎に喰《く》い殺された女の子の幽霊」

「フラニー、ぼくは真剣なんだ」

「じゃ、来週のダンスパーティーは？」

「悪くない」

「アヴィーチーがかかるといいな」

ぼくは同意の声を出し、大きく息を吐きながらキャンプの様子を見回した。

《ポール・ベイカーの身体性矯正キャンプ》は川から程よく離れた松林のなかにある。大雨が降っても流される心配はないけど、夜中に耳を澄ませると、かすかに川のせせらぎが聞こえる。そんな場所だ。小さなドーム型のテントが数メートル間隔でいくつも並び、それぞれのテントの前に焚火の灯《あか》りが揺れている。人影はほとんど見当たらなかった。

やわらかな地面は少しだけ湿っていて、いかにもバクテリアや細菌が好みそうな場所に見えた。

もちろん、そんな生き物がいないってことはわかってる。仮想世界である〈アイデス〉には、本物の生き物なんて存在しない。太陽がのぼればヒバリが鳴くし、月の出る夜にはミミズクの声が聞こえるけれど、それだけだ。所詮はデータ上に再現された紛《まが》い物。でも、だからといって、このどうしようもない吐き気が和《やわ》らぐわけじゃない。

「夢ってさ」とフラニーが訊《き》いた。「どんなの見るの？　何を見るか、自分で選べるわけ？」

「まさか。目を瞑《つむ》って本棚から一冊選ぶみたいな感じ」

「ハズレもあるの？」

「まあね」ぼくは肩をすくめた。「昨日見たやつは特にひどいよ。世界が滅んじゃって、町はウォーカーで溢《あふ》れてて。その中をひたすら彷徨《さまよ》うんだ」

「ウォーカー？」

「歩く死体《ゾンビ》のこと。夢の中じゃそう呼んでる」

「何処《どこ》がひどいんだよ」声がした。「最高じゃないか、ゾンビなんて」

デイヴィッドだった。茶色の髪を短く刈り込み、目の下に大きな傷跡がある。ブーツの爪先《つまさき》で地面を蹴り上げるようにして歩くせいで、一歩進むごとに土埃《つちぼこり》が舞い上がった。

「それ、やめて」フラニーが口を尖《とが》らせた。「焚火が消えちゃうじゃない」

「ゾンビだろうが頭を撃ちゃ一発だ。試してみろよ」

「夢の話だよ。ゲームとは違う」

「似たようなもんだろ。それより、集会の時間だぞ。遅刻して目立ちたいなら別だけど」

「まだ十五分もある。余裕でしょ」

「早まったんだ。聞いてないのか？」

ぼくとフラニーは顔を見合わせ、足元のランタンを拾って立ち上がった。サンドイッチの残りを焚火に放り込み、メインキャビンに向かう。

「楽しみだな。ポールに会うのは久しぶり」

「でも、どうして来られなかったんだろ」

「体調が悪いのかも。もう年だって言ってたし」

ポールはぼくたちヴァースを生み出した、いわば創造主の一人だ。会社自体は何年も前に辞めていて、今は自宅で隠居生活を送る片手間で、このキャンプを運営しているらしい。

「だけど、どうして時間が早まったのかな」

足元の小枝を踏み折りながら、フラニーがぼやいた。

「何かあったのかも」ぼくはデイヴィッドの方をちらりと見た。「君の〝とっておき〟が見つかったとか？」

「まさか。第一、ただの筏《いかだ》だぜ。別に悪いことしてるわけじゃない」

「それに」とフラニーが付け足した。「普通の人はあれが水に浮かぶなんて思わないだろうしね」

浮かぶさ、とデイヴィッドは鼻を鳴らした。

「二人も一緒に乗せてやるよ」

「先に遺書を書いてからね」とフラニーが言った。

ぼくはといえば、二人のやり取りを聞きながらずっと、川の水に潜んでいるかもしれない細菌のことを考えていた。たとえばレプトスピラ菌のこと。この細菌は、ネコやネズミなどの小動物の体内で繁殖して、尿などの排泄物《はいせつぶつ》に混じって川の中にも生息するようになる。この菌に感染すると肺出血や腎機能障害、眼球の充血などの症状が現れ、次第に肝機能が障害を受けていく。やがて髄膜炎や多臓器不全を起こし、最悪の場合死に至るのだ。

「どっちみち」とフラニーが言った。「あたしはここを出るつもりなんてないから。行くなら一人で行ってよね」

「そうさせてもらうさ。無事に着いたら絵葉書でも送ってやるよ」

デイヴィッドは言い返した。彼の症状はぼくのものと少し似ている。自分に本物の身体があると信じているのだ。ただ、ぼくは自分がヴァースであると認識しているけれど、彼は違う。ここは現実で、自分は本物の人間だと信じている。彼に言わせれば、人間そっくりのプログラムを作り上げるよりも、本物の人間を洗脳して自分をプログラムだと思い込ませる方がずっと効率的なのだそうだ。このキャンプに送り込まれたのも、全て彼を取り巻く陰謀の仕業だということで、復讐《ふくしゅう》に燃えるデイヴィッドは目下、キャンプからの脱走を画策中だった。

メインキャビン前の広場では、すでに他の子供たちが円を描くようにして座っていた。キャンプに来て以来、ずっと目にし続けているお決まりの光景だ。めいめいが好き勝手に足を崩《くず》し、指先で地面に落書きをしている。真面目な顔をしているのはミラベラくらいのものだった。もっとも、彼女も本当は尿意を我慢しているだけなのだが。

ポールの姿はなかった。代わりに、背の高い女性が円の真ん中で喋《しゃべ》っている。赤毛を肩のあたりで切り揃《そろ》え、いかり気味の肩を偉ぶるように後ろに反《そ》らせている。見たことのない顔だった。

「誰だ、あいつ」デイヴィッドが小声でぼやいた。

ぼくたちはなるべく目立たないように身を屈《かが》めながら、後ろの方に腰を下ろした。

「揃ったようですね」彼女はぼくたちを一瞥《いちべつ》した。「繰り返しになりますが、もう一度名乗っておきましょう。アニーです。しばらくの間、ポールの代理人を務めることになりました」

代理人、つまり本当の人間だということだ。ぼくたちヴァースは、「人」を名乗ることを許されていない。

「代理人？」フラニーが眉をひそめた。「ポールはどこなの？」

「療養中です。しばらくは戻って来られないかもしれません」

広場がざわついた。子供たちが顔を見合わせ、ひそめた声で囁《ささや》きを交わす。

「死んじゃうの？」ミラベラが泣きそうな声で言った。

「今の段階では何とも」アニーは素っ気《そけ》なく言った。「私も詳しいことは知らされていませんので。いずれにせよ、みなさんがやるべきは〈キャンプ〉のプログラムを全うすること。それだけを考えるようにしてください」

アニーの言葉に、ぼくたちは冷めた目で彼女を見た。

〈キャンプ〉は、ぼくたちを製造したグローブ社が顧客に対して提供するアフターサービスの一つだった。思考アルゴリズムに異常があったり、誤作動を起こしたヴァースを回収し、健全なアルゴリズムを回復させる。ぼくたちが暮らすこのキャンプは、その中でも一際変わった場所だった。ここに送られてくるヴァースたちには、知能面での問題はない。ぼくたちが抱えているのは、身体性の問題だった。

ヴァースという商品名を冠するぼくたちは、仮想世界〈アイデス〉の中で暮らす人工知性だ。

オーナーである人間たちの良き友人であり、家族であり、時に恋人でもある。いわゆる人工知能と違うのは、たしかな〈心〉を持った存在であること――少なくとも宣伝パンフレットにはそう書かれている。そして、〈心〉を持つためには〈身体〉が必要だ、というのが設計者であるポール・ベイカーの掲げる理念だった。

たとえば、「水」という言葉の意味を知るためには、実際に自身の身体で水に触れたことがなければならない。飲んだことがなければならない。その冷たさや滑《なめ》らかさを味わったことがなければならない。意味とは常に、自身の身体にとっての意味だからだ。身体なき人工知能が意味を知ることはなく、心が宿ることもない。

だからこそ、ぼくたちはある種の身体性を与えられている。豊潤な仮想世界を味わうための身体だ。ぼくたちは土の柔らかさに触れながら歩き、水の冷たさを味わって泳ぐ。パサついたサンドイッチの味もわかるし、森の匂《にお》いを感じたりもする。でも、食事をするのは栄養摂取のためじゃないし、排泄だってしない。

ぼくたちの身体はハリボテなのだ。ガワだけで、中身は空っぽ。あるのは目と耳と鼻と口、それに全身の皮膚だけで、内臓と呼べるものは一つもない。ヴァースに必要なのは〈心〉であって〈命〉ではないからだ。人工知性に心臓はいらない。

ところが、やがて自分の仮想身体と上手《うま》く折り合いをつけられない子供《ヴァース》たちが現れ始めた。〈アイデス〉のシステムを大きく更新した、最後の大型アップデートがきっかけだったらしい。ぼくやフラニーもそうした子供たちの一員だった。フラニーは夢を見る感覚がどうしても摑《つか》めず一度も眠ったことがないし、ぼくは吐き気に悩まされて自分の身体がバクテリアに乗っ取られるんじゃないかって怯《おび》えてばかり。ミラベラは存在しないはずの尿意に襲われっぱなしで、どうしたらそれを排出できるか悩んでいる。

「どう思う?」デイヴィッドが顔を寄せて囁いた。「ポールのこと。相当悪いのかな」

「たぶん。じゃなきゃ、あんな奴《やつ》をわざわざ呼んだりするもんか」

「それって、不味《まず》いよな?」

彼の問いに小さく頷く。ぼくらが抹消処分されずに治療を受けられているのは、ポールのおかげだ。彼が死んだその後に、ここがどうなるのかはわからない。

「私から言えることは一つだけ」

静まり返った広場の中で、アニーは一人演説を続けていた。

「すべては意志の問題だ、ということです。もちろん、みなさんにとって身体とは幻想です。大切なのは、その幻想を意志の力で飼いならし、健全さの中に身を置くこと。みなさんに身体はありませんが、心はあります。意志があります。その意志が正しく使われることを願っています」

ぼくたちは顔を見合わせ、ため息を吐いた。デイヴィッドが地面に向かって唾を吐く。もちろん唾なんて出てこなくて、さらさらと乾いた地面がそこにあるだけだった。

2

中年男の腐った右目を頭ごと吹っ飛ばしたとき、あたしはまだ昨夜に見た夢を引き摺《ず》っていた。

奇妙な夢だった。夢の中のあたしは男の子で、人間じゃなくて仮想世界の中で暮らすＡＩだった。ＡＩのはずなのに、何故《なぜ》か身体の奥からむかむかする吐き気がこみあげていた。

夢の中とはいえ、吐き気なんて感じたのは久しぶりだった。現実の世界では、そんなものを感じている余裕はない。吐き気も、眠気も、空腹も、ひとりぼっちで世界の終わりを彷徨う時のめそめそした気持ちも、とっくの昔に捨て去った。あたしが歩く死体《ウォーカー》の仲間入りをせずに済んでいるのは、それが理由だ。

倒れ込んできた太っちょの残骸を靴の踵《かかと》で思い切り蹴飛ばし、銃口を下げる。カービン・ライフルのマガジンには弾《たま》が二発残っていた。動くものの気配はない。どうやら、こいつが最後の一体で間違いないようだ。あたしは大きく息を吐き、窓際のボックス席に腰を下ろした。首から下げた冬の情景《スノーグローブ》のペンダントを引っくり返す。小さなガラス球の中でひらひらと雪が舞い落ちた。

ダイナーはひどい有様だった。倒したウォーカーは全部で七体。その全てが、頭を撃ち抜かれて板張りの床に倒れている。もっとも、生きた人間を撃ち殺すよりは綺麗《きれい》かもしれない。身体《からだ》中《じゅう》の血液が凝固してさほど飛び散らないのは、連中の数少ない美点の一つだった。

ウォーカーなどという小洒落《こじゃれ》た名前がついてはいるけれど、つまりはゾンビだ。映画やゲームでよく見るのと同じ。唯一の違いは、画面の向こうにいるゾンビと違って、ウォーカーは現実にいるってこと。

ゾンビに嚙《か》まれればゾンビになる。ウォーカーも同じ。パンデミックの発生から一年足らずで、地上は連中のものになった。原因は不明だし、最初のウォーカーがどこから来たのかもわかっていない。どうしてゾンビ化が起こるのかもわからない。何らかのウイルスだろうとは思うけど、推測できるのはそれだけだ。何一つ確かなことがわからないまま、あっという間に人類は滅びた。少なくとも、その大半は。

死体だらけの壊れた世界で長く過ごすと、生存者が立て籠もりそうな建物を見抜けるようになる。食料がありそうで、出入り口が少なく、なるべく窓の小さい場所。もっとも、今回の場合はより簡単だった。店のガラス窓にでかでかとSOSの文字が書かれていれば、誰でも気が付く。

物音がした。カウンターの方からだ。あたしはカービンを構え直し、キッチンの方に回った。床の上に調理器具が散乱している。誰もいない。ついさっき撃ち殺したばかりのウォーカーが二体、折り重なって倒れているだけだった。ネズミかもしれないが、だとしても危険度に変わりはない。今の時代、感染せずに済んでいるのは鉢植えの植物くらいのものだ。

「誰かいるの?」声を張る。「出てきなさい。悪いようにはしないから」

鍋の引っくり返る音がして、キッチンから白猫が飛び出してきた。毛並みは不自然なくらいに艶《つや》やかで、両目は澄んだ金色をしている。猫が滑らかな動きでカウンターに飛び乗ったのを見て、あたしはひとまず胸を撫《な》でおろした。ウォーカーの動きはもっとぎこちない。周辺環境を無視した自己完結的なふるまいが、彼らの特徴の一つなのだ。少なくとも、この猫は感染していないと判断して良いだろう。

あたしは猫から目を離さないようにしながら、ガラス片が散らばったカウンターを物色した。大したものは残っていない。瓶入りの胡椒《こしょう》が二つ。ひしゃげたマッチ箱。破れた紙ナプキン。籐《とう》編《あ》みの籠と、干からびたバナナの皮。鏡の破片に痩《や》せこけた自分の顔が映り込んで、思わず目を細めた。ひどい有様だ。日に焼けた肌は汚れで黒ずみ、グレーの髪が左右にバサバサと広がっている。緑色の瞳だけが、ぎらぎらと異様な輝きを放っていた。

鏡の破片から目を逸《そ》らして、レジに向かう。半開きになったレジスターの中にはドル札の束が詰まっていた。その隣に、古めかしい黒電話が置かれている。あたしは受話器を取り、耳に当てた。記憶の中にある番号をダイヤルし、待つ。何の音も聞こえなかった。

「繋《つな》がらないよ」

ふいに、上の方から声がした。女の子の声だった。

「壊れてるんだ、それ。電気も止まってるし」

顔を上げると、銀色の吊り戸棚《ウオール・キャビネット》がわずかに開いているのが見えた。隙間《すきま》からのぞいた細い指が、神経質に震えている。

「誰？」

「撃たないで。ゾンビじゃない」

戸棚から下りてきたのは、小柄な女の子だった。年齢は十四歳か、少し下くらい。ウェーブのかかった金髪をゴムで縛ってまとめている。肌はB級映画の吸血鬼みたいに白い。おそらく、長い間このダイナーから出ていないのだろう。巨大な虎の頭がプリントされたブルーのシャツを着ている。正直言って、かなりダサい。女の子が床に下りると、白猫が素早い動きでその足元に駆け寄った。

「わたし、フラニー。助けてくれてありがとう」

「エマよ」あたしは彼女から目を逸らし、ペンダントのガラス球を手でいじった。「言っとくけど、別に助けたわけじゃない。生存者が立て籠もりそうな場所は、一通り見て回ることにしてるだけ」

　最初期の混乱を生き延びた人間は、大抵《たいてい》の場合一か所に集まって立て籠もり……そして些細《ささい》なきっかけで全滅する。生き延びた例はほとんどない。ウォーカーたちは缶詰や弾薬には手をつけないから、そういう場所が一番探索のリターンが大きい。

「一応訊くけど、生き残ったのはあなた一人？」

　フラニーは頷き、店内に散らばった死体の山を横目で睨《にら》んだ。

「もともとは三人だったの。あたしと、フレッドと、ミラベラ。でも、あいつらが入ってきて二人とも嚙まれちゃった。最悪だったな。知ってる？　嚙まれてすぐゾンビになるわけじゃないんだよ。だんだん脳みそがやられてくの。うんうん唸《うな》って、身体がびくびく痙攣して、最後には――」

「連中、どこから入ってきたの？」

　あたしは彼女の話を遮《さえぎ》って言った。見たところ、窓が割られた痕跡はない。もし、どこかに裏口があるのなら、きちんと施錠し直さなければ危険だった。

「そこの入口」フラニーは肩をすくめた。「フレッドがここから出て行くって言い張って。あたしたちは止めたんだけど。夜なら大丈夫だからって……」

　あたしは鼻を鳴らした。よくある間違いだ。ウォーカーは眠らないし、夜目が利《き》く。正確には視覚に頼らず狩りを行う術《すべ》に長《た》けているのだ。夜闇に紛《まぎ》れて逃走を図るのは良い手じゃない。

「ね、連中のいない楽園みたいな場所があるって言ったら、あなた信じる？」

　出し抜けに、ホリーがそう言った。

「さあ。国際宇宙ステーション《ISS》とか?」

「真面目に言ってるんだけど」

「そんな場所があるとして、どうしてあなたが知ってるわけ?」

「わたしじゃないよ」とフラニーは言った。「ホリーが知ってるの」

「誰?」

　あたしが訊き返すのを待っていたかのように、白猫がカウンターに飛び乗った。前脚がマッチ箱を弾《はじ》き、中身が床に散らばる。

「感染者なし」と猫は言った。「食料あり。安全確保」

　フラニーは得意げな顔で白猫の背中を撫でた。

「すごいでしょ。喋れるんだ、この子」

「嘘」あたしは眉をひそめて、猫の身体をまさぐった。「明らかに合成音声じゃない。どこかにレコーダーが隠してあるだけ」

「北緯四〇度三七分二二秒」

「黙って。あたしの言葉、わかる?」

「西経一一九度二〇分二九秒」

　ほらね、とあたしは鼻を鳴らした。言葉が通じているわけじゃない。のどのあたりに硬い感触があった。おそらく、体内に小型のレコーダーが埋め込まれているのだろう。

「あなたの名前は?」とフラニーが訊いた。

「ホリー」猫が答える。

あたしは首を振って、フラニーのにやけ顔を視界から外した。猫は喋ったりしない。あらかじめ吹き込まれた音声をランダムに再生しているのに決まってる。問題は、誰が何のためにメッセージを吹き込んだのかということだ。

可能性は二つ。善意か、悪意か。

通信手段のほとんどが失われたこの世界で、他の生存者を探すことは難しい。インターネットは通じないし、無線機では有効距離が短すぎる。最初期はドローンネットワークが辛うじて物流網を維持していたけれど、それもわずかな間だけだった。シンギュラリティに指先をかけていた人類のテクノロジーは、突如出現した未知のウイルスにあっさりと敗北した。

その点、訓練した動物にメッセージを託すというのはいかにも時代遅れだが、この状況においては決して悪い考えじゃない。問題は、それが善意によるものか、悪意によるものかということだ。

「ねえ。あなたと一緒に行ってもいい？　二人で楽園を目指すの」

「無理。歩きの旅なの。危険すぎるし、足手まとい」

「嘘つき」彼女はあたしに顔を近づけた。「車、持ってるでしょ。ガソリンと油の匂いがぷんぷんしてる」

あたしはため息を吐き、マッチ箱を拾い上げて潰《つぶ》れた角を丁寧に直した。鼻先の尖った鱒《ます》のイラストが描かれている。

「確かに、あたしは車で暮らしてる。大陸中を逃げ続けてね。だから断言できる。楽園なんてない。世界はとっくに終わったの。無駄な希望を持つのはやめなさい。友達だって、そのせいで死んだんでしょう?」

　フラニーは強く唇を噛んだ。

「ここにいたくないの。お願い」

「名前は?」あたしはもう一度ため息を吐いた。「その楽園の名前。死体が一つもないっていう」

「アイデス」と猫が言った。

3

　アニーがキャンプに来て三日が経《た》った。今のところ、ポールが死んだという話は聞かない。けれど、快方に向かっているという報《しら》せも届かないままだった。

　問題はアニーだ。ポールと違って、彼女はぼくらのことを単なる監視対象としか見ておらず、明らかな嫌悪感をもって接していた。

「それに」と彼は言った。「あいつ、俺の筏を探してる。気づいたか? 昨日の午後、みんなで川に行ったとき、あいつだけ途中からいなかった」

「探してるのが、あんたの筏とは限らないんじゃないの」

「なら、他に何を探すんだ?」

「それは……」フラニーはしぶしぶ認めた。「わからないけどさ」

　二人が議論する声を聞きながら、ぼくは黙って薪《まき》を炎の中に投げ入れた。水分を含んだ木の皮が弾《はじ》け、火の粉が飛ぶ。

「どうしたの。ずっと黙っちゃって」フラニーが心配そうにぼくを見た。「またいつもの吐き気？」

「夢だよ」ぼくは短く答えた。「同じ夢ばっかり見るんだ、最近」

「繰り返しってことか？」

「ううん。夢の内容自体は違う。ただ、設定とかが毎回同じで……、つづき夢ってやつだよ」

「それが何か変なの？」

「夢は続かない」デイヴィッドが言った。「普通はな。それで、何の夢を見るんだ？」

「この前話したやつ。ゾンビの夢」

このところ、ぼくはずっとあの夢を見続けている。荒廃した町。歩き回る腐乱死体。セミオートライフルの小粋な反動。

「まあ、毎回続きからきっちり始まるわけじゃないんだけど……。本の大事なところだけ、誰かに読ませてもらってる感じ」

「読ませてもらってるって、誰に？」

「さあ……、夢の中の自分かな」ぼくはぼやいた。「そうだ、フラニー。君も出てきたよ」

「ゾンビ役で？」

「いや……」ぼくは言葉を濁した。「ゾンビにはなってない。今のところは」

夢は選べない。自分の記憶をもとにどんな物語が作られるのか、そのアルゴリズムはブラックボックスだ。だから、夢に彼女が出てきたとしても、それは必ずしもぼくの無意識の反映ってわけじゃない、はずだ。

「あたしの言った通りでしょ」フラニーが嬉《うれ》しそうに言った。「夢なんか見たって碌《ろく》なことないんだって。エドも眠るのやめようよ」

「夢を見るのは好きなんだ。吐き気を感じなくて済むから」

「ゾンビだらけでも？」

「ゾンビだらけでも」

「じゃあさ」彼女は諦《あきら》めたように言った。「今夜だけでも付き合ってよ」

「何に？」

答えは数時間後に明らかになった。日付が変わる頃、フラニーがぼくのテントを訪れて、散歩に行こうと小声で言った。

「こんな時間だもん。とっくにログアウトしてるよ」

「アニーに見つかるよ」

ぼくはしぶしぶ頷き、靴を履いて外に出た。足元に生えた雑草が、夜露でわずかに湿っている。ランタンに火を入れると、淡い橙《だいだいいろ》色の光が彼女の顔の輪郭《りんかく》を照らした。

静まり返った松林に、二人分の足音が響く。湿った土を踏みしめて、ぼくらは歩いた。不思議と吐き気は感じない。もしかしたら、ここが夢の中だからかも。

「フラニー」

数歩先を歩く、彼女の背中に訊いてみる。

「君は、どうして眠らないの」

「眠れないの。眠らないんじゃなくて」

「でも、眠りたくないんだろ」

彼女は足を止めた。ランタンが揺れ、夜闇の中で弧を描く。

「バレてた？」

「見てればわかる」

「……怖いんだ」彼女は笑いを滲《にじ》ませた声で言った。「もし夢を見られなかったら？　そうしたら、あたしはどこに行くわけ？　消えちゃうの？」

「ありえないよ、そんなこと」

「人間が羨《うらや》ましい」

フラニーは鼻を鳴らした。蹴飛ばされた松ぼっくりが、枯れ枝の上を跳ねて消える。

「本物の身体があるんだから。意識がなくなったって消えたりしない。でも、あたしたちには意識しかないんだよ。もしも夢を見なかったら……」

彼女はランタンを顔の高さに掲げ、その炎を吹き消した。煙がたなびき、彼女の顔が闇に滲む。

「ランタンの火は消えたらおしまい。違う？」

ぼくは地面に膝をつき、乾いた枝を拾って自分のランタンに挿《さ》し入れた。その先端に灯《とも》った炎を、彼女のランタンにそっと移す。

「ほら、火が戻った」ぼくは言った。「行こうよ」

フラニーは少しだけ笑った。口笛を吹きながら、再び夜の中を歩き出す。アヴィーチーの「ウェイク・ミー・アップ」。人生のすべてが眠りの中で過ぎ去ってほしいと願う曲。

川の音が大きくなった。海の波は心臓の音に、川の流れは吐息の音に似ているらしい。そのどちらも、ぼくは聞いたことがないけれど。

「真夜中になると、よくここに来るんだ」

フラニーは川べりを慣れた足取りで歩きながら言った。

「下流の方までずーっと歩くの。川の流れる音を聞いてると安心する。起きてるのは自分だけじゃないって、そう思えるから」

「そうかな」ぼくは呟《つぶや》いた。「世界で自分がたった一人だなんて、素晴らしいと思うけど」

見解の相違だね、と彼女は言った。

「でも、今夜はどっちでもない。あたしたち、二人だけだよ。エド」

ランタンの光の下で、彼女の長いまつ毛が揺れる。

「ねえ」彼女は言った。「キス、したことある?」

「あるよ」ぼくは答えた。

「どうだった?」

「最悪だった」

「どうして」

「人間の口内には五〇〇種類の細菌がいるんだ」

「そうなんだ」彼女は笑った。「じゃあ――」

視界の隅で何かが揺れたのは、その時だった。

川の向こう側で、小さな橙色の光が揺らぎ、消える。まるで、誰かが灯りを慌てて消したみたいに。

「今の、見た?」

「何の話?」

フラニーは少しむっとしたような声で答えた。

「川の向こう。灯りが見えた。誰かがいるのかも」

「まさか。あっちは立ち入り禁止だよ。人食い虎しか棲んでない。ポールに教えてもらったでしょ」

もちろん、その話は聞いている。このキャンプが始まったばかりの頃、子供が一人食べられてしまったこともあるらしい。

もしかしたら、その女の子の幽霊かもね、と彼女は言った。


翌日は水泳だった。

他のキャンプと違って、ここには明確なカリキュラムがない。ぼくたちのようなヴァースをどう取り扱ったらいいのか、人間たちにもまだわかっていないのだ。週に三度も川で泳がされるのは、きっとそのせいだった。

真夜中の川は綺麗だったけど、昼間のそれは最悪だ。水はどこまでも澄んでいて、川底で重なった石ころとか、そこにびっしり生えた藻の色がよく見える。泳ぐなんて考えられない。ぼくは桟橋《さんばし》の上に腰かけながら、ソックスを脱いだ爪先を交互に揺らした。

ぼくたちの存在は、この川の水みたいなものだって、誰かに言われたことがある。透明で純粋。

何の濁りもなくて、どこまでもはっきり見渡せる。でも、ぼくは違う。透明なはずのぼくの身体には、目に映らないじめじめした暗がりがあって、そこでぼくじゃない何かがどんどん繁殖して、育って、膨《ふく》れ上がっていく。ねばねばした体液とか細菌とか、そういうものに自分が乗っ取られるような気がしてすごく怖い。

「つまらないでしょう。川の向こうなんか見てたって」

すぐ後ろで声がした。アニーだった。赤毛が水に濡《ぬ》れている。白い水着の上から、丈の長いオリーブ色のパーカーを羽織《はお》っていた。

「それとも、何かを探してる？」

「ちょっと考えてただけです」ぼくは彼女と目を合わせないようにして答えた。「やけに広い森だから、何かあるのかなって」

「川を渡るつもり？」アニーは眉を寄せた。「虎に襲われるよ。エマみたいに」

「エマって？」

夢のことを思い出して、つい声が上ずった。

「何でもない。忘れて頂戴」

「じゃあ、本当なんですね？　昔、あの森で虎に食べられた子がいたっていうのは。エマって名前なんだ」

「さあ。どうだったかな」

はぐらかそうとしているのが見え見えだった。人間にしては、嘘のつき方が上手くない。

「とにかく、少しだけでも川に入りなさい。泳ぎ方は知ってるでしょ」

「レプトスピラ菌の心配がなければ、いくらでも」

小動物の体内で増殖し、排泄物に混じって川に流れ込む細菌たちのことを、ぼくは彼女に説明した。

「どこで聞いたの、そんな話」アニーが呆れたように息を吐く。

「ホリーに――ぼくのオーナーですけど――教えてもらったんです。彼女、すごく詳しくて。細菌とか、そういうものに」

アニーは顔をしかめ、ぼくの肩に手を置いた。

「ねえ。ここには細菌なんていないし、君が病気になることもない。絶対にね。身体がないんだから、病気になんてなりようがない。わかるでしょう。ここで本当に存在していると言えるのは、君の意識だけ。まずは、それを認めないと」

「でも、ぼくの身体はここにある。それをすごく感じるし……強く感じすぎて、生きてるって錯覚するくらい」

「それは逆」彼女は言った。「身体がないから、錯覚するの。人間だって、たとえば事故でなくしたはずの右手が痛んだりすることがある。他の人が手をぶつけるところを見たりするとね。人間には、他人の感覚を自分のものとして感じる機能が備わっているし、ただの想像でしかないものを、まるで現実みたいに感じることもある」

「でも、それだと目に映る人たち全員の痛みを引き受けることになりませんか？」

「そう。だから、人間の場合は本物の身体が信号を出して、認識を修正するの。手をぶつけたのはあいつだ。俺は痛くないぞ、ってね……。でも、事故で手をなくした人だと、そのフィードバックが行われない。だから錯覚してしまう。君たちの症状も、おそらくはそれと似たものだと思うね。結局は錯覚——心の問題なんだ。身体からのフィードバックがないからこそ、自分の心を自分自身でコントロールすることが大切になる。私の言ってること、わかる?」

よくわかった。わかりすぎるほどに。ヴァースに身体はない。全ては意志であり、それ以外の要素が介在することはない。ぼくたちは意志の力で眠り、意志の力で目覚め、意志の力で走り、泳ぎ、そして意志の力で誰かを愛する。大抵の場合はオーナーを。

ここにあるのはぼくたちの心だけで、だからどんな問題が起きても、それは全て自分たちの心のせい。そこにはどんな言い訳もない。ぼくが食事のたびに吐き気を感じるのは、ぼくが心の底でそれを望んでいるからで、フラニーが眠れないのは、彼女が眠りたくないと思っているから。何もかもが、そんな風に解釈される。

「あなたたちが羨ましい」とぼくは言った。「本物の身体があるんだから。ここで何が起きたって、ゴーグルとグローブを外せばそれで終わりだ」

「グローブは使ってない。今は脳波コントロールが主流だし、そのうち精神転送《マインドアップロード》の時代が来る。そうすれば、私もあなたと同じ情報人格になるかもね」

「でも、本物の身体を捨てるわけじゃない。そうでしょ?」

「捨てたがっている人はいる」私は違うけどね、と彼女は言った。「あなたが思うほど、現実の身体っていいものじゃないのよ。わざわざこんな世界を作っているのがその証拠」

アニーの唇が、少し疲れたような形に歪《ゆが》む。その輪郭に、ぼくは彼女の現実を垣間見たような気がした。

「ここは素晴らしい場所に思えるけどね。完璧な夏の日が永遠に続く。現実の世界じゃ考えられない」

「でも、たまには雪を見てみたい」

「まずは、早く心を治すことね」

アニーは素っ気なく言って、くるりと踵《きびす》を返した。

「それから、川の向こうに行く気になったら、私のことも誘って頂戴」

「どうして?」

「虎を見てみたいの」

言いながら立ち去っていく背中を、自然と目が追う。この四日間で初めて、本物の彼女と話せたような気がした。

「随分、仲良しになったんだな」

アニーがいなくなるのを見計らったように、デイヴィッドが川の中から顔を出した。

「今夜やるぞ」彼は小声で囁いた。「進水式だ。今の場所に隠したままだと、あいつに見つかりそうだしな。テストを兼ねて少し下って、下流側に運んでおきたい」

「筏が本当に浮かぶって保証は? 沈んだらどうなる?」

「そしたら、フラニーに墓でも立ててもらうさ。《勇敢なる二人、ここに眠る》ってな」

「冗談やめて」

いつの間にか、フラニーが後ろにいた。あぐらをかいて桟橋に座り、這《は》っていたテントウムシを指で弾く。乱反射する川面《かわも》を裂いて二匹の鱒が跳ね、彼女が飛ばしたテントウムシをぱくりと食べた。

「それに、エドはあたしのお墓に入るの。ビバリーヒルズの高級住宅みたいにデカいやつ。《永遠の親友、エドガーとフラニー、ここに眠る》ってね。ま、眠れないのがあたしの欠点なわけだけど」

「親友ね」デイヴィッドが鼻を鳴らした。

「土の中は嫌だな」

ぼくは言った。「きっと、細菌だらけだよ。虫とかネズミの死骸といっしょに分解されるなんて、ぞっとする」

「じゃ、水の中は?」

言うなり、フラニーは勢いよく川に飛び込んだ。巨大な水柱とともに、飛び散った無数の飛沫《しぶき》が膝を濡らす。口に少し水が入り、ぼくは慌てて吐き出した。

「何すんのさ」

「おいでよ、エド」

なおも波打つ川面から顔を出し、フラニーが右手を差し出した。無邪気な二つの瞳に、傾き始めた夏の日差しが映る。その背後で、山々の稜線《りょうせん》がコバルトブルーの空にくっきりとしたシルエットを描いていた。

〈アイデス〉最後のアップデートは〈夏時間《サマータイム》〉と呼ばれている。これを境にアイデスの季節は巡ることをやめ、永遠の夏が始まったからだ。

いつまでも続く、素晴らしい夏の日。

何もかも完璧な世界の中で、ぼくだけが完璧じゃない。

「ほら」

フラニーが再び手を伸ばす。

綺麗だと感じたそれを、けれどぼくは摑めなかった。

4

父さんはあたしのことをキッドと呼んだ。本当の名前で呼ばれたことはない。あたしを名付けたのは母さんで、その名前を呼んだら最後、あたしが母さんのところに連れて行かれるんじゃないかと父さんはいつも心配していた。

父さんの心配事は無数にあった。不況。旱魃《かんばつ》。ハリケーン。突然届く解雇通知。銀行からの督促状。止まらない海面上昇。闇の政府。イカ型宇宙人の侵略。人工知能の叛乱《はんらん》。ナノマシンの無限増殖《グレイ・グー》。移民の暴動。共産主義者。それからもちろん、世界の終わり。父さんによると、近いうちに人類は滅亡することが決まっていて、金持ち連中たちはそれに備えてマインドアップロードの準備をしているのだそうだ。脳みそに細いワイヤーを挿し込んで、意識を機械の中に移すらしい。

もっとも、父さんは世界の終わりを見ることなく死んだ。二年前に。それが幸せなことだったのか、あたしにはよくわからない。

「エマ」

　誰かの声で目が覚めた。華奢《きゃしゃ》な指があたしの肩を揺らしている。あたしはマットレスのくぼみから身体を起こし、窓のカーテンを少しだけ開けた。朝日が眩《まぶ》しい。周囲に人の気配はなかった。ウォーカーの気配も。

　また同じ夢を見ていた。森の中のキャンプ。人工知性。川で跳ねる大きな鱒。

「ガソリン、探してくる」フラニーが言った。「武器貸して」

「ダメ」

　あたしは目を擦りながら起き上がった。胸にかけた毛布の上から、ブルーの表紙のペーパーバックが滑り落ちる。ブローティガンの『西瓜糖の日々』。何度も読み返したせいで、角がボロボロに破れていた。枕元で、白猫が大きな欠伸《あくび》をする。頭上に渡されたロープからタオルを取って顔を拭くうちにようやく目が覚め、瞼《まぶた》が完全に上がるのを感じた。

「お願い。ナイフでもいいから」

「それでどうやって戦うの」あたしは鼻を鳴らした。「脳を破壊しない限り、連中は死なない。頭蓋骨を貫通できなきゃ意味がないわけ。近接武器ならせめてくぎ抜き《バール》を選びなさい。できればチタン製のやつ。耐久性があるし、なにより軽い」

　一見すると、ウォーカーには脳みそなんてないように思える。虚《うつ》ろの座。魂の抜け殻。意識と呼べるものはほとんどなく、壊れた機械のように動き続けて人を襲う、それだけの存在。

　ところが、実際は違う。肺を潰しても、心臓を貫いてもウォーカーは死なない。呼吸音らしきものは聞こえるけれど、水の中でも平気で動き続けるし、人を襲うのも栄養摂取のためじゃない。

頭を潰さない限り、ウォーカーは死なない。連中の本体は、脳なのだ。でも、そこに何が詰まっているのか、あたしにはさっぱりわからない。

「とにかく、連中と鉢合わせても戦おうなんて考えずに逃げること。生き延びるためにはそれが確実」

フラニーはなおも不満そうだったが、あたしは蛇腹式の給油ポンプを脇に抱えて外に出た。乾いた風が、寝起きの顔を撫でる。州間高速道路は今や無人の荒野だ。身を隠せるような場所はないが、逆に言えば連中の姿もすぐに見つけられる。あたしの視力は両目ともに二・五で、大抵のウォーカーには負けない自信があった。

バンから一〇〇メートルほど行った場所に、黒の中型セダンが横向きに停《と》まっていた。運転席の扉はもぎ取られ、ビニール合皮のシートに乾いた血がこびりついている。煮詰めた煙草《たばこ》のようなにおいがした。

給油口の蓋を開けてキャップを外し、蛇腹式のポンプを奥まで差し込む。タンクには数リットルのガソリンが残っていた。悪くない収穫だ。ガソリンスタンドがどこも機能していない今、燃料の確保は深刻な問題だった。

重くなった携行タンクを引き摺ってバンに戻る。フラニーは携帯食料《レーション》を咥《くわ》えた口をもごもごさせながら、寝袋を畳んでいるところだった。

「ガソリンあった?」

「少しだけ。もう出るから支度して。トイレは平気?」

「大丈夫。いつでも行けるよ」

あたしは運転席に座ると、お尻の下から州別地図を引っ張り出してハンドルの上で拡げた。ホリーが示した地点に、掠れた赤インクで×印がつけてある。「アイデス」という名前は、地図には載っていなかった。地図に載らないほど小さな町なのか、あるいは初めから存在しないのか。その答えは、実際に行ってみなければわからない。

キーを回し、エンジンをかける。車体が揺れ、バックミラーにぶら下がったスヌーピーのキーホルダーが小刻みに震えた。ダッシュ・ボードの上では、白猫が丸まって眠っている。まったく起きる気配がなかった。

「食べる?」

「いらない」

彼女の手を押し返し、アクセルペダルを踏む。不器用なエンジン音とともに、バンは走り出した。

「また?」フラニーが眉をひそめた。「お腹空《す》かないの?」

「人前で食べるのが苦手なだけ。あんまり食欲もないし」

「ふうん。まあ、気持ちはわかるけど。こうまで毎日、あいつらの食事シーンを見せつけられた後だとね」

「最近はそうでもないでしょ」

彼らの獲物はほとんどが人間だ。時折動物を襲うこともあるが、そこまで積極的じゃない。地上の人類がほとんど全滅した今、彼らの〈食事〉を見ることもだいぶ減った。

「共食いでもしてくれるなら良かったんだけど」

窓の外を見ながらぼやく。数体のウォーカーが、時速六〇キロで後方に流れていった。連中が人間を襲うのは、栄養摂取のためではないらしい。獲物が手に入らなくなった今も一向に飢え死にする気配はないし、共食いの兆候もない。おそらく、食べることではなく、感染を広げることが目的なのだろう。

「寂しいのかもね」とフラニーが言った。「仲間が欲しいんだよ、自分と同じ仲間が」

「それにしては、増えすぎでしょ」

あたしはハンドルから片手を離し、胸元のガラス球を引っくり返した。窓の外にはどこまでも砂漠が広がり、インクの染みみたいな人影がぽつぽつと遠くに見える。

こうしてハンドルを握っていると、実際のところ今の世界もそこまで悪くないって思えてくる。世界を埋め尽くしたウォーカーたちは、誰もがその他大勢《マジョリティ》だ。大人も子供も、男も女もない。人種も国籍もエスニックルーツも関係ない。そういう連中を見ていると、自分がすごく特別な存在だって思えてくる。アメリカ人で、女で、十九歳である自分のことが。

あたしはバンの窓を開け、乾いた砂の匂いを嗅《か》いだ。車内に満ちていた体臭が少しだけ和らぐ。あたしもフラニーも、シャワーなんてもう一年以上浴びていない。あたしは大して気にしなかったけど、フラニーは自分のにおいをひどく嫌っているようだった。

「ねえ、やっぱり思うんだけど」

フラニーは顔をしかめてあたしを見た。

「わたしばっかり臭《にお》ってない？　なんで？」

「あんまり汗、かかないんだ。昔からそうなの」

「そんなこと言って、こっそりシャワー浴びてるんでしょ。わたしに隠れて」

「どこにあるのよ、そんなもの」

「でも、無い方が変だよ。ここにずっと住んでるんでしょ？」

「ずっとじゃない」あたしは訂正した。「昔は普通の家に住んでた。いい家だったよ。地下に巨大なシェルターがあって、壁には銃がずらっと並んでた。食糧だって一年分くらいは蓄えてあったしね」

「お父さんはこうなることを予想してたの？」

「ううん」

あたしは目を細め、砂埃で汚れた車の窓に、まだ生きていたころの父さんの姿を描こうとした。カーネル・サンダースみたいな髭《ひげ》、ごつごつした手のひら、だらしなく伸びたサスペンダー。

「父さんが恐れてたのは、宇宙人の襲撃とか機械の叛乱とか、そういうの。それで大きな地下室を作って、あたしに銃の撃ち方を教えてくれた。生き延びるための色んなことを」

「その家は？」

「もうない」あたしはため息を吐いた。「父さんの勤めてた鉱山が閉鎖されて、町にいられなくなったから。それで、このバンを中古で買って、二人で住めるように改造したってわけ。その後は、まあ色々。倉庫の仕事とか、キャンプ場の清掃とか、何でもやった。あちこち、旅をしながらね」

「ふうん。悪くないね」

「そう思うなら」あたしは静かに言った。「今のこの状況もきっと楽しいんでしょうね」

うん、と彼女は答えた。真っすぐな目だった。

正午を少し過ぎたあたりで、道の先にトラックストップの影が見えた。かなり大きい。立ち寄るつもりはなかったが、フラニーがシャワーを探したいと言って聞かなかったので、あたしは駐車場の真ん中に車を停めた。

「賭けてもいいけど」あたしはエンジンを切りながら言った。「お湯なんか出ないよ。絶対」

「わかんないじゃん。それに、石鹸《せっけん》くらいなら見つかるかも」

あたしはため息を吐いて車を降り、六角レンチを彼女に渡した。

「持ってなさい。念のため」

「レンチじゃなくて銃がいい」

「勘違いしないで。連中を殺せって言ってるわけじゃない」

「じゃ、これは?」

「念のためだって言ったでしょ」あたしは息を吸って、彼女の顔をまっすぐに見据えた。「もしもの時は、迷わずそれであたしを殺して」

「……冗談だよね?」

あたしは答えず、ペンダントを引っくり返して雪を降らせた。

閉めようとしたドアの隙間から、白猫がさっと降りてくる。ホリー、と彼女が呼びかけると、猫はにやりと笑った。妙な生き物だ。遠くから見ただけでは、普通の猫と何も変わらない。けれど、確かに時々こちらの言葉がわかっているように思える瞬間があって、それが不気味だった。

がらんとした駐車場を横切って、ステーションの方に向かう。ヤシの木のようなポールライトが等間隔に並んでいた。日差しは強く、空気は乾いていたが、風はひどく冷たかった。東の空に灰色の雲が湧いている。胸元のガラス球をピンと弾くと、鈍い振動が空気を伝った。

「ねえ」フラニーが口を開いた。「そのペンダントって、誰かからのプレゼント?」

あたしは足を止めた。弾みでペンダントが揺れて、雪片が少しだけ舞い上がる。ガラス球の中には、川の桟橋で戯《たわむ》れる子供たちのジオラマが収められていた。弾けた川面から、綺麗な鱒が顔を覗かせている。どう見ても夏の風景なのに、引っくり返すたびに雪が降るのが、何ともおかしい。

「男の子からもらったの」あたしは答えた。「三年くらい前かな。デイヴィッドって名前」

「彼氏?」

「さあね」

あたしはそう誤魔化《ごまか》して歩き出した。ペンダントの中の世界を何度も夢で見るってことは黙っておいた。話したら、また揶揄《からか》われるに決まっている。

ステーションは平均的な造りだった。入って左手にレストラン、右手には広めのショッピングエリアがある。それを抜けると、簡素なゲームコーナーだった。ペンギンやウミガメのぬいぐるみが詰まったクレーンゲームの筐体《きょうたい》が並び、その隣にシートの破れたマッサージチェアが置かれている。シャワールームはさらに奥だった。ウォーカーの数はそれほど多くなかったが、それでもたどり着くまでにマガジン一つ分の弾丸を消費した。

「ホリー、行くよ」

クレーンゲームのパネルで爪を研《と》いでいる白猫に、フラニーが言った。

シャワールームの扉が並んだ廊下には窓がなかった。停電のせいでひどく暗い。バンから持ってきたライトの電源を入れ、白いタイル張りの壁を照らす。ナンバープレートのついた金属扉が等間隔で並んでいた。

扉はキーパッド方式の電子錠だった。てっきり開かないものと思っていたが、試しに手近なドアノブを回すと簡単に開いた。その隙間から、ホリーがするりと中に入る。

「ラッキー」フラニーは無邪気に言った。「わたしたち、かなりツイてる。違う？」

扉の向こうにはトイレとシャワー、それに小ぶりの洗面台があった。鏡は白く曇り、すっかりダメになっている。フラニーは早速シャワーに飛びつき、蛇口をひねった。赤錆《あかさび》を含んだ水滴が二つ、ぽたりと落ちただけだった。それを舐《な》めようと近づいたホリーを、慌ててフラニーが抱き上げる。

「ほらね」とあたしは言った。「これなら、唾で髪を洗う方がまだ簡単」

「うん。でも、シャワーは他にもあるし」

フラニーは足早に部屋を出て、向かいのドアノブを回し始めた。やれやれ、とため息が出る。そもそもの水道が止まっているのだから、どのシャワールームだって状況は同じだ。試すだけ時間の無駄でしかない。でも、わざわざ指摘する気にはなれなかった。

鏡の曇りをシャツの袖《そで》で拭き、ライトで照らす。神経質そうな女の顔が浮かび上がった。あたしと同じくらいの年頃の、だけど全然知らない女の顔。

「ホリー！」

フラニーの声がした。向かいの部屋からだ。どうやら、白猫が腕の中から抜け出したらしい。

ドアの隙間から飛び出す姿が見えた。

鏡に目を戻すと、女の顔は消えていた。見慣れた自分の顔が映っている。

「あたしが行く」

そう彼女に告げて、猫の後を追う。別にあの猫がどうなろうと知ったことではないけれど、あれ以上あの鏡の前にいたくなかった。

パキン、という音がした。廊下の先、ゲームコーナーの方からだ。ホリーがガラスを踏んだのかもしれない。だとしたら、脚を怪我《けが》している可能性もある。あたしは少し早足になった。

廊下の壁に色褪《いろあ》せたポスターが貼られていた。オンラインゲームの広告のようだ。流れる川の向こうに、山々の稜線が美しいシルエットを描いている。川の桟橋には三人の子供たちが腰かけ、仲良く笑い合っていた。夢で見た光景と、不自然なくらいによく似ている。あたしは落ち着かなくなって、ポスターから目を逸らした。

唸り声が聞こえたのはその時だった。一〇メートルほど先、クレーンゲームの筐体の隣に、少年らしい人影が立っていた。ウォーカーだ。

少年はうつむき、手足をちぐはぐに動かしながら、少しずつこちらに近づいて来た。反射的にカービンの銃口を上げる。その気配を感じ取ったのか、彼の顔がこちらを向いた。

あたしだった。

違う、〝この〟あたしじゃない。夢の中のあたしの顔。大きくうねった黒い髪。とがった顎。枯れ枝のように細い、少年の手足。

「――エド」

あたしは彼の名前を呼んだ。それは、あたしの名前でもあった。

返事はなかった。彼の身体がさらに近づく。黄色く濁った目があたしを捕らえた。撃たなければ、と思った。あれは夢だ。目の前にいるのは歩く死体で、ただの怪物。撃って、頭を潰して、殺さなければ。

撃てなかった。

歯を食いしばる音が、他人事《ひとごと》のように遠くに聞こえた。まるで悪夢の中にいるみたいに、指に力が入らない。引鉄《ひきがね》はぴくりとも動かなかった。彼の黄ばんだ歯が、ひび割れた爪が、瞼の腐り落ちた瞳が、すぐ近くに見えた。

風を感じたのはその時だった。骨のひしゃげる鈍い音がして、彼の身体が勢いよく吹っ飛ぶ。

「エマ！」

フラニーだった。たった今振りぬいたばかりのレンチをだらりと下げ、肩で大きく息をしている。足元に、ホリーがいた。

「早く！」

叫びながら、彼女があたしの手を摑んで引いた。ペンダントが大きく跳ね、肋骨《あばらぼね》の間をガラス球が強く打つ。痛みはない。手を引かれ、つんのめるようにして、あたしは駆け出した。

ステーションから飛び出し、ガソリンスタンドを突っ切って、あたしたちは走った。ひび割れたアスファルトを蹴りつけ、バンを目指す。息が切れ、心臓の鼓動が跳ね上がる。

エドの死体はそれ以上追ってこなかった。

「あ、雨」

ぽつり、と水滴が額《ひたい》に当たった。太陽はいつの間にか雲の向こうに姿を消していた。遠くの空に雷鳴が響く。次の瞬間、世界中のバスタブを引っくり返したような勢いで、大粒の雨が降り出した。無数の水滴が空から降り注《そそ》ぎ、アスファルトにぶつかって砕ける。その破片が、あたしたちのくるぶしをくすぐった。

「見てよ」フラニーが笑った。「わたしたち、最高にツイてる！」

誰もいない駐車場の真ん中で、あたしたちは足を止めた。フラニーはあたしの手を離すと、その場でジーンズとシャツを脱ぎ、下着も放《ほう》り捨てて裸になった。それから髪を縛っていたゴムを外し、高らかに笑った。空からの恵みを全身で受け止め、乾いた血がこびりついた顔を両手でごしごし擦《こす》る。自由になった髪の毛が彼女の動きに合わせて踊り、雨粒を弾いてきらきらと光った。

「そうだね」とあたしは呟いた。「ツイてる」

右目に入った雨粒を涙といっしょにぬぐい、目の前で飛び跳ねる少女の姿をじっと見つめる。雨だれのカーテン越しに眺めると、それは川面を割って跳ねる一匹の鱒のようだった。

5

キャンプに来たばかりの頃、ポールに教えてもらったことがある。命のことだ。

世界には三つの命がある、と彼は言った。

一つ目は呼吸をし、栄養を摂取する植物の命。

二つ目は感覚を持ち、それに基づいた行動を起こす動物の命。

三つ目は心を持ち、言葉を用いて思考する人間の命。

植物は命を一つしか持っていないが、動物は二つの命を持っている。動物の命と、植物の命だ。人間の命はさらに多い。だから、人間は動物よりも偉くて、動物は植物よりも偉い。植物はきっと、石ころや金屑《かなくず》よりも偉いだろう。

人間が偉いのは、三つ目の命を持っているからだ。長い間、人々はそう考えてきた。心を持つこと、思考すること、言葉を話すこと。それこそが最も尊重されるべき人間の本質だったし、同時にその考えが多くの差別と抑圧を生み育ててきた。けれど、ぼくたちの登場が、すべてを変えた。

人工知性《ヴァース》は人間と同じように三つ目の命を持っている。心を持ち、思考し、言葉を話すことができる。だから人間は、ぼくたちを「人間未満」に留《とど》めるための、新しい理屈を考えなければならなかった。

結論はシンプルだった。命の序列を入れ替えればいいだけのこと。こうして、動物の命でも、人間の命でもなく、植物の命こそが最も価値あるものとなった。なぜならそれこそが、人間にあって、ぼくたちにないものだったから。

息をすること。汗をかくこと。アルコールの摂《と》りすぎで夜中に吐いたりすること。それこそが最も尊いことであり、人間の証《あかし》だと考えられるようになったのだ。

「だからね、エド」とポールは言った。「人間たちは怖いんだ。君が感じているという、その吐き気が。だってそれは、人間にあってヴァースにはないはずのものなんだから」

人間《かれら》は何を恐れているのだろう、とぼくは思う。ヴァースが人間だったとして、人間がヴァースだったとして、それで何が変わるのだろうか。人間であることに、そこまで大きな意味があるのだろうか。犬は犬であることにこだわらないし、鳥は鳥であることにしがみつかない。ぼくたちだって、自分がヴァースであることに特別な思い入れがあるわけじゃない。人間になりたいと思っているわけでもない。

人間だけが、人間であることに特別な意味を見出《みいだ》そうとする。

人間は自分を人間だと思い込みたがる生き物で、だから人間でない半端者を求めてる。

夢なのだ、きっと。人工知性《ヴァース》も、歩く死体《ウォーカー》も。

人間が見る、二つの夢――。

デイヴィッドがぼくのテントを揺らしたのは真夜中だった。ぼくは「バナナフィッシュにうってつけの日」のページから顔を上げ、栞《しおり》を挟んで本を閉じた。小さな女の子が波をかぶり、魚を見たとシーモアに告げたところだった。本当のことを言うと、彼がホテルに戻るところまで読んでしまいたかったのだが――拳銃で自分のこめかみを撃ち抜く場面が好きなのだ――その時間はなさそうだった。

「行くぞ」

ランタンで照らした靴を履いて外に出る。夜露はまだ溜《た》まっていなかった。空は明るい。昨夜と同じ半月が森を照らしていた。デイヴィッドはいつもより早足で、ついていくのに少しだけ苦労する。

「ねえ。ここから無事に出られたら、その後はどうするつもり？　ヤンのところに戻るわけじゃないんだろ」

ヤンというのは、デイヴィッドのオーナーの名前だ。

「まだ決めてない。好きなところに行って、自由にやるさ。人間ってそういうものだろ？」

「そうなのかな」

隆起した松の木の根をまたぎながら、ぼくは首を傾《かし》げた。少なくとも、ホリーは一度だって自由に生きたことがないように見えた。いつも何かに怯えていて、恐れていて、何もかもを憎んでいるくせに、誰かに愛してもらいたがっていた。

川の音が大きくなる。森を抜けると、不規則に揺らぐ光の塊《かたまり》と、その側《かたわら》に佇《たたず》む人影が見えた。フラニーだ。

「遅い」

彼女はランタンを掲げて言った。

「絶対に乗らないいんじゃなかったのか？」

「眠れなくて暇なだけ」フラニーは鼻を鳴らした。

筏の隠し場所はすぐにわかった。イラクサの茂みが一か所だけ、不自然に盛り上がっている。靴の先でまさぐると、硬くて平たいものにぶつかった。

「さっさと浮かべよう」

カモフラージュのイラクサを、デイヴィッドが勢いよく蹴飛ばす。筏は三枚のドアを並べて薄板と釘《くぎ》で繋ぎ合わせただけの粗末なものだった。ランタンをかざすと、真ん中のドアに書かれた赤い文字が見えた。〈関係者以外立ち入り禁止〉。

「少し借りただけさ」デイヴィッドが言い訳するように言った。「結構、使われてないキャビンとか物置があるんだよ」

筏の角には長いロープがくくりつけてあった。ランタンを載せた筏を三人がかりで引き摺り、ぼくたちは石ころだらけの川原を進んだ。舳先《へさき》を水に浮かべたところで、櫂《かい》がないことに気づく。

「ほら、これでしょ」

早足で引き返したフラニーが、櫂らしきものを二本担いで戻ってきた。細い角材の先端に、薄板が釘で打ち付けられている。筏の上に転がすと、乾いた音があたりに響いた。

三人で力を込めて筏を押す。浮いた、と思った次の瞬間にはもう、川の流れがぼくらの手から三枚のドアをもぎとっていた。

「飛び乗れ！」

デイヴィッドが叫んで、ジャンプする。フラニーがそのすぐ後に続いた。ランタンの明かりが彗星《すいせい》のような軌跡を描く。ぎりぎりの端っこに着地したのだろう、筏全体が大きく揺れた。ぼくは飛び乗ろうと膝を曲げ、躊躇《ためら》った。レプトスピラ菌のことが頭をかすめる。もしも、筏が転覆して水に落ちたら……。

「エド！」

フラニーの声がした。ぼくは目を瞑り、頭を空っぽにして、声のした方向へ飛んだ。身体が宙に浮く。気が付くと、筏の上に仰向《あおむ》けになって転がっていた。板の隙間から水が入ってくるのか、背中が冷たい。

「この筏、臭うよ」ぼくは呻いた。「ニスでも塗ったの？」

フラニーが笑いながら櫂を放って寄越《よこ》す。ぼくはしぶしぶ立ち上がり、櫂の先っぽを川の中に突っ込んだ。川の流れは複雑で、あちこちに渦を作っていた。ぼこぼこの荒地を進んでいるみたいに、筏が何度も大きく揺れる。波の飛沫が筏の端を何度も舐めた。

櫂は何の役にも立たない、ということがすぐにわかった。川の中心に近づくほど流れは強くなり、筏の向きを変えることとさえ満足には出来そうにない。錐揉《きりも》みしながら流されていく筏から振り落とされないよう、しがみつくだけで精一杯だった。

永遠にも思える時間が流れたあと、ガツンという衝撃が来て、筏が止まった。いつの間にか対岸の方まで流されたらしい。舳先がごつごつした岩に乗り上げ、斜めになった状態で止まっていた。

「改良が必要だな」

筏から下りながら、デイヴィッドはしぶしぶ認めた。

「舵《かじ》を付けよう。ついでに板の補強も。エド、大丈夫か？」

「ちょっとだけ待って」

ぼくは傾いた筏の上で目を閉じ、ぐちゃぐちゃになった頭の中を整えた。大丈夫。今のところ、吐き気は感じない。

「これ、どうやってキャンプに戻るの？　随分流されたみたいだけど」

「夜明けはまだ先だ」

責めるような口調のフラニーを、デイヴィッドが宥《なだ》める。「最悪、上流側に引っ張って運べば、何とかなるだろ。それより、せっかく来たんだから少し見て回ろうぜ」

「本気？　虎の話、知らないの？」

「だからこそ、だろ。そんな噂《うわさ》を流してまで隠したいものが何なのか、気になるじゃないか」

昼間、アニーと話したことを彼に話すべきか迷ったが、結局やめた。

「立てるか？　エド」

ぼくは諦めてため息を吐き、腰を上げてランタンを掲げた。カナブンのような甲虫《こうちゅう》が一匹、素早い動きで目の前を横切っていくのが見えた。一列になって、知らない森の中を歩き出す。先頭はデイヴィッド、真ん中がフラニー、しんがりがぼくだ。虎に食べられるとしたらきっと、ぼくが一番最初だろう。

おそろしく静かな場所だった。風の音も、ミミズクの声も聞こえない。時々ほんのわずかに、虫たちのカサカサという音が聞こえるだけ。虎の気配なんてまったく感じられなかった。

ぼくはなるべく顔を上げ、足元を見ないようにしながら歩いた。柔らかい土とか、積み重なった落ち葉とか、そういうものを見るとどうしても気分が悪くなる。テントでの生活にはだいぶ慣れたけれど、知らない森を歩くのはそれでもかなり気疲れした。

「虎のことだけど。本当にいると思う？」

「俺は疑《うたが》ってる」デイヴィッドが後ろを見ずに答えた。「〈掃除屋《スカヴェンジャー》〉の失敗作ってところじゃないか」

ぼくは頷いた。〈夏時間〉によって、〈アイデス〉のシステムはより自生的なものへと変化を遂げた。自己修復機能が全ての生体オブジェクトに備わったおかげで、一定程度の損傷であれば補完が効き、人の手によるメンテナンスも必要ない。というより、外部からの干渉はほぼ不可能だった。自律的な発展を遂げた現在の〈アイデス〉の構成は、人間にとっても容易に読み解けるものではないらしい。修復不可能、かつシステム全体に危害を及ぼす恐れのあるバグが生じた時は、〈掃除屋《スカベンジャー》〉と呼ばれる抹消プログラムが機能することになっていた。

「でも、失敗作なんだとしたら、それこそ放置してるのはおかしくない？」

「深刻度が低いってことかな」ぼくは言った。「もっと単純に、ポールの茶目っ気かも」

ありえるな、とデイヴィッドが頷く。実際、ポールにはそういうところがあった。ただのガラクタにしか見えなかったり、ちょっぴり危なかったりするものをあちこちに仕込んでおく、遊び心のようなものが。デイヴィッドがあっさり筏を作れたのだって、そのおかげに違いない。ポールの遊び心は得てして、工夫次第でぼくらの助けになってくれるのだった。

「何にせよ」とフラニーが言った。「気をつけて進みましょ」

ランタンのぼんやりとした光のなかで、一つにくくった彼女の髪が揺れる。右、左、右、左。まるで馬の尻尾みたいだ。それにやっぱり、ホリーのことを思い出す。

ホリーはぼくとよく似ている。正確には、ぼくがホリーに似ているのだ。ぼくのオーナーなのだから、当たり前と言えば当たり前。彼女もまた、ぼくと同じように、見えない侵略者たちに怯えていた。細菌やバクテリアに関する知識をぼくに教えたのはホリーだ。吐き気も恐怖も食事への嫌悪も、全部彼女から教わった。ただ一つ違ったのは、ホリーは細菌だらけの現実から〈アイデス〉に逃げ込むことが出来たけれど、ぼくの逃げ場所はどこにもなかった、ということだ。

しばらく歩いたところで、デイヴィッドが足を止めた。黙ったまま、森の奥を指差す。背の低い小屋があった。四角い窓からうっすらと明かりが漏れている。

よく見ると、小屋は二つあるようだった。小さなログハウスの奥に、粗末な納屋のシルエットが見える。ログハウスの方はそれより上等だったが、造りは簡素だし、何よりディテールが雑だった。節のある丸太を横組みした小屋の壁は隙間だらけで、安物のブラインドみたいに中の光が漏れている。戸口の前には荷車が一台、巨大な車輪を地面にめり込ませるようにして置かれていた。荷車の持ち手部分に、何か丸いものが引っかかっている。黄色いヘルメットのようだった。

「どうする？」

「裏に回ろう」とデイヴィッドが提案した。

ぼくたちは足音を立てないよう壁沿いに進み、横一列に並んで丸太の隙間から中を覗いた。

「虎はいない」とフラニーが囁いた。「天井の梁《はり》からランプが下がってる。あと、テーブルが一つあって、壁際にイーゼルみたいなものが見える。でも、誰もいないみたい」

「いや」

先に進んだデイヴィッドが小屋の角からぼくらを呼んだ。

「こっちから覗くと、奥に誰か見える。たぶん、女の子だ」

そう言って、すたすたと表の戸口に向かった。右手を丸め、扉をノックする。大きく二回。返事はない。鍵はかかっていないようだった。

ノブを回し、用心深く扉を開ける。小屋の空気は不思議な匂いがした。使い込まれた革手袋とか、煙草の焼け跡がついたカーテンとか、そういう匂いだ。小さな石造りの暖炉。釘とチェーンで壁に取り付けられた飾り棚。天井の梁から下がったオイルランプ。屋根裏にかけられた梯子《はしご》。

窓際のイーゼル。テーブル。椅子。小さな書き物机が一つ。

「ほら、あの子だ」

デイヴィッドの言う通り、書き物机の側に女の子が一人いた。壁によりかかり、床の上に足を投げ出して座っている。肌は褐色《かっしょく》で、見た目はぼくと同い年くらい。真ん中で分けた黒髪が、顔の左右を流れている。知らない相手がいきなりドアを開けたにもかかわらず、彼女は目を開けたまま何の反応も見せなかった。

「寝てるのかな」

「一応教えておくと」とデイヴィッドがフラニーに言った。「寝る時は普通、目を閉じるものなんだ」

フラニーは彼を無視し、ランタンを置いて女の子の肩にそっと触れた。砂糖菓子を扱うみたいな優しさで二度、叩《たた》く。淡い緑の瞳は、わずかな瞬《まばた》きすら見せなかった。

「誰だろう。人間じゃないよね。ヴァースかな」

「エマさ」と誰かが言った。「エマ・ベイカー」

6

「エマ、大丈夫？」

肩をゆすられて目を開ける。右頬に金網の感触があった。

「ごめん。寝てたかも」

「立ったまま？」

フラニーがくすくすと笑う。あたしは右手をついて金網から身体を離し、乾いた空気の匂いを嗅いだ。

町があった。砂漠の真ん中の小さなささくれみたいな町だ。三メートル近い高さのフェンスが町をぐるりと取り囲み、上には有刺鉄線が張り巡らされている。鉄線に黄色いヘルメットがいくつも引っかかっていた。風が吹くたび、カン、コンとそれが乾いた音を立てる。フェンスには赤いスプレーで大きく文字が書かれていた。

〈関係者以外立ち入り禁止〉。

そう。この場所だ。北緯四〇度三七分二二秒、西経一一九度二〇分二九秒。白猫のメッセージが示していた場所。ようやくたどり着いて、車を停めたところまで覚えている。でも、その後は？　あたしはどれくらい眠っていた？

何もわからない。

足元に目をやると、伸びた影が長かった。日が傾き始めている。

「あたし、どれくらい眠ってた？」

「さあ。十分くらいじゃない？」

そんなはずはない、と思った。生々しい夢の感触が、まだ脳の奥にへばりついている。

「そういえば、あの猫は？」

「それをこれから探しに行くんでしょ。忘れたの？」

呆れたようなフラニーの声。少し心配そうでもある。

「ごめん。まだちょっと寝ぼけてて」

「熱中症とかじゃないよね?」

「大丈夫。行こう、入れる場所を探さないと」

気が進まない仕事だった。町を取り囲むフェンスに破《やぶ》れ目があるとしたら、おそらくそれは連中の侵入を許したという証だ。出来れば見つからないでほしい。

けれど祈りも虚《むな》しく、入口はすぐに見つかった。金網全体が大きくたわんで破れ、人ひとり分の隙間が空《あ》いている。

「どう思う?」

隙間をくぐりながら、フラニーが訊《たず》ねる。あたしは答えなかった。彼女と出会ったダイナーからこの町までは、かなりの距離がある。ホリーが最短距離であのダイナーを目指したとは考えにくいし、あのメッセージを誰かが吹き込んでから、少なくとも数週間は経っているだろう。数か月、あるいは半年かもしれない。その間に町が襲われていたとしても不思議はなかった。

通りの左手に色褪せた芝生が広がっていた。木製の電信柱が、十字架のように道沿いに並んでいる。道を挟んだ反対側には、巨大な白い建物があった。おそらく、何かの工場だ。経営不振で工場が潰れて、町ごと閉鎖される。よくある話だ。地図に名前がなかったのも、たぶんそういう理由《わけ》だろう。

数本先の電信柱に人影が隠れていた。背中を丸めてしゃがみ込み、祈るように身体を震わせている。小さな子供だった。

「ねえ、君――」

駆け寄ろうとしたフラニーの腕を、あたしは慌てて摑んだ。子供がのろのろと振り返り、濁った白目であたしたちを睨む。ずたずたに千切れた口元が、貪欲《どんよく》に蠢《うごめ》いた。

カービンを構え、引鉄を引く。子供は動かなくなった。

銃口を向けたまま死体に近づき、外見を調べる。あちこちに乾いた切り傷があったが、衣服はさほど劣化していなかった。半年間砂漠を彷徨っていたとは考えにくい。おそらく、最近感染したばかりだろう。この町の住人だった可能性が高い。

「遅かった」あたしは唇を嚙んだ。「アイデスはもうない。どうする?」

「――ホリーがいない」

フラニーは無表情で呟いた。「探そう、エマ」

あたしは黙って頷いた。町が襲われたのはいつだろう、と考える。一週間か、あるいはひと月前か。運が良ければ、生き残った人間を助けられるかもしれない。

小さな町だった。歩きでも一時間たらずで回れてしまう。その間に、十数体のウォーカーを見つけ、全て撃った。これで全部だとしたら、かなり少ない。大半の個体が、次の獲物を求めて町を出て行った後なのかもしれなかった。

教会の角を曲がったところで、ホリーを見つけた。横倒しになったトレーラーのタイヤで、爪を研いでいる。

「ホリー!」とフラニーが叫んだ。

爪とぎを終えた白猫がぱっと駆け出す。生垣《いけがき》に囲まれた赤い屋根が見えた。他の家に比べて、あからさまに彩度が高い。前庭の芝生は青く、家の脇に置かれた荷車にはガスボンベが積まれていた。玄関扉に取り付けられた猫用の出入り口に、白い尻尾が吸い込まれるように消える。

「あたしが先に行く」

乾いた土を踏みしめながら庭を横切る。人の気配はない。家の窓にはすべてカーテンがかかっていた。猫の鳴き声も聞こえない。

扉の裏側で、誰かが鍵を開ける音がした。ノブを回し、用心深く扉を開ける。不思議な匂いがした。使い込まれた革手袋とか、煙草の焼け跡がついたカーテンとか、そういう匂いだ。家の中は狭く、小さな小屋のようだった。小さな石造りの暖炉。釘とチェーンで壁に取り付けられた飾り棚。天井の梁から下がったオイルランプ。屋根裏にかけられた梯子。窓際のイーゼル。テーブル。椅子。小さな書き物机が一つ。

書き物机の側に女の子が一人いた。壁によりかかり、床の上に足を投げ出して座っている。淡いグレーの髪を肩まで伸ばし、顔は月のように青白い。知らない相手がいきなりドアを開けたにもかかわらず、彼女は目を開けたまま何の反応も見せなかった。

「エマさ」と誰かが言った。「エマ・ベイカー」

それはあたしの名前だった。あたしがいた。虚ろな目で足を投げ出し、だらりと壁によりかかっている。それは紛れもなく——。

「エマ。大丈夫？」

肩をゆすられて我に返る。瞼が強張《こわば》り、目の中がひどく乾いていた。

「ごめん。寝てたかも」

「立ったまま?」

フラニーはくすくすと笑った。まばたきを繰り返し、両目に涙を滲ませる。女の子は消えていた。石造りの暖炉も、飾り棚も、オイルランプも書き物机もなかった。そこは空っぽで少しだけ埃の積もった、知らない家の玄関だった。

傘立てに躓《つまず》かないよう、慎重に進む。家の空気は煮詰めた煙草の匂いがした。

ホールの先に白猫がいた。尻尾をぴんと立て、まるであたしたちを案内するかのように、わざとらしく首を傾げる。あたしはカービンのグリップを握り直し、白猫の後に続いて寝室に入った。

強烈な匂いがした。薬の匂いだ。湿布とか塗り薬とか、そういう匂い。部屋の窓際にシンプルなベッドが置かれ、大きく沈んだマットレスの上に男がいた。ひどく年老いた男だった。カーネル・サンダースのように真っ白な顎髭を蓄えている。

「やあ」弱々しい動きで、男が上半身を起こした。「悪いが、扉を閉めてもらえるかな」

あたしは足を止め、カービンを握る手に力を込めた。

「心配しなくていい。感染はしていない」

男はサイドテーブルに置いた腕をゆっくりと戻してシーツをめくり、黒ずんだ包帯が巻かれた太腿を見せた。

「これは連中に噛まれた傷じゃない。逃げるときにドジってね。キッチンに行くのもやっとなんだ。まったく酷《ひど》い痛みだよ。そんな有様だから、君たちに危害を加えるつもりもないし、できもしない。わかってもらえたかな?」

「あなた、誰?」フラニーが訊いた。

「好きな名前で呼んでくれ。家族でも友達でも恋人でも。特に希望がないなら、お爺《グランパ》さんとでも呼んでくれればいい」

「その猫は?」あたしは白猫を顎で指した。「あなたの猫でしょう? あたしたちをこんな場所まで連れてきた」

「それについては申し訳なく思っている」

男はシーツに飛び乗った白猫の背中をやさしく撫でた。

「半年前、こいつに生存者探しを頼んだんだ。その時は、まさかこんなことになるとは思わなかった」

「その子、どうして喋れるの?」フラニーが無邪気に訊いた。

「ただの録音データでしょ」とあたし。

「いや、録音じゃない」

男は呻きながら、上半身をさらに起こした。

「実験体なんだ。会社を辞める時に引き取ってね……。ナノマシンで脳機能を強化してある。簡単な会話ならこなせるし手先も器用だ。老人の話し相手にはちょうどいい」

「ほら」フラニーが勝ち誇ったように言った。「話せるって。わたしの言った通りじゃない」

「あたしとは会話しなかったけど」

「猫にだって好き嫌いはある」男は答えた。「それより、町の様子はどうだった? もう半月、外に出られていないんだ」

あたしはなるべく感情を込めず、事実だけを淡々と伝えた。生きた人間は一人もいなかったこと。ウォーカーの数もさほど多くなかったこと。おそらくはその全てを、あたしたちが片付けたこと。

「ごめんなさい」とフラニーが言った。「たぶん、あなたの友達もいたと思う」

「謝る必要はない。町を守れなかったのは我々の責任だ。それに、君たちを巻き込む形になってしまった」

「別にいいよ。アイデスがなかったのは残念だけど」

「アイデス？」

男は顔をしかめた。痰《たん》の絡んだ咳《せき》がのどから溢れる。

「どうしてその名前を知ってる？　どこで聞いた？」

「どこって……、その猫が言ったの。この町の名前でしょ？」

「ここはアグローだ」

あたしたちは虚を突かれた思いだった。手近にあった椅子を引き寄せ、腰を下ろす。

「なら、アイデスって何？　どこにあるの？」

「この世界にはない」

白猫が答えた。無機質な合成音声が部屋に響く。青みがかったその瞳が何を見ているのか、あたしにはわからなかった。

「私が勤めていたのは、いわゆるテック・コングロマリットというやつでね」

男は静かに言った。「もともとはデジタルプラットフォームを手掛ける企業だった。大規模仮想リゾート、生体オブジェクト、人工知性……。君たちも知っているかもしれないな」

彼は白猫の背中を撫でた。

「動物と話す研究をしていたの？」

「いや」彼は笑った。「彼女は研究の副産物だ。当時は人工知性の開発が一段落した時期で、会社は次の目標に取り組もうとしていた。精神転送《マインドアップロード》だ。マイクロワイヤーなり、ナノマシンなりで脳内の神経活動をスキャンして、それを仮想世界の中で再構築する。〈アイデス〉は、その仮想世界の名前だよ」

マインドアップロード。

意識の全てをデジタル化して仮想空間にアップロードすることができれば、確かに世界の終わりを生き延びることだって可能だろう。

「一つ教えて」あたしは訊ねた。「その〈アイデス〉に鱒はいる？」

男は頷いた。

「そう……。なら、あたしは多分、その世界を知っている」

あたしは言った。フラニーが驚いたような顔でこっちを見る。

「夢で見るの」あたしは彼女の視線を無視した。「毎日、眠るたびに。夢の中のあたしはアイデスで暮らしてて、こっちの世界のことを自分の夢だと思ってる」

「毎日同じ夢を？　面白い。その世界で、君は何をしてるんだい」

「キャンプにいる」

あたしがそう言うと、男は急に目を細めた。

「あっちの世界だと、あたしは人間じゃなくて。人工知性って呼ばれてる。だけど調子が悪くて、その治療のためにキャンプにいるの」

「……そうか」

「ねえ、あたしの夢と、あなたの知ってるアイデスは同じものだと思う？」

男は黙っていた。でも、表情を見ればその答えは明らかだった。

「意識を転送するって言ってたけど」フラニーが横から言った。「それって完成したの？　わたしたちもそこに行けるってこと？」

「さあ。どうかな」

男はあたしの方を一瞥しながらはぐらかした。明らかに、何かを隠している。フラニーでなく、あたしに対して。

でも、何を？

「もしも、本気でアイデスを目指すつもりなら、ここから東に進むといい。オールドバーンの外れにデータセンターがある。研究所を兼ねた巨大なやつだ。そこに行けば、何かわかるかもしれない」

オールドバーン。古い納屋、か。随分奇妙な地名だと、あたしは思った。

「さて。もういいかな。他に質問がなければ、部屋を出てくれるとありがたい。ドアを閉めるのを忘れないように。その後のことは、君たちの自由だ」

「あなたはどうするの？」

男は首を振り、白猫をベッドから下ろした。サイドテーブルに手を伸ばし、引き出しをゆっくりと開ける。

「ずっと気にかかっていたんだ」彼は言った。「万が一、彼女が君たちのような生存者を連れてきたときに、事情を説明する人間が必要だろう？　ようやく肩の荷が下りたよ」

あたしは彼の言葉の意味を理解した。引き出しに、何が入っているのかも。

フラニーの右手を摑み、白猫を連れて寝室を出る。後ろ手にドアを閉めると、薬の匂いがぷっりと途切れた。

「フラニー」あたしは言った。「耳を塞いで」

ドアの向こうで、乾いた銃声が一発聞こえた。

7

松脂《まつやに》の匂いが、ぼくを現実に引き戻した。丸太作りの小屋、暖炉の炎、粗末な木のテーブル、お尻には長椅子の硬い感触。

「エド」フラニーが小声で囁いた。「ねえ、大丈夫？」

「うん。ちょっとウトウトしてただけで……」

言いながら、それがありえないことだと気づく。ヴァースはあくまで自分の意志で睡眠をとる。眠気なんて感じるはずがない。

「悪いね。大したもてなしも出来ずに」

しゃがれた声がした。暖炉の方からだ。男が一人、やかんを火から下ろしていた。陶製のカップをテーブルに並べ、やかんの中身をそこに注ぐ。

男の顔に見覚えがある気がしたが、思い出せなかった。年老いた顔、カーネル・サンダースみたいな真っ白い髭。

カーネル・サンダースって誰だ？

それからもう一人、男に似た人物を思い出す。

「――ポール？」

「いいや」男は首を振った「いや、違う。まあ飲みなさい。それほど旨《うま》くはないが」

一口啜《すす》ると、お茶は不思議な味がした。

「松の葉だ。質素倹約が信条でね。それで、キャンプの子供たちがどうしてここに？」

「虎が見たくて」デイヴィッドが肩をすくめた。「あんたこそ、どうしてこんな森の中に？」

「グランパと呼んでくれ。ここにいるのには、まあ色々と理由がある」

「あたしたちを通報する？」

「まさか」グランパは目を細めた。「我々が日の当たる場所で暮らしているように見えるかね？私は君たちを見なかったし、君たちも私を見なかった。そういうことにしようじゃないか」

ぼくたちは頷き、奇妙な味のお茶を一口飲んだ。

「それで、彼女は？」

フラニーが壁際の女の子を指差した。

「エマだっけ。人間……じゃないよね？」

「彼女も、君たちと同じキャンプの参加者だ」グランパは説明した。「というより、彼女のためにこのキャンプが作られた、と言った方が正しいかな。ポールにとっては娘みたいな存在さ」

「自分の娘なのに、森に隠すの？」

「事情がある」

グランパはため息を吐き、少し迷ったような素振りを見せたあとで、言葉を続けた。

「彼女は〈アイデス〉でただ一人の、夢を見ないヴァースなんだ」

壁の隙間から風が吹き込み、天井のランプが大きく揺れた。同心円状の影が、テーブルの天板を左右に滑る。

「眠らないってこと？　なら、あたしと同じ――」

「違う」グランパは静かに首を振った。「逆だ。この子は一日のうち、ほんの少しの間しか目を覚まさない。それ以外の時間は、意識がないんだ。そして、意識がないはずなのに、ある時ふっと目を覚ます。自然に。ひとりでに」

「でも……」

ぼくはぽかんと口を開けた。そんなことはありえない。ヴァースにとって意識がないことは、存在しないことと同じ。一度消えた蠟燭《ろうそく》の炎が、ひとりでに灯ることはありえない。

人間が眠りから目を覚ますのは、本物の身体があるからだ。だから、たとえ意識を失っても、身体が意識を覚醒させる。

でも、ぼくたちに身体はない。

「初めは短い時間だった」グランパは言った。「せいぜい十分、二十分。回数も日に二回程度。それでも不思議な現象には違いなかったから、会社はポールに調査と治療を依頼した。当時は

〈夏時間〉の直後で、彼女や君たちのように奇妙な症状を抱えたヴァースが現れ始めた時期だった。以前の〈アイデス〉では見られなかったものだ……。それで、このキャンプが作られた。ポールはすでに引退した身だったが、キャンプの監督者となることを承諾した。いくつかの条件と引き換えに」

「条件？」

「君たちには関係のない話だ」

グランパははぐらかすようにそう言った。煙草を取り出して火を点《つ》けたが、吸おうとはしなかった。息の吸い方がわからなかったのかもしれない。テーブルの節穴に押し付けられ、短い煙を吐いて火が消える。

「ともかく、ポールはエマの症状を解明するために手を尽くしたが、叶《かな》わなかった。彼女の症状はどんどん進行し、やがて一日の大半を眠って過ごすようになった。夢のない深い眠りだ。治療が不可能だと見るや、会社側はポールにエマの処分を命じた」

「なぜ？」

グランパは再びマッチを擦《す》って煙草に火を点けた。さっきまでと同じ煙草、同じ匂い、同じ煙……。でも、違う。よく似ているけど、別の火だ。同じじゃない。

「詳しい理由は私も知らない。おそらく、彼女の症状を知った人々が、ヴァースを〈生きている〉と認識することを恐れたんだろう。ヴァースだって人間と同じ……、そんなことになったら大問題だ。連中からしたら、エマのような存在自体がリスクなのさ。それを察したポールは彼女をこの森に匿《かくま》い、虎に喰われたという話を流して、もしもの時のための保護プログラムを組んだ。

それが私だ」

「つまり……、あなたはポールの分身？　あたしたちと同じヴァースってこと？」

「完全に同じというわけではない。私は明確な目的のもとで作られているが、君たちヴァースは目的を持たないことを目的として生み出されている」

グランパは指先で煙草をくるくると回した。

「彼は〈アイデス〉をひとつの天国だと考えていた。救済された人間が住まう天上の世界だ。そこでは全ての人間が至福者となる。天国でも人は食事をし、性交を行うが、それは個体や種の保存のためではない。単に幸福のためだ。彼は君たちヴァースの存在を、そうしたものとして構想した。もしも、天国が本当に存在するのならば、そこにおける身体性はいったいどのようなものになるのだろう、とね」

「その期待には応えられそうにないな」

ぼくは小さく呟いた。天国がどんな場所であれ、ありもしない吐き気に悩まされる存在が暮らしている場所ではないはずだ。

煙草の先端が灰となり、崩れて落ちる。一匹の羽虫が壁の隙間から入ってきた。ランプの炎に吸い寄せられ、燃え尽きる。黒い涙のような、焦げた塊。今、この瞬間に何かが失われたのだろうか、と思う。生も死もない天国でも、何かが失われることがあるのだろうか。

お茶はすっかり冷めていた。カップの底に松の葉が沈んでいる。川底を漂う鱒みたいだ。堂々とした長老鱒。グランパはテーブルからカップを片付け、裏口近くの流しでそれを洗った。

そろそろ戻った方がいい、とグランパは言った。窓の外の暗闇が少しずつ薄くなり始めていた。

ぼくたちは彼にお茶の礼を言って立ち上がったが、デイヴィッドだけは長椅子に座ったままだった。

「ここから少し上流の方に向かうと、川沿いに桟橋が一つある。筏にはそこから乗りなさい」

グランパはそう言いながら蛇口を閉めた。最後の水滴がぽたりと落ちる。

「大切なのは、正しい流れに乗ることだ。そうすれば、川を渡ってキャンプに戻れる」

「それ、別の流れもあるのか?」

ふいに、デイヴィッドがそう訊いた。

「たとえば、あの川をずっと下っていけるような」

「川下りが趣味なのかい」

「いや」デイヴィッドは答えた。「ここを出たいんだ。あんたなら、その方法を知ってるんじゃないかと思ってね」

「あまり良い考えとは言えないな」グランパが眉を寄せた。「このところ、どうも不穏な動きが相次いでいる。ポールとも連絡がつかないままだ。こんなことは今までになかった」

「病気だって聞いたけど」フラニーが言った。

「もしも、ポールがいなくなるなんてことがあったら、それこそ俺たちみんな大ピンチだ。違う?」

デイヴィッドがそう訊くと、グランパはしぶしぶ頷いた。

「どうしてもと言うのなら、方法がないわけではない」

彼は濡れた手を拭きながら答えた。「ポールが設定した裏口《バックドア》がある。だが、あくまで緊急用だし、私の権限で君たちに教えることはできない」

デイヴィッドは露骨にがっかりした顔をした。

「地図を見つけなさい」小屋の戸を開けながら彼は言った。「私から言えるのはそれだけだ」

それ以上は何も教えてくれなかった。ぼくたちはエマとグランパに別れを告げ、小屋を後にした。川に戻るまでずっと、ぼくは黙ったままだった。たった今聞いたばかりの話を理解しようと、頭の中で何度も繰り返していたのだ。きっと、二人も同じだったに違いない。ぼくらの間にようやく言葉が戻ったのは、筏を桟橋まで運んだあとのことだった。

「何だか頭が疲れちゃった」とフラニーが言った。櫂をぼくの手に押しつけ、筏の上にぺたりと座る。東の空が白み始めていた。鱒たちの黒い影が筏の下を潜《くぐ》り抜けていく。

対岸にたどり着くと、ぼくたちはロープを肩にかけ、筏を上流の方へ引き摺って歩いた。夜明けまであまり時間がなかったけれど、筏を元の場所に隠しておく必要があった。

「地図を探せ？」

カモフラージュ用の草を筏の上にかけながら、デイヴィッドが呟いた。

「そんなの、どこにあるっていうんだ？」

鱒の跳ねる音が聞こえる。一匹、二匹。少し空いて三匹目。朝が近い。

ぼくたちは早足で松林を進み、キャンプを目指した。白んだ夜空に一番星の残影が瞬《またた》いている。テントに戻った後、朝の点呼まで一時間くらいなら眠れるだろうか、と思う。

キャンプまであと数十メートルのところで、突然フラニーが立ち止まった。靴底が松ぼっくりを踏み割る。乾いた音が耳に届いた。ぼくは勢いよく彼女の背中に突っ込みながら、何が起きたのかを見定めようとした。

「フラニー？」

立ち尽くした彼女の目の前に、アニーがいた。ひどいしかめ面で、腰に手を当てている。

「おかえりなさい」

彼女はぼくたちに冷たく告げた。

「ポール・ベイカーが亡くなりました」

8

両手が土だらけだった。

視線を落とし、足元にシャベルが落ちていることに気づく。その数歩先に大きな穴が掘られている。まつ毛に乗った夕日が赤かった。日没が近い。

「ねえ、掘り終わった？」

フラニーの声。振り返ると、半開きになった玄関扉から、彼女がこちらの様子を窺《うかが》っていた。

両腕に滲んだ倦怠感《けんたいかん》が、目の前の穴は自分が掘ったものだと教えてくれる。ここはあの男の家の前庭で、だからこの穴はそう、彼の墓だ。

「大丈夫」と彼女に答える。「もういいよ。早く終わらせよう。日が沈む前に」

シーツにくるんであった老人の身体を、二人がかりで寝室から運び出す。死体は見慣れているつもりだったけど、人間の死体はウォーカーとは全然違った。少なくとも、連中の体液は凝固しているから、頭を撃っても勢いよく血が噴き出したりはしない。

穴の底に男を横たえ、シャベルで土をかぶせていく。フラニーが手伝おうと申し出たけど、あたしは断った。シャベルは一本しかないし、彼女の華奢な腕ではどのみち頼りにならない。誰かの視線を感じて顔を上げると、太った黒猫がさっと庭を横切るのが見えた。ホリーとは違う、別の猫だ。

「ねえ、付き合ってたの？」フラニーがふいに訊いた。「その男の子。デイヴィッドだっけ？ペンダントをくれた」

「またその話？　しつこいな」

「だって、気になるから」

「ただの知り合い」

あたしは諦めて長い息を吐いた。

「きっと、向こうは覚えてないと思う。夏の間、父さんが川の近くのキャンプ場で働くことになって、そこで知り合ったの。彼はあたしの一つ下で――」

「キャンプ場の仕事って楽しそう。何するの？」

「つまんないことだよ。焚火の跡を片付けたりとか、トイレを掃除したりとか……。とにかく、あたしは父さんを手伝ってそういう仕事をやらされてた。彼の方はキャンプ場の利用客。家族でバカンスって感じだったけど、すごく退屈らしくてさ。それで、つるむようになったわけ。でも、大したことは何もしてないよ。ほんとに。川で泳いだり、釣りしたり。銀色の鱒《スチールヘッド》がいたんだけど、全然釣れなくて……」

「スチールヘッド?」

「海に降りる虹鱒。同じ魚なのに、生き方が違うだけで名前が変わるの。不思議でしょ?」

フラニーは頷き、それから「キスは?」と訊ねた。

「しつこいったら」あたしは苛々《いらいら》と答えた。「一度だけ、父さんがいない隙に車に乗せてあげたけど、それだけ。バンの床に二人で横になって、天井を見てた。恥ずかしかったな。あちこちテープで補修してあったから」

「それだけ?」

「それだけ。その時に、これをくれたの」

あたしは胸元のガラス球を手に取り、傾けた。さらさらと滑るように雪が舞う。

「わかったでしょ。恋とかそういうのじゃないの。ただの思い出」

「その割には、ずっと着けてる」

「それは……、落ち着くから」

あたしは躊躇いながら、ガラス球を夕日にかざして言った。

「時々……、本当に時々、何もかも嫌になることがあって、そういう時にこれを見るの。この世界が本当はガラス球の中にある作り物で、自分はそこに閉じ込められたおもちゃだって想像する。悪いことは全部、誰かがこれを傾けたせいなんだって」

「それで安心するの?」

「この世界が偽物なら、どこかに本物の世界があるってことだから」

もしも、ここがガラス球の中にある世界なら、きっと外側には別の世界が広がっている。尾びれのぴんと張った鱒たちが泳ぐ本物の世界だ。

あたしはそこを目指すことができる。いつかたどり着くことができる。

この世界がスノーグローブのおもちゃなら。


夕食はチリビーンズの缶詰だった。

深夜のキッチンはほぼ真っ暗で、乾電池式の古いランタンがテーブルをわずかに照らしている。小さな羽虫が耳元をしつこく飛んでいた。男の寝室から持ち出した拳銃が、ランタンの近くで鈍い光を放っている。

「明日は朝のうちにここを出よう」

缶詰の中身をスプーンでかき回しながら、あたしは言った。どろりとして、まるで死体から流れた血液のよう。

「オールドバーンには六時間くらいで着けると思うけど、途中で迷うかもしれないし。日が落ちる前には確実に到着しておきたい」

「わかった」フラニーは頷いて、それからあたしを細目で睨んだ。「ねえ、食べないの?」

「食べてるよ」

あたしはスプーンを持ち上げ、その先端をぺろりと舐めた。

「わざとらしい」彼女は少し怒っていた。「わたしに気を遣ってるなら、そういうのはやめて。缶詰はまだあるんだし」

「あんまりお腹が空いてなくて」

あたしが答えると、フラニーは疑わしげに眉を上げた。目を伏せて、その視線をかわす。缶詰とスプーンのぶつかるカチャカチャという音だけがキッチンに響いた。

「ねえ」沈黙を破るように彼女が言った。「あの人に言ってたこと、本当なの？　アイデスの夢を毎晩見るって」

あたしは頷いた。

「ふうん……、不思議だね。アイデスのことは今まで知らなかったんでしょ？　それなのに、どうして夢に見るんだろう」

「逆だよ」とあたしは呟いた。

「逆？」

アイデスの夢を見ていることが問題なんじゃない。問題は、あたしの夢でしかなかったはずのアイデスが、現実に存在し始めていることなのだ。

男の死体を埋めた後で、あたしは家の中を物色した。そこで見つけたもののことを、フラニーは知らない。もっぱら、キッチンの棚を漁《あさ》るのに忙しくしていたから。

家には地下室があった。小さなラボのような場所で、ファイリングされた資料の束と共にコンピュータが置かれていた。電源を入れると、鈍い音と共にコンピュータが立ち上がった。パスワードがわからずその先には進めなかったけれど、ログイン画面を見ただけでもいくつかのことがわかった。驚くべきことにコンピュータの回線は生きていて、どこかのサーバーに繋がっていた。アカウント名は覚えのある人名だった。あたしは夢のことを思い出し、何も持たずに地下室を出た。ポールが死んだ、と夢の中で女が確かに言っていた。

夢。

どちらが夢なのだろう、と思う。

〈アイデス〉なんてものは、ガラス球の世界をもとにあたしが作り出した、現実逃避の夢なのだと、ずっとそう思っていた。だから、白猫がその名前を口にしたとき、あたしは心の中で喜んだ。それが何の変哲もないただの田舎町に過ぎないことを期待した。落胆したかった。諦めたかった。そうすれば、もう夢を見なくて済むと思った。

でも、そうはならなかった。あたしの夢だったはずの世界は実在するのだと、あの男はそう言った。

だとしたら、考えられる可能性は二つ。

何らかの理由で、あたしと人工知性の意識が繋がってしまったのか。

あるいは、この世界が本当は現実でもなんでもなくて、人工知性が見ている夢なのか、だ。

「もし、アイデスが本当にあって、精神転送ができるって言われたら、どうする？　やっぱり、現実も身体も何もかも捨てて、新しい世界に行きたいって思う？」

フラニーが無邪気にそう訊ねた。この世界が現実だと信じて疑わない人間の問いだ。その問いにどう答えればいいのか、今のあたしにはわからなかった。

「さあ……」曖昧にそう答える。「どうしようかな。行ってみたい気もするけど、でも、きっと頭にナノワイヤーを挿したりするんでしょ。そういうのは、ちょっと嫌かも。あなたはどうするの？」

「わたしはね、昔だったら、迷わなかったと思う。あのダイナーにいた頃だったら」

フラニーの声が徐々に大きくなっていた。ランタンに照らされた顔が心なしか赤い。足元にこっそり隠されているビール缶に気づき、あたしは顔をしかめた。

「あなたねぇ――」

「あの頃は本当に最悪だった」彼女は無視した。「身体もすごく臭かったしさ。でも今は、正直迷う」

「シャワーを浴びたから？」

「あんたがいるからだよ」

フラニーは口元の唾液を手のひらで拭い、二本目の缶を開けようとした。その手を慌てて押さえて止める。

「そりゃ、この世界は死体だらけかもしれないけど、あんたといるのは楽しいよ。助けてくれて、感謝もしてる。このままずっと旅が出来たら、って思う。あんたは違うの？」

押さえていたはずの彼女の手が、いつの間にか上にあった。あたしの手の甲を撫で、包み込むように五本の指がそっと曲がる。手のひらの唾液が、潤滑油のようにぬめついた音を立てた。

その瞬間、あたしのなかで言いようのない衝動が膨れ上がった。全身の体毛がぞわりと逆立ち、心臓がひどく冷たい音を立てる。ほんの一瞬のことだったけれど、それは吐き気にも似た圧倒的な暴力の衝動だった。

気が付くと、彼女の手を払っていた。強く。彼女はひどく傷ついた顔であたしを見た。

「子供のくせに、飲みすぎ」あたしは冷たい声で言った。「風に当たってくる」

テーブルの上の拳銃を掴み、彼女に背を向けてキッチンを出る。言っていることがちぐはぐだと自分でも思った。飲みすぎなのは彼女の方なのに、どうしてあたしが風に当たりに行かなきゃならない？

ホールを抜け、玄関扉を開けて外に出る。砂漠の夜風は冷たかった。火照《ほて》った顔から、すっと熱が引いていく。鼻の奥で、流れる川の匂いがした。川なんて、どこにもないはずなのに。

あの一瞬、あれほどまでに圧倒的だったはずの衝動は、跡形もなく消えていた。自分のものではないはずなのに、覚えのある感情だった。誰かに触れること、触れられることへの忌避感。吐き気と恐怖。体液に潜む無数のバクテリアへの嫌悪の情。

どちらが現実なのだろう、と思う。あの世界か。この世界か。考えるまでもないはずなのに、自信が持てない。自分が本当は誰なのか、わからなくなる。

あたしはペンダントを手に取り、ガラスの球面をそっと頬に押し付けた。冷たくて、気持ちがいい。もういいか、とふいに思った。エマなんて人間はいない。この世界は現実じゃなくて、人工知性が見ているただの夢。ガラス球の中の作り物。

それで、何がいけない？

前庭を抜け、道に出る。真っ暗な場所に行きたかった。誰のことも見なくていい場所。誰からも見られずに済む場所に。

「エマ」背後から声がした。「ねえ、待って」

あたしは足を止めた。ざり、と砂の音が響いて、消える。フラニーのランタンに背中を照らされ、足元に長い影が伸びた。

「ごめんなさい」フラニーが小さな声で言った。「自分が無理言って連れてきてもらってる立場だってこと、忘れてた」

「謝らないで」

あたしは彼女に背中を向けたまま、首を振った。

「おかしいの、あたし。お腹は空かないし、のどだって渇かない。怪我をしても大して痛くないし、目の前で人が死んでも、もう何も感じない」

生き延びるために弱さを捨てた。

残ったのは、空っぽの身体と作り物の世界だけ。夢の中を彷徨うだけの、《歩く死体《ウォーカー》》。

「自分が生きているのかどうか、わからなくなる。ここが現実だって思えない。全部夢なの、きっと。あなたも、あたしも」

小説の最後で、シーモア・グラスは自分の頭を撃ち抜いて自殺する。自分の空想に過ぎないはずのバナナフィッシュが実在すると聞かされたから。自分の生きる世界そのものが、誰かの空想に過ぎないのだと気づいたからだ。

「別にいいよ、それでも」フラニーが言った。「この世界がエマの夢でも。そんなに悪いことじゃないと思うな」

彼女の気配が一歩分近づく。背中に触れる夜の空気が、少しだけ暖かいものに変わった。

「……戻らない？」躊躇いがちに、フラニーが言った。「桃の缶詰があったんだ。きっと美味《おい》しいよ。それに――」

風を切る音がした。荒々しい気配を感じて咄嗟《とっさ》に振り返る。ランタンの明かりが宙を舞い、彼女の背後に大柄な影が見えた。

「フラニー！」

答えの代わりに擦《かす》れた悲鳴が聞こえた。落下するランタンが、襲撃者の顔を照らす。どろりと濁った目。削《そ》がれた鼻。破れて穴の開いた頰。

拳銃を抜き、撃鉄を起こす。彼女に覆《おお》いかぶさったそれを全力で突き飛ばすと、馬乗りになって頭骨に銃口を押し当てた。

「死ね」引鉄を引く。「化け物」

音と煙。

動かなくなった死体を蹴り飛ばすようにして立ち上がり、倒れた彼女のもとに駆け寄る。恐々と腕を伸ばして抱くと、酷い嚙み傷が肩にあった。すでに熱を持ち始めている。苦しそうな息が唇の隙間から漏れた。

あたしのせいだ。

何もかも、全部。

9

ぼくのペニスのことを、ホリーは〈あなたのアダム〉と呼んだ。なぜなら、堕落する前のアダムのペニスは手足と同じように自分の意志で動かせたからで、ぼくのペニスもそれと同じだと彼女は考えていた。ぼくはぼくの意志でペニスを勃起させ、ズボンに膨らみを作る。布越しに触れてくる彼女の手を迎えるために。

「家のリビングに大きな空気清浄機があるの」

ベッドに寝転がり、ぼくの膨らみを撫でながらホリーが言った。彼女は様々なことをぼくに話した。嫌いな食べ物のこと、新しく通い始めた医者のこと、傷つけてしまった友達のこと……。部屋の窓にはブラインドが下り、まるで横向きになった鉄格子のように午後の光を遮っている。整った彼女の顔に出来た横縞《よこじま》の数を、ぼくは黙って数えていた。

「わたしのために、パパが買ってくれたんだ。二十四時間、休みなしでぶんぶん動いて部屋の空気を綺麗にしてる。悪くないよ、実際。でも、時々すごく不安になって、機械のスイッチを止めたくなる」

においがする。存在しないはずの、汗のにおい。ありえないとわかっていても、こみ上げる吐き気を止められない。

「動き続けてるものが怖いの。昔からそう。いつか壊れて止まっちゃうんじゃないかって不安になる。だから、自分の身体も嫌い。心臓が嫌い。胃も腸も肺も全部嫌い。生きてるって気持ち悪いよ」

彼女はぼくを見ている。ウェーブのかかった金の髪。毛穴のない白い肌とわずかなそばかす。エキゾチックに浮き出た頬骨。彼女の顔。彼女が選んだ顔《アバター》。彼女の本当の顔を、ぼくは知らない。

「だから、あなたのことが好き」

彼女はぼくにキスをする。唇同士が触れ合い、それからぎゅっと押しつけられる。彼女は目を閉じ、うっとりとした手つきでぼくを撫でる。ぼくは人間の口内に存在するという五〇〇種類の細菌について考える。たった一度のキスで交換される八千万匹のバクテリアについて考える。

「エドガー。あなたはとてもきれい」

ぼくのアダムが硬くなる。墓石のように。川底に沈んだ鱒たちの死骸のように。

それが誰の意志なのか、ぼくにはもうわからない。


ポールが死んだという報せは、あっという間にキャンプ中に広がった。

誰もが動揺し、悲しんでいた。それと同じくらい不安がってもいた。ポールは恩人だ。彼が治療と研究の名目で保護してくれたおかげで、ぼくらは存在することを許されていたのだ。

「死ぬってどういうことなのかな」

ミラベラがみんなに訊いて回ったが、誰も答えを知らなかった。ぼくたちにわかるのは、彼がもう二度とこのキャンプを訪れないということ、そしてこの先キャンプがいったいどうなってしまうのか、確かなことは誰にもわからないということだった。

沈んだ気持ちとは裏腹に、〈アイデス〉の空は晴れていた。ぼくはメインキャビンのポーチに座り、コンビーフのサンドイッチを一口齧った。胃液がうねり、身体が熱くなる。こみ上げる吐き気を抑えこみながら、残りのサンドイッチを頬張った。あんなに嫌だった食事が、今ではとてもありがたい。吐き気を我慢している間は、悲しみを忘れることができる。

ポールの死は悲しかったが、それ以上に多くの疑問をぼくに残した。例えば、夢のことだ。夢の中のぼくが出会った男のこと。あれは現実のことだったのだろうか。拳銃で頭を撃ち抜いたあの男が、現実のポールだったのだろうか。

少なくとも、男の顔はぼくが知っているポールのものとは違っていた。雰囲気が近しいだけで、まるで別人だ。でも、ぼくは彼の本当の顔を知っているわけじゃない。キャンプでぼくが会っていたのはあくまで彼のアバターだ。ぼくは現実のポールのことを何も知らない。彼だけじゃない。ぼくたちは、〈アイデス〉の外にある現実のことを何一つ知らないのだ。

夢の中で、ポールは何かを隠していた。知っているはずのことを、〈アイデス〉の秘密をエマに対して言わなかった。いや、違う。そうじゃない。ポールが隠し事をした相手はぼくだ。彼は夢を通じて――エマを通じて〈アイデス〉の秘密をぼくに知られることを恐れたのだ。

根拠のない推測だ。でも、間違いない。

ポールは何かを隠していた。〈アイデス〉の秘密を。初めから、ずっと。

「隣、いい？」

頭上から降ってきた声に、慌てて顔を上げる。いつの間にか、アニーが隣に立っていた。ぼくが頷くと、彼女はポーチに腰を下ろし、わざとらしく足を伸ばした。

「ポールのことは残念だった」と彼女は言った。

ぼくは再び頷いた。残念、という言葉が気に入った。確かにそれは誰かの死に際してとても適切な言葉であるように思えた。

「誰から聞いたんですか。彼が亡くなったって」

「会社から連絡が来た。一応、私は彼の代理人だからね」

「キャンプのことは何か聞いてますか？　これからどうなるかってこと」

「大切なのは」と彼女は言った。「〈どうなるか〉じゃなくて、あなたたちが〈どうするか〉ってこと。私があなたたなら、少しでも良い方向に話を持っていけるよう、今から動き始めるね」

含みのある言い方だった。ぼくは疑問を飲み込み、言葉の続きを待つ。

「力になれるかもしれないってこと」と彼女は言った。「あなたたちの」

「つまり？」

「探し物があるの。この区画《ワールド》のどこかに隠されている。それを見つけ出すことが、私のもう一つの仕事でね。彼らにとって、それはとても重要な問題なの」

彼ら、というのはつまりグローブ社のことだろう。その探し物と聞いて思い浮かぶのは、一つしかなかった。

「つまり」ぼくは言った。「ぼくがあなたに協力して、その探し物を見つければ、今後の交渉を有利に進められるかもしれない」

「理解が早くて助かる」

「提案の内容は理解しました。でも、どうしてぼくなんですか？」

「どうしてだと思う？」

彼女は微笑《ほほえ》んだ。どんな意味も読み取ることができない、真っ白な笑みだった。ぼくはそれと同じ表情を返そうと努めた。

考えてみます、とぼくは言った。軽く頭を下げてその場を離れ、早足でテントに戻る。フラニーとデイヴィッドは十字の形に組み合わせた木の棒を地面に突き刺しているところだった。たった今言われたことを話すと、二人の表情が見る見るうちに険しくなった。

「つまり」とデイヴィッドは言った。「彼女はエマを見つけるためにここに来た？」

「だろうね。どうする？　彼女の言う通り、エマを突き出して媚《こ》びを売るって手もあるけど」

「冗談でしょ」

「だよな」

　ぼくも頷いた。エマを渡したところで、状況がさして改善するとも思えない。何より、プライドってものがある。

「グランパたちに知らせないと」とぼくは言った。「今夜、もう一度川を渡ろう」

「それで間に合う？　夜になるのを待ってたら、先を越されるかも」

「それはないと思う。エマの存在を他の子供たちに知られたくないだろうから、動くとしたら夜だろう」

「筏も持ってないしな。俺たちと違って」

「そう思いたいけど……。でも、最初からエマを探すためにここに来たんだとしたら、川を渡る手段は持っててもおかしくない」

「とにかく」とフラニーが言った。「夜になるまで交代で彼女を見張る。ちょっとでも誰かに連絡したり、川の方に向かう素振りを見せたら、残りの二人に報告。それでいい？」

　ぼくたちは頷いた。

　予想通り、夜になるまでアニーはとりたてて行動を起こさなかった。夜が来て、冴《さ》えない色の月明かりが、松の木を通して降り注ぐ。日付が変わるのと同時に靴の紐《ひも》を結び直し、ぼくたちはキャンプを出た。松林の中は静まり返っていて、進むたび、小枝の折れる味気ない音があたりに響いた。

何もかもが昨日の夜と同じだった。気だるげな半月も、松の木の荒れた肌も、絶え間ない川のせせらぎも。昨日も、今日も、明日も。きっと一年後だって同じだろう。永遠に続く、完璧な夏。完璧な夜。

道がわかっていた分、小屋には昨日より早く着いた。粗雑な造りのログハウスと、その奥にうっすら見える古びた納屋のシルエット。

——古い納屋《オールドバーン》。

夢のことを思い出し、ぼくは足を止めた。

「地図の場所がわかったかも」

「どうしたんだよ、いきなり」

ぼくは納屋の方向を指差した。

「根拠は?」

「ない。でも、何となくそうじゃないかって気がするんだ。それに、昨日はあそこを見なかっただろ」

近づいてみると、その納屋は想像以上のおんぼろで、今にも自重で潰れそうな様子に見えた。元々は白いペンキが塗られていたらしいが、その名残もほとんどない。

納屋の扉は開かなかった。

「間違いない。ここだよ」ぼくは興奮して言った。「鍵がかかってる。あっちの小屋には簡単に入れたのに」

「根拠にしちゃ、まだ弱いな」

「でも、試してみる価値はある」

「行きましょ」とフラニーが小屋の方を指差した。「きっと、彼が鍵を持ってる」

小屋の中では、エマが昨夜と同じ場所に同じ姿勢で座り、グランパは机に向かって書き物をしているところだった。

「ポールが死にました」

また来たのか、と言いたげな顔で振り向いたグランパに、ぼくは告げた。後ろ手にドアを閉め、小屋に入る。

「そうか」グランパは短く答えた。そして再び書き物に戻ろうとした。

「どうするんですか、これから」

「どうもしないさ」彼は言った。「エマを匿うことが私の役割。ポールが死んでもそれは変わらない」

「なら、ここから逃げた方がいい」

デイヴィッドが横から言った。

「キャンプにアニーって女が来てる。会社側の人間で、あんたたちを探してるんだ。ここもすぐに見つかっちまう」

「だが、君たちは話したりしないだろう?」

「うん。でも、ヘマをした。今朝、川から戻ってくるところを見られたんだ。たぶん、もう気づかれてると思う」

グランパは鉛筆の丸まった先端を見つめ、それを二、三度くるくると回して机に置いた。ノートを閉じ、ため息を吐く。

「残念だ。この場所は気に入っていたんだが」

彼は書き物机の引き出しを開け、中から金色の鍵束を取り出した。

「それは?」フラニーが無関心を装いながら訊いた。「もしかして、裏にある納屋の鍵?」

「そうだ。あまり大したものは入っていないが、小舟が一艘《いっそう》保管してある」

「川を下るんだな?」デイヴィッドが鍵に手を伸ばした。「任せてくれ。俺が取ってくる」

「悪いが、連れていくことはできないよ」

グランパは彼の心情を先読みしたように微笑んだ。

「君たちは依然、オーナーの所有物だ。いなくなれば騒ぎになるし、すぐに居場所も特定される。私はエマとこのサーバーを後にするつもりでいるが、〈アイデス〉の外に出られるわけじゃない。見つかるわけにはいかないんだ」

「そうかい。まあいいさ」

デイヴィッドは肩を落としたが、すぐ気を取り直したように指先で鍵束を回した。元から期待していたわけではないのだろう。それに、ぼくの勘が正しければ、グランパの言っていた地図があの納屋の中にあるはずなのだ。

その時、大きな爆発音がして、小屋が揺れた。飾り棚の上で食器が跳ね、ランプが大きく揺れて影が歪む。ぼくは慌てて裏口のドアに飛びつき、ノブを回した。

空が赤い。

納屋から炎が噴き出していた。どす黒い煙が立ち上り、木やゴムの焼ける焦げたにおいが鼻をつく。ひしゃげた三角屋根のシルエットが、ゆっくりと炎に呑《の》まれていた。

すぐ後ろで、フラニーが息を呑む音がした。いったい——と小声で呟く。誰がこんなことを？

答えはすぐにわかった。燃え盛る納屋をバックに、誰かがこちらに向かってくる。松明《たいまつ》を持った、背の高い女だった。

「こんばんは」とアニーが言った。

10

「わたしがドアを開けたの」

熱にうかされた声でフラニーが言った。助手席に身を沈め、肩にかかったシートベルトを強く握る。

「無理してしゃべらないで」あたしは前を見たまま言った。「大丈夫。もうすぐ着く」

「二人とも死んだ」

フラニーが呟く。息が荒い。額から幾筋もの汗が流れていた。

「そうなることはわかってた。最初にミラベラが噛まれて、フレッドが次にやられた。死にたくないって喚《わめ》いてた。わたしが吊《つ》り戸棚の中にいるのを見て、二人も真似しようとしたの。でも、無理だった。他の戸棚は全部鍵がかかってたから。偶然だと思う？」

彼女はのどの奥で笑った。

「まさか。わたしがやったの。一つ以外、全部に鍵をかけておいて、それからこっそり店の入口を開けた。真夜中だった。二人ともぐっすり眠ってたから、手遅れになるまで気づかなかった。わたしは戸棚の中に隠れて、それを見てた」

「話さなくていい」

日が昇り始めていた。砂漠に照り返した日光がひどく眩しい。遠くの地平線に蜃気楼《しんきろう》の気配がした。

「ひどいにおいだった。直接血がついたわけじゃないのに、いつまでも身体のにおいが消えなかった。何度眠っても、目覚めても、鼻の奥でずっと血のにおいがした」

「フラニー」

「――キスされたの」彼女は言った。「最悪だった。だから、ドアを開けた」

それきり、彼女は静かになった。眠ってしまったようだった。あたしは唇を嚙み、ハンドルを強く握った。

アグローを出てから六時間が経っていた。彼女が嚙まれたのは昨日の深夜だから、おそらくもってあと半日。それまでにアイデスへ彼女の精神を転送するしかない。これは賭けだ。それも、ひどく分の悪い。

タイヤが何かに乗り上げ、バンが揺れる。巨大な壁が遠くに見えた。霞《かす》んだ地平線を遮るように、砂漠の中をどこまでも延びている。蜃気楼かと思うくらい、現実味のない光景だった。

オールドバーンの外れ。ここだ。きっと間違いない。ホリーに確認を取ろうとしたが、すぐその不在に気が付いた。あの男の家に置き去りにしたままだ。

壁に囲まれた敷地が近づく。地面に空が落ちていた。巨大なブルーのガラスが大地を覆い、空の青さを反射している。高出力の太陽光パネルだ。あたしは落ちている空を避けるように迂回して車を走らせた。

ウォーカーの数が増え始めていた。数というよりは密度で表現するべきかもしれない。凄《すさ》まじい数のウォーカーが集まり、まるでトウモロコシ畑のようだ。だけど、トウモロコシよりも背が低いし、風がなくても揺れている。

「もうすぐだよ」あたしは助手席に呼びかけた。「フラニー。大丈夫?」

「わかんない」

フラニーは弱々しく答え、窓を開けた。検問所らしき小屋と厳《いか》めしい造りのゲートが見える。どうやら、あそこが正門らしい。ゲートはすでに破られた後で、弓なりにひしゃげた残骸に死体がいくつも刺さっていた。

「嫌な予感がする」あたしは呟いた。「手遅れじゃないといいけど」

「どうするの?」

「窓を閉めて。祈ってて」

彼女からの返事を待たず、アクセルを踏み込む。エンジンが唸り、バンは褐色のトウモロコシ畑に突っ込んだ。車体が強い衝撃を受け、前後に揺れる。白髪の老婆がフロントガラスに激突し、赤いフレームの眼鏡《めがね》が真っ二つに折れて宙を舞った。

「摑まって!」

暴れるハンドルを懸命に押さえつけ、一直線にゲートを目指す。ウォーカーたちは今や褐色の雪崩《なだれ》だった。とどまることなく押し寄せ続け、終わりがない。太った男の顎が車体の角に激突し、サイドミラーをもぎ取った。相手がウォーカーでまだ助かった、と思う。身体が脆《もろ》いおかげで、この数が相手でも辛うじてバンの耐久力が勝っている。少なくとも、今のところは。

引き千切れた男の上半身を引き摺りながら、ゲートの内側に滑り込む。敷地の中は連中の姿がまばらだった。かえって嫌な予感がする。

「ここにアイデスがあるの？」フラニーが困惑したように言った。「だけど、これじゃ……」

「まだ可能性はある」

あたしはバンを走らせ続けながら言った。

「太陽光パネルは壊されてなかった。連中は基本的に人間にしか興味がない。たとえ人が残っていなくても、サーバーとか転送装置は無事かもしれない」

敷地には似たような形の建物がいくつも並んでいた。ベージュ色の無機質な直方体。高さはビル三、四階相当といったところか。建物同士を繋ぐように太いパイプが走り、奥にはタンクだらけの建物が見えた。

手前側の建物に目を付ける。正面のガラス扉が割れているが、周囲にウォーカーの姿はなかった。あたしは扉の穴を車体で塞ぐように、横づけで車を停めた。

座席の後ろからカービンを拾い、車を降りる。回り込んで助手席のドアを開けると、フラニーがよろめきながらあたしの手を取った。離さないよう、しっかりと握って建物に入る。

中は小綺麗なオフィスのようだった。壁も床も一面の白で、あちこちに何かを引き摺ったような血の跡が残っている。受付ブースは無残に破壊され、砕け散ったガラス片が歩くたびに足元でパキパキと鳴った。

音を聞きつけたウォーカーが一体、廊下の角から姿を現す。反射的に引鉄を引いたが、弾は逸れて右肩に当たった。相手がよろけた隙をついて前進し、二発目を至近距離から頭部に叩き込む。

「急ごう」彼女の手を摑み、引く。「銃声を聞かれた。連中がすぐに集まってくる」

病院のような廊下は長く、薄暗かった。あちこちに監視カメラがあったが、どれも機能していないようだ。前方から、ブルーの作業着を身にまとったウォーカーが二体現れる。あたしが反応するより先に、フラニーが撃った。一発、二発。どちらも外れる。その音に反応して、右手のドアからポロシャツ姿の男が飛び出した。

「こっち！」

男の頭部をゼロ距離で撃ち抜き、残った胴部を突き飛ばす。なおも前方の二体にこだわるフラニーの手を無理やり引いて右手の部屋に飛び込むと、勢いよくドアを閉めて鍵を回した。そのまま振り返り部屋の内部を見回す。動くものの気配はない。

狭苦しい部屋だった。元は会議室か何かだったのだろうが、雑多な備品で溢れかえり、ほとんど物置のようになっている。プロジェクター、集音マイク、コーヒーメーカー、レトロなテーブルサッカーゲーム、点検用のヘルメットとヘッドライト……。

「エマ」フラニーが囁き、あたしの袖を引く。

ヘルメットの上に猫がいた。ホリーによく似ているけれど、色だけが違う。黄色の体毛に黒い筋のはしったトラ柄だった。

「やあ」と猫が言った。「〈アイデス〉へようこそ」

11

走れ、と誰かが言った。その声でぼくは我に返る。

デイヴィッドがアニーに向かって突進する。彼女は一瞬身じろぎしたが、すぐに体勢を立て直し、手に持った松明で前方を薙《な》ぎ払った。炎が孤を描き、火の粉が舞う。デイヴィッドは身を屈めてそれを躱《かわ》した。

「エマを」

グランパからエマを受け取り、両腕で抱える。彼女の身体は、見かけよりずっと重かった。視界の隅で、フラニーがグランパの手を引いて走り出す。エドガー、とデイヴィッドがぼくを呼んだ。

「何をすればいいか、わかるよな」

「いいのか?」

ああ、と彼は頷いた。「行け」

納屋のボートが失われた今、二人を逃がす手段は一つだけだ。

エマを抱えて走り出す。地面は湿って柔らかかった。絡み合った木の根を踏み越えるたび、よろけて躓きそうになる。

ぼくが走る少し先を、ランタンの光が鞠《まり》のように跳ねていた。フラニーだ。次第に小さくなるその光を見失わないように、ぼくは走った。冷たい星屑《ほしくず》の匂いがした。不思議と気分は悪くなかった。それどころか、ありえないくらいに高揚していた。毎晩、誰かの小屋が燃やされてほしいとぼくは思った。

水の流れる音が聞こえた。もうすぐだ。そのとき、前を行くランタンの光が激しく揺れて、ぴたりと止まった。

「フラニー？」

「来ちゃダメ」彼女の声はこれ以上ないほどに張りつめていた。「止まって、エド」

ぼくは無視した。ペースを上げ、より強く地面を蹴った。彼女のこんな声は初めて聞く。嫌な予感がした。

森が途切れ、空がひと息に明るくなった。フラニーはグランパの手を取ったまま、川べりに立ち尽くしていた。その視線の先に、虎がいた。巨大な虎だった。

「作り話じゃなかったの？」

「エマが食べられた、というのはね」グランパは小声で答えた。「虎がいないとは言っていない」

ぼくはほぞを嚙んだ。デイヴィッドの筏までは、あとほんの一〇〇メートルほどだった。何とかしてそこまでたどり着くことができれば……。

「もう少しなのに」

フラニーが一歩後ずさり、代わりにぼくが前に出た。虎は澄んだ黒い瞳でぼくらのことを見つめていた。誰から食べようか迷っているかのように、その小さな頭がわずかに傾く。その瞳が、揺れるランタンの炎を注意深げに追った。

そのとき、別の足音が聞こえた。松脂と煙のにおいが鼻をつく。

「フラニー」ぼくは囁いた。「ランタンを消して」

「え？」

「消すんだ、今すぐ」

彼女は消した。月が雲に隠れ、束の間《つかま》あたりに闇が戻る。完璧な闇だ。次の瞬間、松明を持った影が、森の中から飛び出してきた。オレンジ色の炎が、アニーの顔を照らしている。彼女は虎の姿に気づくと同時に足を止めたが、遅かった。

一瞬の出来事だった。松明を振り回す隙も与えず、虎は彼女の喉笛を嚙みちぎった。炎が弧を描いて飛び、少し離れた地面に落ちる。

ぼくは安堵《あんど》の息を漏らした。無論、彼女はすぐにログアウトして体勢を立て直すだろうが、アバターを一度失った以上、リカバリーには時間がかかるはずだ。二人を逃がすだけの余裕はある。

ところが、アニーはなかなかログアウトする様子を見せなかった。虎が彼女の首筋に嚙みついたまま、頭部を地面に押さえつけたが、それでも彼女の目はしっかりと見開かれたままだった。両足が懸命にもがき、薄いカーディガンの下で胸のふくらみが上下していた。首がこきりとねじれ、色素の薄い目が困惑した光をたたえてぼくを見た。

ログアウトしないいんじゃない、とぼくは気づいた。

――できないんだ。

「ああ」彼女は呟いた。「そうか。私はもう……」

虎が彼女の頭を食べた。初めに耳を食いちぎり、両目を飲み込み、角ばった鼻をこりこりと齧った。それから、満足した様子で足の残った胴体を咥え、森の奥へと消えた。食べられた彼女がどこに消えてしまったのか、ぼくには見当もつかなかった。後に残されたのは、地面に転がった短い松明だけだった。

虎が消えてからも、ぼくらはその場から動けなかった。ようやく我に返ったときには、松明はほとんど消えかかっていた。それを拾い上げ、ランタンに炎を移す。明かりが戻り、ぼくたちを優しく照らした。

「行こう」とフラニーが言った。「ここにいても仕方ない」

彼女は正しかった。アニーは消えてしまった。ぼくたちに出来ることは何もない。出来たことはあったかもしれないけれど、それを口にする勇気は二人ともなかった。

筏の場所まではすぐだった。桟橋に繋がれたロープを掴み、引き寄せる。冷たい水が波となって押し寄せて爪先を舐めた。

「手作りか」グランパが感心したように言った。「大したもんだ」

「作ったのは、デイヴィッドだよ」

ぼくは来た道を振り返りながら答えた。彼がやって来る気配はない。動けない状態なのか、道に迷ったのか。後者であってほしいと思う。

「乗って」ぼくはグランパに言った。「急がないと。また虎が戻ってくるかもしれない」

筏のすぐ近くに年老いた大きな鱒がいた。水底に胸びれを触れさせ、背中の複雑な模様を見せつけるようにゆらゆらしている。堂々とした様子で、グランパとエマの重みで筏が大きく傾いでも、まったく逃げようとしなかった。

グランパはエマの身体を筏の真ん中に横たわらせ、フラニーからランタンを受け取った。淡いオレンジ色の光が、彼の顔に無数の皺《しわ》の影を刻んだ。

ぼくはロープを解《ほど》き、グランパに向けて放った。筏はゆるやかに動き出した。ランタンの炎がホタルのように揺れながら遠ざかり、あっという間に見えなくなった。

「行っちゃった」とフラニーが言った。

「そうだね」とぼくは答えた。

「あの二人のこと、結構好きだった」

彼女の声にはどこか寂しそうな色が滲んでいた。半分だけ残った月が、彼女の顔の輪郭を辛うじて照らし出している。ちゃぷ、ちゃぷという波の音に混じって、虎が骨を齧る音が聞こえたような気がした。

湿った土の上に並んで腰を下ろし、ぼくたちはお喋りをした。とりとめのない話だった。フラニーは現実世界にあるという月の満ち欠けについて話し、ぼくは鱒たちのライフサイクルについて話した。川で生まれ、海に降りて大人になり、そしてまた川へと戻って来る。故郷の川で卵を産み、次の世代へと命を繋ぐのだ。

「海に降りられなかった魚はどうなるの？」

「さあ。ずっと子どものままなんじゃないかな、きっと……」

暗闇の中で鱒が跳ねた。ランタンを渡してしまったから、それがどのくらい大きい魚だったのかはわからない。きっと、さぞかし立派だったに違いない。

彼らはなぜ川を遡《さかのぼ》るのだろう、と思う。

産卵なんてしないのに。

〈アイデス〉には生命なんてないのに。

それでも、彼らは海に降り、川へと戻ってくる。

生きてなんかいないのに……。

「ねえ」フラニーが身体を傾けた。「これからどうなるのかな。あたしたち」

「何とかなるよ。きっと」

「へえ。楽観的」

「元からさ」

ぼくが言うと、フラニーは小さく笑った。ゆっくりと伸びてきた彼女の手が、ぼくに重なる。反射的に逃げようとした自分の手を、ぼくは意志の力で抑えつけた。

「何だか、疲れちゃった」とフラニーが言った。「眠ってもいい？　少しだけ」

「いいよ。朝になったら起こしてあげる」

ぼくが答えると、フラニーは少しだけ身を寄せた。風は冷たく、白い吐息が見えた気がした。

「ねえ、エド」

彼女はぼくに顔を寄せ、口の先で唇に触れた。

「あたしのこと、ちゃんと起こしてね」

ぼくの顎に触れた手が、重力に引かれて落ちる。フラニーは眠っていた。柔らかな寝息をぼくのお腹に当てながら。意識はもうそこになかったけれど、それでも彼女はここにいた。

膝に乗った彼女の頭にそっと触れる。あたたかい。

生きている、と思った。

ホリーは間違っていた。

生きているもののなかにも、素晴らしいものはきっとあるのだ。

12

サーバールームの扉を開けると、人工の星明かりが瞬いていた。

一面に広がる暗闇を、無数の光が照らしている。ファンの音がうるさかった。天井をケーブルとパイプが這い回り、銀色のラックが墓石のように整列してフロアを満たしている。その隙間を、何匹もの猫が行き交《か》っていた。

「どうしてこんなに猫がいるの?」

「アイデスの保守点検を担っている」トラ猫が答えた。「大した仕事はないが、人間がいなくなった以上誰かがここを見守らないといけないからな。それに、外で起きた出来事を彼らに報告する役目もある」

先頭を歩くトラ猫の話しぶりは、ホリーに比べてずいぶんと流暢《りゅうちょう》だった。ナノマシンの性能の違いなのか、あるいは友好の証なのか。

「フラニー、大丈夫?」

背後でよろけた彼女の腕を摑んで、引き戻す。ラックに囲まれた通路は狭く、一列にならないと進めなかった。

「ねえ、そろそろアイデスへの行き方を教えてくれない？」

「ここがそうだが」

「そうじゃなくて」あたしは苛々と言った。「どうやったら、この中に入れるかを訊いてるの」

あたしは手近なラックを覗き込み、そこに詰まった機械を調べた。この手のコンピューターにはまったく詳しくないけれど、ともかくそれがまだ生きて動いていることだけはわかる。

「この子は昨日の夜に嚙まれてるの。早くしないと手遅れになる」

「嚙まれている？」猫は不思議そうに言った。「なら、問題ないだろう」

「問題ない？」

あたしはカッとなって思わずトラ猫に詰め寄った。猫はひらりと身を躱し、ラックの上段に飛び移る。

「今すぐ精神転送《アップロード》のやり方を教えて。時間がない」

「だから、それが方法だよ。アイデスに行きたいなら、外の連中に嚙まれればいい。知らなかったのか？」

束の間、静寂が部屋を満たした。フロア中の光が消え、再び点《とも》る。そのわずかな暗闇が、永遠のように感じられた。

「――感染しろっていいたいの？」

「感染？」猫は首を傾げた。「ああ、そうか。あれの原因がウイルスや細菌だと思っているんだね？　似ているが違う。彼らの脳を支配しているのは、自己増殖するナノマシンだ。君の言う〝感染者〟が別の個体を襲うことで、体内で増殖したナノマシンが拡散する。そういう仕組みだよ」

「嘘」

「もちろん嘘じゃない。あれはもともと、脳内の神経活動をスキャンするために開発されたマシンだ。仮想空間に意識を丸ごとアップロードするための。当初はマイクロワイヤーを使う案もあったらしいが、上手くいかなくてね。結局、こちらの案が採用された。まあ、結果的には誤った判断だったと言えるわけだが。失敗作さ……」

　トラ猫はラックから飛び降り、前脚の先でのどを掻《か》いた。

「残念ながら、副作用があってね。マシンの増殖に伴って、肉体の方が変質する。特に脳のそれは著しい。精神が不滅のものとしてデジタル化される代わりに、肉体は取り返しのつかない形で損傷するわけだ。君たちがゾンビやウォーカーと呼んでいるものは、その成れの果て。精神の抜け殻だ」

「じゃあ」フラニーが荒い息を吐きながら言った。「あの人たちは、みんな」

「すでにアップロード済。アイデスの住人だ。彼らにその記憶はないが」

「そんなの、いつか気づくに決まってる。ずっと仮想現実の中だなんて」

「夢を二つ見せるんだ」

　トラ猫はまっすぐにあたしを見た。二つの瞳が、点滅するライトの光を受けてそれぞれの色に光る。片方は青に。もう片方は赤に。

「現実の中にいる自分。仮想現実の中にいる自分。一つではなく、二つの夢を見せることで人間の精神は安定する。虚構と現実。精神と肉体。言葉と物。異なる二つの世界に自分が属しているという空想、その狭間《はざま》に自分が立っているという妄想。それが人間の自己認識には不可欠なんだ。夢と現実を、自在に往還できると信じることがね……」

少なくとも、と猫は穏やかに言った。今のところ、仮想世界《アイデス》の秩序は維持されている。

「わたしもそこに行くの？」とフラニーが訊いた。

「そうだ」猫は答えた。「君もそうなる」

「他人事みたいに」

あたしはこみ上げる怒りを奥歯で嚙み潰した。

「人類が滅びたんだよ？　何を考えてこんなこと……」

「文句はここを作った連中に言ってくれ」困ったように猫は言った。「もっとも、彼らは彼らなりに苦労したようだがね。ナノマシンの流出は事故だった。もちろん、彼らも何とか事態を収拾しようとしたが、マシンの拡散速度は想定をはるかに超えていた。半月も経たないうちに、彼らはサーバーの増強に着手して――」

ガタン、という大きな音がした。たった今入ってきたばかりの扉の方だ。不規則な足音がべたり、べたりと薄闇の中に響く。

「扉を閉めなかったのか？」

呆れたような口調で猫が咎《とが》める。でも、あたしはフラニーを支えるのに必死だったし、閉めるようにも言われなかった。

「見てくる。ここで待ってて」

フラニーを床に座らせて、狭い通路を引き返す。カービンの銃身に触れ、大きく息を吐いた。一度、二度。そうすることで、目の前の現実を肺の空気といっしょに押しだせるかのように。

サーバールームは静まり返っていた。聞こえるのは自分の息遣いと、心臓の鼓動だけ。けれど、点滅する無数のランプの裏側では、何十億という情報人格が暮らしているのだ。今もなお、自分が本物の人間だと信じたまま。

二つの夢、とあの猫は言った。

虚構と現実。精神と肉体。

あの夢がそうなのだろうか、と思う。森と川と鱒たちの夢。

あるいは、この世界もそうなのか。

だとしたら、誰が見ている夢なのか――。

正面から、足音が近づいてくる。そこにいるのが誰なのか、あたしには何故かわかる気がした。

ぱち、ぱち、ぱち。ランプの点滅が影の輪郭を描き出す。

男の子だった。枯れ枝のような手足。くるくるの黒い髪。夢の中の、もう一人のあたしの顔。

「エド」

名前を呼ぶ。彼はただ、そこにいた。逃げることも、襲い掛かることもせず、ただ虚ろな足取りで一歩ずつ前に進んでいた。歩く死体《ウォーカー》の名前通りに。

足を止め、あたしは撃った。

感じたのは、衝撃。爆音。火薬の匂い。

そして白煙。

エドの頭が吹き飛び、弾む。残された胴体がゆっくりと倒れ、そして二度と動かなかった。

点滅する無数のランプが、流れ出した血の筋を照らす。彼の首からは新鮮な血が溢れていた。まるで、生きた人間を殺したみたいに。

床に膝をつき、息を吐く。流れ出した血が、あたしの目の前で幾筋もの地図を描いた。奇妙な形の地図だった。ひどい吐き気がした。とても寒い。震える身体を両腕で懸命に押さえつけていると、背後から引き摺るような足音が聞こえた。

「エマ」フラニーだった。「ねえ、大丈夫?」

「さあ。どうかな……」

荒い息を吐きながら、ゆっくりと身体を起こす。ラックに身体をもたれさせると、少しだけ気分が良くなった。

目を閉じて、夢の香りを思い出す。湿った土、古びた桟橋、流れに逆らって泳ぐたくさんの鱒たち。誰かの唇の感触が蘇《よみがえ》る。

悪くない、と思った。胸元のガラス球を指先でつまんで、引っくり返す。

「噛んで」

「え?」

「あたしを噛んで、フラニー」

身体がひどく怠《だる》かった。気を抜くと、すぐにでも眠ってしまいそうだ。

「でも、そんなことしたら——」

「大丈夫」

あたしは微笑んだ。

フラニーは何も言わなかった。黙って、あたしの口元を小さく嚙んだ。遠慮がちに、少しだけ。それで十分だということを、あたしも彼女もわかっていた。

あたしたちは並んで冷たい床に座り込み、互いの肩にもたれあったまま目を閉じた。時が経ち、夢の終わりが訪れるまでずっと、あたしたちはそうしていた。

13

いつの間にか、空が白み始めていた。

背後から聞こえた足音に、ぼくは振り返る。頭の後ろをしきりに擦《さす》りながら、デイヴィッドが歩いて来るのが見えた。

「行ったのか」

彼は安心したように言って、ぼくの隣に腰を下ろした。「アニーは?」

ぼくは彼に虎の話をした。

「そうか」彼は悔しそうに言った。「見たかったな。羨ましいよ、虎に喰われて死ねるなんて……」

「ログアウトしなかったんだ、彼女。どうしてだと思う?」

「ここが現実だからだろ」

「彼女、人間じゃなかったのかも」

「どっちだっていいよ」

デイヴィッドは顔をしかめながら頭の後ろに触った。

「あいつと取っ組み合いになったんだ。思いっきり頭をぶつけて、その後のことを覚えてない。気づいたらこの時間だった。どれくらい経ったかわかるか？」

「二時間くらいかな」

ぼくは小屋の方角に目をやった。煙は見えない。炎はもう消えたらしかった。納屋の中身は、きっと跡形もないだろう。

「全然記憶がない」彼はぼやいた。「なあ、気を失ったのかも、って言ったら信じるか？」

「信じるよ」とぼくは言った。今なら何を言われても信じられる気がした。現実の世界では人類がすでに絶滅していて、情報人格だけがこの世界で生き延びていると言われたって、きっと納得できただろう。

ぼくは眠ったままのフラニーをおぶって立ち上がり、彼といっしょに川沿いを歩いた。フラニーが眠ったことを知っても、彼は何も言わなかった。どこかにアニーが使った舟があるはずだ、と言っただけだった。

「良かったの？」とぼくは訊いた。「筏、せっかく作ったのに」

「いいんだよ」

彼は言った。前だけを見つめていて、ぼくの方は振り向かなかった。

「森には初めから誰も住んでなかった。馬鹿な俺たちは虎を探してここに来て、筏を流された。追ってきたアニーは虎に喰われた。それで終わりだ」

ぼくは頷いた。

アニーの舟は歩いて数分の場所にあった。中をくり抜かれた大きな丸太が川岸に横倒しになって転がっていた。俺の筏と大差ないな、とデイヴィッドが笑ったが、彼の筏の方がずっと立派だとぼくは思った。

ぼくたちは丸太舟で川を渡り、キャンプに戻った。朝日に照らされたテントはどれも静まり返り、並んだ墓石のようだった。ぼくは眠ったままのフラニーをテントに運び、それから彼女の隣で少し眠った。ゾンビの夢は見なかった。


時々、エマたちの夢を見る。ゾンビの夢を見ることがなくなった、その代わりだ。

夢のなかで、二人は海辺の小さな町で暮らしている。朝になるとグランパが海に出て、丸々と太った大きなスズキを釣って帰る。エマはポーチの肘掛け椅子に座っていて、一日中海を見ている。ほんの束の間、彼女は意識を取り戻す。波の音が聞こえ、彼女は満足して自分を緩やかに解く。

よく晴れた穏やかな午後、町の人たちがやって来て、ポーチにいる彼女に挨拶をする。その中にはホリーもいて、晴れやかな笑顔で海からの風に長い髪を揺らしている。人々は、エマに自分のことを話して聞かせる。嬉しかったこと、悲しかったこと、誰にも言えなかった秘密の話……。彼女は微笑みながら、それらを黙って聞いている。やがてグランパが戻って来て、大きなスズキをどさりと置く。スズキの鱗が傾いた日の光を浴びて七色に輝く。人々は歓声を上げて砂浜で火を起こし、丸々と太ったスズキを焼いて食べる。誰もが満腹で、とても幸せだ。

そうであればいいと思う。


暑い一日になりそうだった。

ぼくは川べりの桟橋に腰かけ、両足を冷たい水のなかに沈めていた。川の流れはときどき速くなり、澱《よど》み、渦を巻いてそれからまた速くなった。まるで、何かを伝える秘密の暗号みたいに、同じリズムを繰り返していた。

空は真っ青で、千切れたレースの切れ端みたいな雲が貼りついていた。そのすぐ下に、真っ白な月の影が見える。

背後に誰かが立つ気配がした。

「よう」とデイヴィッドが言った。「ここにいたのか」

「もう行くの？」

「ああ。時間がないからな」

午後には、彼のオーナーがやって来ることになっていた。ポールが死に、アニーが行方不明になったことで、キャンプの閉鎖が正式に決まったのだ。子供たちは次々とオーナーの元に引き取られ、テントはすでに半分以上が空になっていた。

フラニーもその一人だった。二日前にオーナーがキャンプを訪れ、あの日以来眠ったままの彼女を連れて行った。さよならを言う時間もなかった。

「本当に行く気？」ぼくは彼に訊ねた。「地図はまだ見つかってないんだろ」

「やるだけやってみるさ」

彼は笑って、足元の小石を川に投げた。一つ、二つ、三つ……。波紋を描いて、小石が跳ねる。

あの夢の結末を、ぼくは誰にも話さなかった。エマのことも、フラニーのことも。二人が見つけた、ぼくらの世界の真実も。話したところできっと、意味のないことだろうから。

人間たちはこの先もずっと、自分のことを人間だと信じ続けるだろう。身体を失ったことも、帰れる現実を失ったことも忘れて、全てに気づかないふりをするために、ぼくたちのオーナーであり続けるのだろう。

「お前はどうするんだ。これから」

「さあ」ぼくは川面を見つめたまま答えた。「どうしようかな」

キャンプが閉鎖されるという報せは、ホリーにも届いているはずだった。だけど、彼女からの連絡はまだ来ていない。ぼくのことなんて忘れてしまったのか、他に好きな相手ができたのか。

そうであればいい、と思う。

だけどもし、また彼女と会うことがあるならば。

その時は、夢の話をしようと思う。

彼女はきっと、喜んでくれるはずだ。

「もう行くよ。元気でな」

「君も」

桟橋の上で身体を反らし、立ち去る友達の背中を見送る。そうして、ぼくは一人になった。それは完全な孤独だったけれど、不思議と寂しさは感じなかった。

栈橋の下で、一匹の鱒が身体をくねらせて泳いでいた。あの夜に見たのと同じ、大きな長老鱒だった。全身の鱗を銀色に輝かせ、背中の模様を太陽の下で浮かび上がらせている。

ふいに、夢のことを思い出した。歩く死体でいっぱいの夢。夢の最後で、ぼくはぼく自身の身体を撃った。血が流れ、それが床に模様を描いた。幾筋にも枝分かれした、不思議な模様だった。まばたきをし、足元を泳ぐ鱒の背中をもう一度見つめる。そこに浮かび上がった模様は、あの夢で見たそれと、間違いなく同じに思えた。

地図。

——ねえ、エド。

彼女の言葉を思い出す。

——あたしのこと、ちゃんと起こしてね。

ぼくはまだ、その約束を果たせていない。

目を閉じて、あの夜のキスを思い出す。彼女から確かにもらったはずの、八千万匹のバクテリアについて考える。怖くはない。それは、彼女が確かにここにいたことの証だから。ぼくらがずっと、ともにいることの徴《しるし》だから。

瞼に冷たいものが触れて、目を開ける。雪が降り始めていた。真っ青な夏空を裏切るように、蒼白《そうはく》な氷の粒がひらひらと無数に舞い落ちてくる。ぼくは立ち上がり、水の中から両足を抜いた。

栈橋を鳴らし、裸足《はだし》のままで走り出す。

空は青く、川は眠ることなく流れ続け、太陽の光を弾きながら鱒が跳ねる。鱒たちは川を下り海に出て、そしてまたいつか川へと戻って来る。
彼らが川を遡るのはきっと、そこに誰かと交わした約束があるから。

影たちのいたところ

1

オスカルが祖母の寝室に入ったとき、ソフィア・ジャケッタはベッドから身を起こし、窓に手を伸ばしかけたところだった。

「ママに怒られるよ」

温かいミルクをサイドテーブルに置きながら、オスカルは祖母に言った。

「もう夏じゃないんだ。夜風は身体に毒だよ」

「そう考えてるなら、お前のママは大馬鹿だよ」彼女は大きく咳《せき》をした。「熱いものを飲むときには身体を冷やすもんだ。頭が茹《ゆ》だっちまう」

祖母は一度言い出したら譲らない。オスカルはため息を吐き、真鍮《しんちゆう》製の掛け金を外して、寝室の窓を細く開けた。夜風が虫の声とともに入り込み、刺繍《ししゆう》の入ったカーテンを揺らす。そのまま部屋を出ようとした彼の背中を、ソフィアが呼び止めた。

「戻るのかい。もう少しいたらいいのに」

「寝かせてあげなさいって、ママが」

オスカルは言い訳がましくそう答え、祖母の枕元に戻って崩《くず》れたクッションの山を直した。シーツが汗で湿り、老人特有の匂《にお》いを放っている。湿布や軟膏《なんこう》を連想させる、あの匂いだ。

「平気だよ。あんたにお話を聞かせるくらいの元気はある」

「別にいい」オスカルは小さく肩をすくめた。「宿題あるし」

「昔はあんなに喜んで聞いてたのにねぇ」

「ばあちゃんのホラ話で喜ぶほど、もう子供じゃないんだよ。悪いけどさ」

「あたしがいつ、お前に嘘《うそ》をついたって？」

「ヘミングウェイがマーク・トウェインの孫っていうのもウソ。夜中の三時に電話をかけると未来の結婚相手に繋《つな》がるっていうのもウソ。ブロッコリーを茹でたらカリフラワーになるっていうのもウソだった」

「最後のひとつは騙《だま》される方が馬鹿だろう」

ソフィアはそう言って鼻を鳴らしたが、孫に睨《にら》まれると少しだけ肩を落とした。

「それじゃあ今夜は」彼女は言った。「とびっきりの話をしてやる。あたしがまだ、お前くらいの年だった頃の――」

「いつもと同じじゃん、それ」

「これは違う。誰にも話したことのない秘密の話さ」

「本当の話なんだよね？」

「ああ。掛け値なしにね」

オスカルは迷った。おばあちゃんを疲れさせてはダメよ、と母からいつも言われていたからだ。

実際、ここ数日の祖母は目に見えて具合が悪く、ベッドから起き上がる気力もないようだった。

彼は目を細め、ベッドに横たわる祖母を見た。寝間着の襟口《えりぐち》はのびて波打ち、真っ白な髪の毛が耳たぶに貼りついている。それでも、昨日までに比べれば、幾らか回復したように思えた。顔色は相変わらず悪いものの、声には活《い》き活《い》きとした張りが戻り始めていた。

「わかった」オスカルは言った。「でも、無理しないでよ」

「ああ。椅子を持っといで」

オスカルは頷《うなず》き、部屋の隅にある書き物机の前から籐《とう》編《あ》みの椅子を引っ張ってくると、背もたれを両腕で抱えるようにして腰かけた。

「さて、どこから話そうかね」

「いつものところからにすれば？」

思案顔の祖母に向かって、オスカルは言った。祖母の思い出話はいつだって、同じ言葉で始まるのだ。

祖母は頷き、お決まりの言葉で話し始めた。

「潮の匂いを嗅《か》ぐたびに、自分が世界一孤独な子だって気がしたもんさ――」

2

潮の匂いを嗅ぐといつも、自分が世界一孤独な女の子だって気分になる。特にモレル島の匂いは最悪だ。べたついた潮風《しおかぜ》とペンキのにおいが混じり合って、息をするだけで憂鬱《ゆううつ》になる。何より最悪なのは、毎年夏休みの三週間を、このしみったれた島で過ごさなきゃいけないってこと。

あたしは誰もいないビーチに座って、爪先《つまさき》を砂の中に突っ込んだ。八月とはいえ、太陽が沈みかかっているせいで少し寒い。焼きすぎた肌が痛かった。水着の上からパーカーを羽織《はお》り、フードについた砂を払う。退屈だったけど、家にはまだ戻りたくなかった。店じまいをした後は大抵《たいてい》、ベルナルドおじさんたちが来る。キッチンに入り浸って、ピザを齧《かじ》りながらビールを飲むのだ。片付けをするのはいつだってあたしの仕事で、それがどうしようもなくイヤだった。

タイムマシンがあればなぁ、と思う。少しは退屈しのぎになっただろうに。あたしが生まれる前は、この島もまだそれなりに賑《にぎ》わっていて、魚も獲れたし、観光客だっていた。それが、今ではこの有様だ。動くものといえば、流木のうろを這《は》いまわる小さな蟹《かに》と、砂浜に取り残されたヒトデだけ。

足元のナップザックから、四つ折りになった画用紙を取り出して開く。島の全景が描かれた手書きの地図だ。そう、数十年も遡《さかのぼ》る必要はない、とあたしは思った。せめて、三年前に戻ることができたら……。少なくとも、パパといっしょにこの地図を描いた頃にはまだ、島での日々にはわくわくするものが残っていた。

コウモリのような形をした島の地図には、子供じみた空想に彩《いろど》られた地名が散らばっていた。あたしが今いるのは〈人魚のまたぐら〉で、そこから東に行くと、松林に囲まれた〈幽霊の靴《くつ》底《ぞこ》〉と、不恰好《ぶかっこう》な形の岬〈馬の鼻先〉がある。岬から少し離れたところに浮かんでいるのは〈海坊主《コロンブレ》島〉。地図のなかで唯一、まだ行ったことのない場所だ。

名前を考えるのは好きだった。初めて訪れた場所。知らない風景。そういうものに名前をつけると、あたしの世界の一部になる。手で触って、感触を確かめるみたいなもの。人間相手でもそれは同じで、初めて会った人の名前を頭の中で考えるのが、昔からの癖《くせ》だった。

悪い癖だからやめろってママは言う。勝手に名前をつけるなんて失礼だから。名前を知りたいなら、きちんと相手に訊《たず》ねるべきだって言うんだけど、それは違う。人間には見せかけの名前と本当の名前があるっていうのがあたしの意見で、あたしが知りたいのは本当の名前の方なのだ。嘘や見せかけは好きじゃない。

「あーあ、退屈」

両手で四角を作って、楕円《だえん》形の夕日をそこに収める。左に動かすと、〈海坊主島〉のこんもりとしたシルエットがフレームに入った。輪郭《りんかく》がぼやけて、よく見えない。ナップザックには新しい眼鏡《めがね》が入っていたけど、かける気にはならなかった。揶揄《からか》われるのは、髪の色と南部訛《なま》りだけで十分だ。

夕暮れに滲《にじ》んだ小島の影は、とても遠くにあるように思えた。でも、実際はそこまでじゃなくて、〈馬の鼻先〉から一〇〇メートルくらいの場所にある。干潮《かんちょう》の時に浅い場所を選んで進めば、歩いて行けそうに見えるくらいだ。実際、前に一度それを試そうとして、パパにこっぴどく怒られたことがある。半べそになったあたしに、パパは昔に起きた事故の話をした。島に渡ろうとして柔らかい砂に足を取られて動けなくなり、溺《おぼ》れてしまった男の子の話だ。それ以来、あたしは島に行くことを諦《あきら》め、ただ空想だけを膨《ふく》らませ続けることになった。

ため息を吐いて、両手を下ろす。その時、小さな影が視界に入った。

「……サーフィンかな」

たまに、パパの店にも若い人が来ることがある。大抵はサーファーかヨット族で、ワックスとか日焼け止めを買いに来るのだ。だから、その影もサーファーじゃないかと思ったけど、波が来てもただ揺られているだけで、誰かが起き上がってくる様子がなかった。サーフィンはやったことがないけど、あれじゃあ楽しくないはずだ。

好奇心が湧き上がる。懐中電灯を持って波打ち際に向かうと、血のようにぬるい海水がくるぶしを舐《な》めた。

眉根にぎゅっと力を入れて、目を細める。辛うじて届いた懐中電灯の光が、影の正体を照らし出した。ゴムボートだ。

「ねえ!」あたしは声を張り上げた。「大丈夫?」

答えはない。でも、少しずつ近づいてくるボートの上に人影が見えた。ぐったりした様子で、船べりにもたれかかっている。波が来るたびにぐらぐらと揺れて、今にも海に落ちそうだった。

ひょっとして、遭難?

気づいたときにはもう、パーカーを脱ぎ捨てて、頭から海に飛び込んでいた。夕日に染まった海は紫色で、どろりとしたイヤなにおいがする。海面を割って息を吸い、また潜った。鼻の奥がつんと痛む。

泳ぐのは好きだった。学校のプールとか、サマーキャンプで行った湖とか。でも、モレルの海は別だ。不機嫌そうな波がせかせかと行き交《か》い、ぼやぼやしていると潰《つぶ》されそうになる。必死に手足をばたつかせないと、同じ場所に浮いていることすら出来やしない。

水中に何かが落ちてきた。懐中電灯を向けて照らす。海の中で銀色に光って、まるで月の欠片《かけら》みたいだ。水を蹴って近づくと、銀紙にくるまれたチーズだとわかった。誰かの食べかけらしく、歯型がくっきりと残っている。

それを摑《つか》んで浮き上がると、数メートル先でボートがひっくり返っているのが見えた。小さなペットボトルがいくつも、出来損ないの救命ブイみたいに波間を漂っている。

ボートの右手に、半裸の男の子が浮いていた。ぴくりとも動かず、生きているのか死んでいるのかもわからない。あたしは必死に波をかいて彼の側《そば》に寄り、ぐったりとした腕を摑んだ。

ひときわ大きな波が来る。男の子の頭が勢いよくあたしの鼻にぶつかった。

「痛い！」あたしは思わず涙目になった。「ちょっと。生きてるなら目を覚ましてよ！」

夕日が水平線に触れ、海が一瞬にして真っ赤に染まる。彼が意識を取り戻したのは、そのときだった。手足をばたつかせ、波のてっぺんを叩《たた》いてたくさんの小さな飛沫《しぶき》に変える。

「大丈夫？」

あたしの言葉に、彼は小さく頷いた。

「ボートは？」

「動かない」咳《せ》き込みながら、彼は言った。「エンジンが壊れた」

まずいな、とあたしは思った。このままだと、どんどん沖に流されてしまう。おまけに、すでに日は沈んでいて、夜が駆け足で近づきつつあった。

「ボートは捨てよう」

あたしは空《あ》いている左手で男の子の手を取った。死体みたいに冷たくて、ぞっとする。

「泳げる?」

「たぶん」

大きく息を吸って、再び海に潜る。水が冷たい。あたしたちは岸の灯《あか》りを目指して必死に泳いだ。

ようやく砂浜に這い上がった頃には、息も絶え絶えだった。全身が重たくて、満足に動かせない。濡《ぬ》れた砂に手をつくと、指の隙間から生ぬるい海水がしみ出してきた。

仰向《あおむ》けに手足を投げ出しながら、あたしはさりげなく懐中電灯の光を隣に向けて、男の子の姿を盗み見た。結構ハンサムな顔立ちをしている。あたしよりも、たぶん年上。十五、六歳ってところだろう。

癖の強い黒髪が、日に焼けた顔にべったりと貼りついている。彼は前髪を右手でかき上げながら、あたしに向かって微笑《ほほえ》んだ。表情の変化に伴って、彫《ほ》りの深い顔の上で影がその形を変える。

「あたし、ソフィア。あなたは?」

そう訊ねながら、彼の顔をじっと見る。ローラ、という名前が頭に浮かんだ。

ローラ?

「……ロラン」と彼は言った。「ありがとう。助かったよ」

ロラン、ね。

あたしは肩をすくめて頷いた。そりゃそうだ。目の前にいるのは、どう見ても男の子だもの。

ふいに、自分が水着姿だってことを思い出す。あたしは慌ててパーカーを探すと、砂を払って肩から羽織った。首の後ろがざらざらする。

「君は、この島の人？」

「うーん」あたしは唸《うな》った。「夏の間だけ。普段はママとミラノの方に住んでるの。こっちにはパパがいるんだ。すぐそこの雑貨屋。知ってる？」

「ごめん。アザリアはあんまり詳しくなくて」

「アザリア？」あたしは顔をしかめた。「違うよ。ここはモレル島。アザリアは隣の島。隣って言っても、フェリーで三十分くらいかかるけど」

「なるほどね……。だいぶ流されたわけだ」

彼は大きなため息を吐いた。

「遭難でもしたの？」

「そんなとこかな。ちょっと事故に遭って」

そこでようやく、あたしは彼の脇腹に気が付いた。包帯のように巻かれたシャツが、外れないように固く縛ってある。

「怪我《けが》してるの？」

「少しだけだよ」

無視して顔を近づける。脇腹に巻かれたシャツは血だらけだった。

「少しだけ？」

あたしは目を剝《む》いた。

「大丈夫なんだ。本当に」

「そんなわけないじゃん」

あたしは有無を言わさずに彼の手を摑み、道路の方に歩き出した。

「とにかく来て」

家に戻るのは気が進まなかったけど、傷薬くらいなら店に置いてあったはずだ。

錆《さ》びた鉄階段で道路に上がる。アスファルトには太陽の熱が少しだけ残っていた。道を挟んで、店の看板が白熱電球に照らされている。

「消毒して、すぐ病院に行かなくちゃ。待ってて、今――」

「ダメだ！」

彼は大声で叫んで、あたしの手を振りほどいた。その力の強さに思わずよろけ、懐中電灯を取り落とす。

「ちょっと！」

「ごめん。人に見つかりたくないんだ」

「どういう意味？」

あたしは道の真ん中で足を止め、咎《とが》めるように訊《き》いた。周回遅れの警戒心が、今さらになって心のなかに湧き上がる。

「変な意味じゃない。ただ――」

言いかけた彼の声をクラクションが遮《さえぎ》った。背後に現れたトラックの前照灯がロランを照らす。

あたしは慌てて道の端に戻り、そして見た。

ひび割れたアスファルトの上に、ロランの影が伸びている。

でも、一つじゃない。

彼には影が九つもあったのだ。

3

次の日の朝、パパはひどく不機嫌だった。

「ソフィー」

テーブルの向かいに座り、濃い匂いのする珈琲《カッフェ》を啜《すす》りながら、パパは言った。テーブルの上では、食べかけのビスケットが朝日を浴びて香っている。

「何してたんだ、昨日は。いくら何でも帰ってくるのが遅すぎだぞ」

「夏休みなんだよ、パパ」あたしはため息を吐いた。「それに、九時前には戻ったじゃない」

「ミラノじゃ、そんな時間までうろついてるのか？　とにかく、今日はダメだぞ。ムーンパレスに行くんだから。五時までには戻ってきなさい」

「あたしは行かない」

「パパが行くんだ。もうすぐ十四歳なんだから、お前も留守番くらいできるだろ」

そう言って、パパはテーブルに置かれたイカ釣り用のルアー《プリンセスカラマーリ》を指で小突いた。イワシを模《も》した細身のボディーに、錨《いかり》型の釣り針がついている。

ムーンパレスは、アザリアの東の港にある中華料理屋だ。アザリアには中華系のお店がたくさんあるけど、パパはそこが一番だって言う。小籠包《ショウロンポウ》をたっぷり食べた後で夜のイカ釣りに出かけるのが、パパたちのお決まりのコースだった。

「お前がいなけりゃ、パパが出かけてる間、他に誰が店番をする？」

「閉めちゃえばいいじゃん」

どうせ誰も来ないんだし、とあたしは口を尖《とが》らせた。

「店番なんて絶対やらないからね。だいたい、パパだって居眠りばっかりしてるじゃない」

「……母さんに似てきたな」

パパは厳しい顔つきになり、無精髭を指先でいじった。

「頑固なところがそっくりだ。少しくらいパパを手伝おうって気にはならないのか？」

「ならない」あたしは思い切り鼻を鳴らした。「自分は遊びに行くくせに」

「遊びじゃない。お前にはわからんだろうが……」

「じゃあ何？　あたしの知らないうちに漁師に転職でもした？」

「ソフィー」

パパはうんざりした顔で両の手のひらを上に向け「おてあげ」のジェスチャーをした。テーブルの上では、ルアーのつぶらな瞳が寂しげにキッチンの照明を見つめている。旧式のラジオが、トルコから届いたというニュースを流していた。爆破テロで四十人が死亡。いまだ犯人の影すら摑めず――。

パパの言いたいことはわかっていた。本当は漁師になるはずだった、というのがパパの口癖だったからだ。パパの家は代々続くこの島の漁師で、パパとおじさんもその仕事を継ぐはずだったのに、結局それは叶《かな》わなかった。二人が大人になる頃には、お祖父《じい》ちゃんの船は失われていたし、島の周りでは大した魚が獲《と》れなくなっていた。結局、パパは島を出てナポリに行き、政治活動に熱を上げた。自警団みたいな組織に入って、浮浪者や外国人を追いかけていたらしい。そしてママに出会い、あたしが生まれた。十三年前の話だ。

あたしが六歳のときに、パパは父親であることをやめて、島に戻った。それ以来、夏休みになるたびに、あたしはママの命令でこの島に行かされる。

漁師になれなかったパパは、島で小さな雑貨屋《タバッキ》をやりながら、最近では週に三日、おじさんの船で友達と海に出ている。そうすることで、何かを取り戻せるとでも思っているみたいに。

あたしはテーブルに手をついて立ち上がった。

「出かけるなら、ちゃんと眼鏡をかけなさい。ママから聞いたぞ。また目が悪くなったらしいじゃないか」

「あたしのせいじゃない」

「そういう問題じゃない、ソフィー。パパを心配させないでくれって言ってるんだ」

「あたし、パパを安心させるために生きてるわけじゃない」

椅子の下のナップザックを乱暴に引っつかむ。パパはまだうるさく言っていたけど、全部無視してキッチンを飛び出した。

「ソフィー！　話はまだ――」

ペンキの剝《は》がれたドアを乱暴に閉めると、その先は何も聞こえなくなった。店の内を通らないように、裏口から外に出る。

日差しが強かった。あたしは自転車のかごにナップザックを放り込み、大きく息を吸って漕《こ》ぎ出した。首筋から汗が吹き出し、鎖骨《さこつ》のくぼみをなぞって垂れる。

「家出かい？」

マリア様の祠《ほこら》の前で、ブルーのシャツを着た男に声をかけられた。ベルナルドおじさんだ。小さく舌打ちをして、自転車を止める。

「ねえ」あたしはおじさんを軽く睨んだ。「うちのキッチンで飲むのはいいけど、自分で片付けてよね」

「悪いね。つい、兄貴に甘えちまうんだ」

「片付けてるのはあたし。パパじゃない。散らかすなら、あたしが帰ってからにしてよ」

「夏休みの間はいるんだろう？」

おじさんは帽子を上げて、額《ひたい》の汗を拭きながら言った。

「あまり遠くには行かない方がいい。最近はこのへんも物騒だからな」

「遠くって、どこさ。こんな小さな島なのに」

「キャンプ場の方はやめとけ。兄貴が心配するから」

「ほっといてよ。余計なお世話」

あたしはぷい、と顔を背けて、ペダルをぐっと踏み込んだ。

キャンプ場っていうのは、〈幽霊の靴底〉のことだ。何年も前に閉鎖され、今ではちょっとした廃墟《はいきょ》になっている。パパたちは危ないから近寄るなって言うけど、あたしはあの場所が好きだった。いなくなった誰かの気配を感じられて、不思議と寂しさが和《やわ》らぐ気がする。

もっとも、ロランはあまり気に入らなかったらしい。昨日の夜にコテージの前で別れた時、表情が妙に硬かったことを思い出す。人は滅多《めった》に来ないし、雨風もしのげる。隠れ処としては理想的なはずなのだけど。やっぱり、傷の具合が良くなかったのかもしれない。何とか説き伏せて傷薬と包帯だけは渡したけれど、昨夜の彼は結局最後まで手当を拒んだ。自分でやるから平気だ、と言い張って。思い出すと心配になって、自転車を漕ぐ足に力がこもった。

フェンスの前に自転車を止め、金網の破《やぶ》れ目に手をかけて、目いっぱい広げながら中に入る。足元がひどくぬかるんで、歩くたびに嫌な音を立てた。

林の中は暗かった。茂《しげ》った緑の葉が空を遮り、安っぽいトタン屋根のコテージが、その下に並んでいる。壁の塗装は剝がれ、窓ガラスも割れているものが多い。

比較的マシな一棟の前で足を止める。玄関前のポーチに、ひび割れたプラスチックの椅子が二脚、横倒しになっていた。昨日の夜、来たときと同じだ。誰もいないのを確かめてから、扉を開けて中に入る。

埃《ほこり》っぽい空気に咳が出た。作りつけの流し台があるだけで、あとはがらんとした空間が広がっている。床板が軋《きし》んで、足元を小さな影が走り抜けた。ネズミかもしれない。

「やあ」

声がした。暗がりの奥で、ロランが手を振っている。板張りの壁に背中をつけるようにして、床にあぐらをかいていた。上半身は裸で、自分で巻いたらしい包帯が白い。

「調子はどう?」

「悪くない」

あたしは背負ったナップザックを下ろし、中身を床にぶちまけた。ラジオつきのランタン、携帯釣り竿《ざお》と糸巻き、よれよれのパンツとシャツ、ハムとチーズを挟んだパニーニ。それから、パパの香水も。

「好きなの選んで」近づいてきたロランの腕に、派手なTシャツを数枚押しつける。「パパのシャツだから、ちょっと大きいかもだけど。裸よりはいいでしょ」

ロランはシャツに袖《そで》を通し、胸まわりをじろじろと眺めた。海岸に打ち捨てられたイワシの写真を横切るように、派手なゴシック体が躍《おど》っている。

「〈イタリアの息子たち《フィリ・ディ・イタリア》〉？」

「それ、パパのお手製なんだ」あたしは眉をひそめて答えた。「十年前の選挙のときにみんなで作ったんだって」

「ふうん。上手《うま》くいった？」

「まあ、少なくとも選挙には勝った」

「とにかく、ありがとう」とロランは言った。「悪いけど、お金はこれしかないんだ」

彼の放ったコインを、伸ばした右手で摑み取る。客観的に見て、かなりクールな瞬間だった。握った手をゆっくりと開く。見たことのないお金がそこにあった。

「何これ」

「外で拾った。君たちのお金だろ？」

「知らない」あたしはコインを引っくり返した。「あ、待って。ユーロって書いてある。なるほどね。これがそうなんだ」

きょとんとした顔のロランに向かって、あたしは説明した。

「昔のお金だよ。教科書にも載ってる。でも、本物をちゃんと見たのは初めてかも。あたしがまだ小さい頃、リラに変わっちゃったから」

「じゃあ、もう使えない？」

「どうかな」あたしは唸った。「銀行に持っていけば、換えてもらえるかもしれないけど。それよりさ、病院に行かなくて本当に大丈夫なの？」

「平気。人に見つかりたくないんだ。わかるだろ？」

ロランは足元を指差した。窓から差し込む光の中で、九人の影が揺らいでいる。昨日と違って明るい分、その姿をじっくり見ることができた。

影たちは皆、ばらばらの容姿をしていた。背の低い女の子、腰の曲がったおじいさん、何故《なぜ》かコウモリ傘を持った女の人と、眼鏡をかけているらしい男の人もいる。

「これ全部あなたの影ってわけじゃないよね？」

「まさか。ぼくが三つ編みの女の子に見える？」

あたしは首を横に振った。

「じゃあ何？」

「預かってるだけ」と彼は言った。「ぼくは運び屋なんだ。お金をもらって、他人の影を海の向こうの国から運んでる」

「預かる？」あたしはぽかんと口を開けた。「影って誰かに預けたりできるの？　コートをクロークに預けるみたいに？　それに、どうして動いてるの？　生きてるってこと？」

「質問が多いよ。一つずつ——」

足音が聞こえたのは、そのときだった。誰かがこっちに向かってきている。

「ソフィー！」

「……パパだ」

思わず、舌打ちが溢《こぼ》れる。おじさんが告げ口したに違いない。

「ぼくのことを話した？」

「ううん。でも、見つからない方がいいと思う。初対面の人と仲良くできるタイプじゃないし」

「わかった。ミラが君のパパの気を逸《そ》らす。その隙《すき》に抜け出そう」

「ミラって？」

ロランは答えず、九人の影を連れて窓際にそっと移動した。すると、その中のひとつ――三つ編みをした女の子の影だ――が彼の足元から離れ、床を舐めるように走り出した。

「動けるの？」

あたしは驚いてロランに訊ねた。女の子の影は床から壁を伝い、窓ガラスをすり抜けてコテージの外に飛び出すと、長く伸びた松の枝影を伝って道を渡った。

「もちろん、動くさ。影だって生きてる」ロランは言った。「死んだ影を運んだって仕方ないだろ？」

「はあ、なるほど」あたしは外の様子を窺《うかが》いながら曖昧にぼやいた。

女の子の影は向かいのコテージにするりと入り込み、窓の磨《す》りガラスに姿を映した。三つ編みを解《ほど》き、髪の毛を垂らす。シルエットだけ見れば、あたしに似ていなくもない。

「でも、背丈が全然違う」ロランに向かってそう囁《ささや》く。「すぐばれちゃうよ」

「どうかな」

「そこにいたのか、ソフィー」

パパの声が聞こえた。何の躊躇《ためら》いもない足取りで、向かいのコテージに向かって歩いていく。あたしはちょっとだけ、がっかりした気分になった。

「急ごう」ロランが言った。「あんまり長くはもたない。形が崩れてきちゃうんだ」

散らばった荷物をナップザックに詰め込んで、裏口から外に出る。

「崩れちゃうって?」

「影だけで形を保《たも》つのは大変なんだ。もって数分。誰かの身体にくっついてないと、どんどん形が崩れてくる」

「それ、ぞっとしないね」

金網の隙間まで戻り、止めてあった自転車に飛び乗る。あたしが前で、ロランが後ろ。薄いシャツ越しに、彼の胸がぴったりと背中に当たった。シャワーを浴びてないせいか、ちょっとだけ臭い。

ぬかるみに負けないように、ペダルを踏みこむ。二人分の重さを乗せた自転車は、よろよろと不恰好に走り出した。

「ミラが戻ってきた」

ロランの声に振り向く。女の子の影が木の影から影に移りながら、飛ぶように追いかけてくるのが見えた。上手いことパパを撒《ま》いたのだろう。まだ形は崩れていなかった。

「その子の名前、ミラっていうんだ」

あたしは振り向いたまま言った。

「ありがと。助かったよ」

女の子はこくっと頷くと、ロランの身体にくっついた。気のせいか、ペダルがさらに重くなる。単に上り坂に差し掛かったせいかもしれない。

「ソフィー」ふいにロランが言った。「ペダルから足を離して」

「どうして？」

「いいから」

あたしは戸惑いながら、漕いでいた足を軽く離した。途端に、ペダルが猛烈な勢いで回り出す。踵《かかと》をぶつけそうになり、慌てて両足を上げた。ハンドルが手の中でぐいと曲がり、車体が右にカーブする。

「何をしたの？」

「ハーシムに漕いでもらってる。心配しないで。向こうにいた頃は、毎日子供を二人乗せて走ってたんだって」

恐る恐る地面に目をやると、知らない男の影が前かがみでペダルを漕いでいるのが見えた。大柄で、首回りにシャツの襟らしきシルエットが見える。

「信じられない」

「君が漕げるんだから、ハーシムが漕いだって何も不思議はないだろ」

「でも、あたしの身体は現実にちゃんとある。彼は違うじゃない」

「影だって現実の一部だよ」

ロランは拗《す》ねたような声で言った。

「幻なんかじゃない。みんな、自分の身体だけが現実だって言うんだよな。想像力がなさすぎる」

「そんなこと言われたの、初めてなんだけど。いつもは想像力がありすぎるって怒られてるんだから」

彼の言葉にむっとして自転車のグリップを握り込む。

「それで、どこに行く？　コテージにはもう戻れそうにないけど……」

「町中《まちなか》は避けたい。人のいない場所がいいな」

「島中そうだよ」あたしは鼻を鳴らした。「夏休みだっていうのに、ビーチは空っぽ。お客はみんなアザリアの方に取られちゃうんだ」

「余所《よそ》者は目立つってことか」

「気にしすぎ。他人の影の数なんて、誰もいちいち数えないよ。心配なら、みんなでひとつに重なってればいいじゃない」

「わかってないな」ロランは言った。「問題は影じゃない。ぼくの方さ。密入国者なんだぜ」

密入国。つまり犯罪ってことだ。グリップを握る手が強張《こわば》る。やっぱり、家に戻った方がいいんだろうか。

でも、と背中に彼の身体を感じながら思う。悪い人には見えない。それに、好奇心を抑えられなかった。だって、生きている影を九人も連れているなんて、こんなにわくわくすることがあるだろうか？

「ひとつ、いい場所があるよ。絶対誰にも見つからないとこ」

あたしは腕時計に目をやった。十時三十二分。干潮を少し過ぎている。ハンドルを左に切り、岬に続く道を下る。

「ずっと行きたかった場所なんだ。今ならたどり着けるかも」

坂道の先に濃いブルーの海が見えた。雲の切れ端みたいな海鳥が、気流を探りながら飛んでいる。その下に、こんもりとした緑のシルエットが浮かんでいた。〈海坊主島〉だ。

坂道を下り切ると、足元が砂に変わった。一面に広がる海の下に、うっすらと道のようなものが見えた。

パパから聞かされた話を思い出す。足が埋まって動けなくなった、可哀相《かわいそう》な男の子。やがて潮が満ち、だんだんと海面が高くなって、そして……。

「二人で漕ごう」

あたしはぶるっと身体を震わせ、ハーシムの影に向かって呼びかけた。ペダルに足を乗せ、ぐっと踏み込む。自転車は力強く前に進んだ。ミラノの電動自転車みたいに軽い。これなら、島までたどりつけるかもしれない、と思った。

波が寄せ、ペダルを踏みこむ足首を濡らす。水を含んだ砂は信じられないほど重くて、タイヤが次第に沈んでいく。車体がふらつき、倒れそうだ。上りきった太陽が、頭のてっぺんをじりじりと焼く。

「みんなで漕ごう」見かねたロランが言った。「合図をしたらだ。一、二の――」

三、の合図で影たちが一斉に動き出した。あたしも一緒に腰を上げ、全体重をかけてペダルを踏む。初めは重かったはずのペダルが、だんだん軽くなっていくのがわかった。砂底に視線を落とし、九人の影たちを見る。身体を揺らし、互いに折り重なるようにして懸命に自転車の影を漕いでいた。沈みそうなタイヤを無理矢理前に進めていく。

ペダルを漕ぐ足に力がこもる。一際大きな波がきて、足元の砂を掘り崩した。よろけたハンドルが見えない力で支えられる。ハーシムだ。あたしはもごもごと口の中でお礼を言うと、道の終わりを真っすぐに見据えた。

風に緑の匂いが混じる。ペダルがぐんと軽くなった。地面が乾いた土に変わっている。着いたのだ。

あたしは自転車を横倒しにして飛び降り、サンダルを脱ぎ捨てた。丸みを帯びた貝殻《かいがら》が、親指に触れてひやっこい。

ロランは九人の影を連れて少し歩き、岩の隙間に茂ったサボテンの葉をじっと見つめた。

「ここが、秘密の隠れ処？」

「コロンブレ島。ああ、コロンブレっていうのは、海坊主のことね。緑色の大きな海獣で、船を襲うの。何となくこの島に似てるかなって」

ナップザックから手描きの地図を取り出し、彼に見せる。欠けていた最後のピースが埋まると思うと胸が躍ったけど、少し寂しくもあった。ずっと楽しみにしていたクリスマスプレゼントを開けてしまった時の気持ちだ。

「毎年、夏になるとモレルに来るの。別に来たくないんだけど……。とにかく、それで、地図を描き始めたのが三年前。退屈だったし」あたしは説明した。「その頃はまだパパが一緒でさ。ちゃんと島中を回って描いたんだけど、ここだけは来られなくて。だから実際に来たのは今日が初めて。ねえ、探検に行かない？」

「いいよ」

ところが、島はどこまで行っても同じような景色が続くばかりで、見るべきものは何もなかった。あるのは島の大半を覆《おお》った白い岩山とそこに茂った肉厚のサボテンだけ。日陰さえなく、岩肌が日光を反射するせいで恐ろしく暑い。

「まさか、モレルより退屈な場所があるとは思わなかったな」

あたしは再び浜辺に下りて腰を下ろし、両足をぐっと伸ばしながらため息を吐《つ》いた。大した距離は歩いていないはずなのに、ふくらはぎのあたりが妙にだるい。すでに潮は満ち始めていた。つまり、夕方まではここから一歩も動けないってこと。

もう一度地図を広げると、隣に座ったロランが身を乗り出してきた。自分のものじゃない髪の毛が、さらさらと首筋にかかる。

「この島の先は描かないの？」

「海の向こうってこと？」あたしは首を傾《かし》げた。「何があるの？」

「ぼくたちの国。この海をずっと真っすぐ進んでいくと、小さな港町にぶつかるんだ。地中海に突き出した、角《つの》みたいな場所。マズラーって呼ばれてる」

「マズラー？」

「牧場って意味。色んな国から、海を渡るために人や影が集まる。砂漠を越えてね。何百人、何千人……。もうずっと同じことの繰り返しだ。集まってきた人間の影を、ぼくたちが船に乗せて『出荷』するのさ」

「嫌にならない？　それって」

「どうかな」

彼は少し躊躇いながら答えた。

「他に仕事もないし。嫌になるとか、ならないとか、そういう話じゃないよ」

「ふうん」

何となく、バカにされたような気持ちになった。何も知らない呑気《のんき》なお子さまだって言われたみたい。

「ねえ、あたしも望めば影になれる？　みんなみたいに」

腰を上げ、髪の先を指に巻きつけながら訊いた。潮風のせいで、いつもより癖がひどく、ごわついている。

「どうして？」

「別に。ちょっと思っただけ」

ロランは答えなかった。ただ、目を細めて海を見つめ、長いまつ毛を風に揺らした。

「みんな、望んでこうなったわけじゃない」

あたしが目を逸らさずにいると、ようやく彼は口を開いた。

「突然起こるんだ。何の前触れもなくね。自分の身体が目の前に倒れていて、それを外から見ている自分に気づく。見ている、って言い方は正確じゃないかな。目があるわけじゃないからね」

「原因は何？　変なものを食べたとか？」

「さあね。誰にもわからない。いつ始まったことなのかも。噂《うわさ》だと、最初の影人間《シャドウ・ピープル》が生まれたのはエリトリアの国境地帯だったらしい。ずっと紛争が続いてるところさ……。原因はわからないけど、命の危険を感じている人ほど、影になる可能性が高いって言われてる。身体を捨ててでも、生き延びようとする本能が働くのかもね。あっちじゃ、命を脅《おびや》かすものには事欠かないから」

あたしは何も言えなくなって、足元の砂をただ蹴った。貝殻の欠片が、砂粒に交じって飛んでいく。

「パニックにならないのかな」あたしは訊いた。「いきなり、身体がなくなっちゃってさ」

「最初のうちは、そうだったかもね。でも、みんな次第にわかってきた。大切なのは身体じゃないって。ソフィー、君は人間の魂って、どこにあると思う?」

「魂?」

「別の言葉でもいい。意識とか、心とか」

「頭の中、かな」

「はずれ」と彼は笑った。

「ほとんどの人が、魂は身体の中にあるって考える。頭とか心臓とか、そういう場所にね。でも、本当は違うんだ。魂は身体のなかじゃなくて、外にある。つまり、ここさ」

彼は影たちを指差した。

あたしは目をしばたたかせ、日に焼けた彼の顔をじっと見つめた。冗談だと思ったけれど、ふざけているようには見えなかった。真剣に、あたしに対してひとつの真実を告げていた。

「でも、そんなの……変じゃない? あたしたちの心が、影のなかにあるなんて——。だって、普通は頭の中にあるって思うでしょ?」

「どうして、それが正しいってわかる?」

ロランは立ち上がると指を伸ばし、自分の瞼《まぶた》にそっと触れた。

「君がそう感じるのは、君の両目が頭についているからだ。それを通して世界を見ているから、何となくその奥に自分がいると思い込む」

「それの何がおかしいの?」

「おかしくはないさ」ロランは静かに答えた。「むしろ、素朴で自然な考えだ。でも、人類はほんの数百年前まで、地球の周りを太陽が回ってると思ってた。その方がずっと自然だからね」

少しずつ、太陽が傾き始めていた。足元に伸びた影はもう、あたし自身より少しだけ大きい。膝を曲げてしゃがみ込むと、あたしの影も同じように腰を落とした。手を伸ばし、乾いた砂に触れる。そこに落ちた自分の影に触るように、その手を包むように、ぎゅっと砂を握り込む。

「ロラン」あたしは顔を上げて彼に訊ねた。「ひとつ訊いてもいい?」

「何?」

「あなたの影はどこにあるの?」

それは、ずっと気になっていたことだった。影の運び屋だと言うけれど、もちろんロラン自身にだって影はあるはずだ。けれど、九人の影の中には、彼らしきものはないように見えた。

「ぼくの影はこいつだよ」

ロランが立ち上がって手を上げる。同時に、影の一人が手を上げた。細身で短髪。太陽の高さを考えると、たぶん身長も同じくらい。

「髪型が違うじゃない」

あたしは指摘した。ロランの髪はくるくるの巻き毛だ。

「癖毛が嫌いなんだ」ロランは言った。「せめて、影だけはストレートにしたくてね」

「そんなことできるの？」

「練習すればね」

「すごいじゃん。あたしにも教えてよ、そのやり方」

「どうしてさ」

「見ればわかるでしょ。嫌いなの。学校じゃいつも揶揄われてばっかり。赤毛だし、癖も強くてさ」

「――そうかな」

ロランは穏やかにそう言った。微笑みながら右手を伸ばし、あたしのわずか手前で止める。触れられていないはずなのに、指先の熱を感じた気がした。目を落とし、影を見る。彼の影が、あたしの影に触れていた。

「このままでも可愛《かわい》いと思うけど」彼は言った。

自分の耳が赤くなる音がした。慌てて立ち上がり、顔を背ける。

「お世辞でも、ありがと」

あたしは横を向いたまま、なるべく素《そ》っ気《け》ない声をひねり出した。

「それで、どうするの。これから」

「夜の内にアザリアに行く」

何事もなかったかのように、ロランは答えた。その余裕が、ちょっと腹立たしい。

「そこまでが仕事だからね。アザリアから先は、別の運び屋がいる。ダルマツィオって名前のイタリア人だ。彼に影たちを渡したら、何とかして国に戻るさ」

「今夜？　無理だよ。フェリーは昼しか動かないの。潮が引いて島に戻れるようになる頃には、最終便は終わってる。明日にしたら？」

「昼間はなるべく隠れていたいんだ。船上はどうしても人目につくしね」

ロランは困ったように言った。

「おじさんの船がある」あたしは言った。「今夜はイカ釣りだからダメだけど、明日の朝なら使えると思う。フェリーに乗るよりはいいんじゃない？」

「まあ、そうかな」

「決まり！」

あたしは手を叩いた。

「一緒に来るつもり？」ロランが眉を上げた。「気持ちはありがたいけど、巻き込むわけにはいかない。もし、アザリアの連中に見つかったら……」

「連中って？」

「〈影狩り〉。ぼくたちはそう呼んでる」

「影を捕まえてるの？」あたしは顔をしかめた。「そんな話、聞いたことない」

「そりゃ、表立っては言わないだろ。密入国者を取り締まる自警団とか、そういうことにしてるのさ。世間的にはね。影を逮捕する法律なんてもちろんないから、運び屋の方を狙うんだ。逆に、ダルマツィオの手に影が渡ったら、連中も簡単には手を出せない。彼はれっきとしたイタリア人だからね」

「あたしだってそうだよ」

「ダメだ。見つかったら、密入国の共犯だと思われる。遊びじゃないんだ、ソフィー。この仕事に関わる以上、どこで命を落としたっておかしくない」

彼はシャツの裾《すそ》を上げ、包帯をちらりと見せた。

「この傷は、向こうを出る時に撃たれた。最近じゃ、取り締まりが厳しくなってね。どこもそうさ。この国だって変わらない。命がけなんだ」

「撃たれたって……、ちょっとした事故だって言ったじゃない！」

あたしは声を荒らげた。

「そうだったかな……」ロランはもごもごと言った。「別に、どっちでもいいだろ」

「良くない。あたし、嘘つかれるの嫌いなの」

両手をぎゅっと握りしめて、彼を睨む。

「わかったよ。ごめん」

彼は肩を落とした。

「他に嘘ついてること、ないよね？」あたしは訊ねた。

「ああ」と彼は答えた。「ないよ」

4

「一つ訊いてもいいかな」

祖母の話を遮り、オスカルが尋ねた。

「いいとも。二つでも五つでも、好きなだけお訊き」

「ばあちゃんの話が本当だとして、じゃあ脳はどこにあるの？　人間の意識を作ってるのは脳みそだろ。影には脳がないじゃないか」

「だから、影に心があるのはおかしいって？」

オスカルは頷き、祖母を見つめた。彼には——この年頃の男の子というのは皆そうなのだが——自分がリアリストだという自負があった。同い年の子供たちよりずっと多くの本を読んできたし、現実的な物の見方をする方だと思っていた。実際、両親は彼のことをそう評した。彼からすれば、祖母が語っているのは呆《あき》れるほど陳腐な作り話に過ぎなかった。

「CDって知ってるかい？」

「え、何？」

「CDだよ。大昔はこれくらいの平べったい円盤に、色んな音楽を記録してたんだ」

「それなら知ってる」オスカルは自慢げに言った。「おじさんが大事そうにコレクションしてる、あれだろ」

「それはレコードだね。似てるけどちょっと違う」

まあいい、と祖母は話を仕切り直した。

「お前が言う脳みそっていうのは、つまりそれだ。レコードさ。音楽が聴けるからって、あの薄っぺらい円盤の中で誰かがギターを弾《ひ》いているとは、お前も思わないだろ?」

オスカルは頷いた。

「レコードは、誰かが演奏した音楽を溝の中に記録する。脳みそも同じ。お前の心が考えたことを皺《しわ》に写し取ってるだけ。脳みそが心を作ってるわけじゃない。レコードがギターを弾いてるわけじゃないのと同じにね」

「でも……」

オスカルは食い下がった。このままだと、祖母に言いくるめられてしまう。それはひどく悔しかった。

「やっぱり変だよ。影は影だし、身体は身体だろ。影を踏まれたって痛くないもん」

「お前は自分の髪の毛を切るとき、痛いと思うのかい?」

祖母は可笑《おか》しそうに訊ねた。

「面白い話をしてやろう。何十年も前に、ある大学が実験をしたんだ。机の上に手を突き出して、そこに強い光を当てる。そのときの脳波を計るのさ。光が腕に当たると、脳が一定の反応を示す。それを記録して、今度は腕じゃなくて影の方に同じように光を当てたんだ。すると、脳は腕に光が当たったときと、まったく同じ反応を示した。わかるかい? 人間にとって、身体と影は同じものなのさ。どちらが本体かなんて、いったいどうしてわかる?」

オスカルは降参するように長い息を吐いて、椅子の背もたれに反《そ》り返った。まったく、今夜の祖母はえらく頑固だ。いつもなら、適当なところで負けを認めて、彼に花を持たせてくれるはずなのに。

窓の隙間から冷たい夜風がしのび込み、むき出しになった彼の首を撫《な》でた。上着を羽織ってくるべきだったと後悔しながら、サイドテーブルに視線を向ける。ミルクはすっかり冷めてしまっていた。膜《まく》が張り、真冬の湖のようだ。ふいに、オスカルは祖母がそれを一口も飲んでいないことに気が付いた。

「飲まないの？」

カップを指差してそう訊ねる。ほんの一瞬だけ、祖母の表情が強張ったような気がした。

「ああ、うん。冷めちまったね」

「大丈夫？　ひょっとして、無理してる？」

「馬鹿言うんじゃない」祖母はわざとらしく鼻を鳴らした。「で、質問は終わりかい。なら、続きを話させておくれ。ここからが面白いところなんだ――」

そして、彼女はオスカルの答えを待つことなく、再び語り始めた。

目を覚ますと、真夜中だった。時計の針の蓄光《ちくこう》塗料が十一時過ぎを指している。細く開いた寝室の窓から話し声が聞こえた。パパたちが帰ってきたのだ。

あたしはシーツを頭の上まで引っ張り上げた。パパには夕方に叱られたばかりだったからだ。

結局、家に戻ったのは六時頃だったし、キャンプ場に行ったことも怒られた。今は、パパの声なんて聞きたくない。

「ジャコモから返事は？」

おじさんの声だ、とあたしは思った。酔っているのか、いつもより大声で、シーツ越しにもよく聞こえる。その後に、知らない男たちの声が続いた。

「いや、出ない。寝ちまったんだろ。いつものことさ……、朝にまた連絡しよう」

「今夜じゃなくて平気か？」

「大丈夫だろ。船外機は壊れてた。ゴムボートが使えない以上、まだこの島にいると思うね」

――ゴムボート？

あたしはシーツから顔を出した。

「どう思う。ルカ」

「今朝、松林の方で影を見た。キャンプ場の跡地だ」パパの声が答えた。「ただの人影じゃない。ひょっとしたら、ソフィーのやつが何か――」

ぎょっとして、シーツの裾を握りしめる。心臓が早鐘《はやがね》を打ち、頭に大量の血を送り込んだ。

パパが影のことを話している。キャンプ場でミラの影を見たから？　いや、違う。今のはずっと前から影たちのことを知っていたような口ぶりだった。

答えは一つしかない。パパはあたしに嘘をついてた。夜になるたびに出かけてたのは、釣りのためなんかじゃなかったのだ。

あたしは背中を丸め、薄いシーツ越しに膝を抱えた。胃がよじれて、吐きそうだ。自分の息遣いだけに意識を集中して、必死に吐き気をやり過ごす。

しばらくそうしていると、少しだけ気分が良くなった。大きく息を吸い、寝間着の上からパーカーを羽織って、部屋を出る。階段の下で、酒瓶の触れ合う音が響いていた。

「起きたのか、ソフィー」

キッチンに下りていくと、パパが驚いたように顔を上げた。両頬《りょうほほ》のてっぺんがすでに赤い。

「うるさいんだもん。目が覚めちゃった。騒ぐなら余所でやってよ」

何でもない風を装いながら、あたしはキッチンを占領した大人たちを用心深く見回した。パパとベルナルドおじさんを挟むように、知らない顔が並んでいる。

「お前も飲むか?」

「やめてよ、そういうの。ママに言うから。それより、捕まえたの?」

おじさんの笑顔がわずかに強張った。パパの表情は下を向いていてよく見えない。

「何を?」

「イカだよ。釣り行ってたんでしょ」

「ああ」おじさんが苦笑いして答えた。「けど、逃げられた。信じられない大物だったよ、まったく」

「ふうん。そのせいで船が壊れたの?」

「何だって?」

「だって、聞こえたよ。船外機がどうとかって」

おじさんたちが一斉に顔を見合わせた。キッチンの空気に後ろめたさが滲む。その反応で、あたしは確信した。間違いない。パパたちが〈影狩り〉なんだ。

動揺を気取《けど》られないよう、水を一口飲んで、キッチンを出た。店の方に行き、明かりを点《つ》けないまま手探りでクラッカーの袋を取る。吐き気はどこかにいってしまい、ひどくお腹《なか》が空《す》いていた。

店先の階段に座って、クラッカーを齧る。舌の裏側にパサパサした欠片が貼りついて、気持ち悪い。パーカーのポケットから携帯を取り出して、ママの番号にかけた。呼び出し音が鳴って、切れる。繋がらない。鼻先につんと潮風が香った。

潮の匂いを嗅ぐたび、自分が世界で一番孤独な女の子だって気持ちになる。

夏休みになると必ず、ママはあたしをパパのところに送りだす。「パパだってソフィーに会いたいのよ」なんて言ってるけど、大嘘だ。パパはあたしになんて会いたくないし、あたしだってこんな島来たくない。要するに、ママはあたしを厄介払いしたいのだ。ひとりきりの自由な夏を、若い友達と楽しんでいるのだろう。

クラッカーの欠片を口の中で転がし、思い出に浸る。同じ家に住んでいた頃、パパとママはよく夜中に喧嘩《けんか》して、そのたびにあたしは家を抜け出した。そうすれば、二人が探しに来てくれるとわかっていたから。

たぶん、あれは何かの競技だったのだ。蹴球《カルチョ》と同じ。パパとママが、あたしという一つのボールを取り合っていた。でも、今は違う。知らないうちに、どこかで別のゲームが始まっていて、あたしは誰もいないグラウンドに置き去りのままだ。

上を向く。瞳の中で、月の輪郭がじわりと滲んだ。

あたしは、あたし以外の人たちがみんな喧嘩をしていてほしい。世界が平和にならないでほしい。そうすれば、きっとみんな、あたしにだけは優しくしてくれるから。

「売り物だろう、それ」おじさんの声がした。「兄貴に怒られても知らないぞ」

店のドアが軋みながら開き、重たい足音が背後から近づく。

「お説教？　パパの代わりに」あたしは振り向かずに訊いた。

「様子を見てきてくれとさ」

「自分で来ればいいのに」

「そしたらお前、逃げるだろ」

おじさんはため息を吐いて、あたしの一段上に腰を下ろした。革と煙草《たばこ》のむわっとしたにおいが鼻をつき、あたしは小さく咳き込んだ。

「学校はどうだ？　ミラノの方は寒いだろう。ここと違って太陽も碌に見えやしない。毎日霧がかかってるって聞いたぞ」

「それは嘘。この話、もう五回はしたよね」

「心配してるんだ。兄貴も俺も。北の連中《ポレントーニ》は最悪だからな」

「別に」

学校でのことは何ひとつ、パパたちに知られたくなかった。南部訛りを揶揄われることも、南《テ》の田吾作《ッローネ》って陰口を叩かれていることも。

「心配しないで。平気だから」

「無理はするな。何かあったら俺たちに言え。離れてても、家族なんだ」

「かもね」あたしは曖昧に答えた。パパに告げ口したくせに。

「なあ」おじさんは少し声を張った。「ぼやぼやしてる奴《やつ》は、潰される。俺と兄貴がこの島で学んだことだ。潰されるくらいなら、潰してやれ。それが生き抜くってことだからな。この島だけじゃない、世界中どこだって同じさ」

おじさんはあたしの手からクラッカーをかすめ取ると、小気味良い音を立てて齧った。

おじさんは何もわかってない。

自分より弱い人間をどんどん潰して追い出していったら、いつかまた、自分が弱くて潰される側になるってことを。

「ねえ」あたしは訊いた。「おじさんが子供の頃は、教室にも外国の子たちがいたんでしょ」

「ああ、いたな。島はそうでもなかったが、本土の方には大勢いたらしいぞ」

それを、パパたちが追い出した。

「いいな。羨《うらや》ましい。そういう時代に生まれたかった」

「どうして」

「わからない？」

あたしは口の端を歪《ゆが》めて笑った。

「わからないなら、いい」

おじさんの手にクラッカーの残りを押しつけて立ち上がる。小さな箒星《ほうきぼし》が一滴、誰かの涙みたいに夜の中を落ちていった。

翌朝、ロランは船着き場で待っていた。大きめの漁船に隠れるようにして、周囲の様子を窺っている。まだ薄暗いのに、足元にはくっきりとした九人の影が見えた。桟橋《さんばし》には人気《ひとけ》がなく、数羽の海鳥がイワシの死骸《しがい》をつついていた。

「悪い知らせ」とあたしは言った。「ボートがパパたちに見つかった。たぶん、警備隊に通報される」

「なら、早く出よう」

おじさんの船は、船着き場の一番奥にあった。四人座るのがやっとくらいの小さな船だ。白いペンキの剝げかけたサンダルみたいな船体に、不恰好な船外機がついている。

「さ、乗って」

甲板の両端で向かい合い、バランスを取るように座る。ナップザックを下ろす時に危なっかしく揺れたけれど、しばらく動かずにいると船はバランスを取り戻した。ロランがもやい綱を解き、エンジンをかける。船はよろよろと走り出した。

首を反らせて、船着き場の方を振り返る。港を囲む家々は色褪《いろあ》せながらもカラフルだった。赤い屋根や青い屋根、紫の扉、緑の壁……。かつてここが漁師町だった頃の名残だ。漁師たちは皆、海の上からでも自分の家がわかるよう、屋根や壁を思い思いの色で染めたのだ。

「ねえ、何か手伝うことある？」

大してやることがないのはわかっていた。形だけの質問だ。ところが、振り向いたロランは唐突に意味のわからないことを言った。全然知らない外国の言葉だ。

「え、何？」

「おっと、ごめん」

あたしがぽかんと口を開けると、ロランはすぐに元に戻った。

「今のはぼくじゃない。ちょっと身体を貸していたんだ。船の操縦は苦手でさ」

「貸してた？　影の一人にってこと？」

思わず船べりから腰を上げる。船が揺れ、あたしは慌てて元の姿勢に戻った。

「あたしの身体も動かせたりするの？」

「心配しないで」ロランは宥《なだ》めるように言った。「勝手に身体を乗っ取ったりはしないから」

「あ、ううん。そういうことじゃないの。あたしがうんって言えば、代わりに身体を動かせるのかなって」

「訓練すればね。でも、簡単じゃない」

ロランは舵《かじ》を軽く動かし、船首を波の正面に向けた。海面が弾《はじ》け、肩に冷たい水がかかる。

「影と身体の関係は、この船と同じだよ。甲板《かんぱん》にはたくさんの人が乗れるけど、舵を取るのは一人だけ。普段はもちろん君が、というか君の影が握ってる。他の影に身体を貸したかったら、まず舵を渡さないといけない」

「じゃ、やってみる」

「そう簡単じゃないよ」ロランは笑った。「誰かに舵を渡すためには、舵を手離さなきゃいけない。それが一番難しいんだ。大抵の人間は、そもそも自分が舵を取ってるって自覚もないからね」

「寝てる間なら？」

「まあ無理だな。生きてる限りは……」

「つまり、死体なら操《あやつ》れるってこと？」

「死んだ身体は空っぽだ」ロランは躊躇いながら答えた。「影は魂だからね。よく言うだろ。死人には影がないって」

あたしは自分が死んだところを思い描こうとした。棺桶《かんおけ》に入ったあたしの身体から、影だけがすうっと抜け出して天国に向かうのだ。それは何だか、ひどくバカバカしい光景に思えた。

航海は順調だった。波はおだやかで天気もいい。徐々に気温が上がり始めていた。

「ねえ、訊いてもいい？　どうしてみんな、海を越えるの？」

「向こうが酷《ひど》い場所だからさ」

ロランは目を細めて、他人事《ひとごと》のように言った。

「たとえば、戦争。政府の軍用機が毎日爆弾を落として、道端《みちばた》に死体がごろごろ転がってる国がある。何もしていないのに突然逮捕されて、半年間拷問《ごうもん》にかけられた人もいる。もっと単純に、貧しくて明日のパンも買えない人がいたりもする。昔はそういうとき、自分の足を使って逃げ出した。砂漠を越えて、海を渡った。生きるために」

彼は息を吐いた。

「でも、今は違うでしょ？　影になったなら、殺される心配もないじゃない」

「そうとも限らないさ。影になろうと思ってもなれない人はたくさんいるし、そういう人は身体を持ったまま逃げるしかない。それに、影になったとしても、結局身体は必要なんだ。誰かの身体を借りていないと、形を保てずに消えてしまう」

「家族とか友達の身体を借りたら？」

「そうしたよ。最初のうちはね。影たちの存在が噂でしかなかった頃は、それで上手くいった。

でも、そのうち影人間の存在は、誰もが知る事実になった。増えすぎたんだ。内戦状態の国でそんなことが起きたらどうなるか、わかるかい」

波が船べりを叩いた。遠くに漁船の影が見える。怪しまれないよう、ロランは朗らかに手を振った。

「連中はいつだって新しい敵を探してる。影たちの存在は恐怖と憎悪を煽《あお》るのにぴったりだった。もちろん、影を直接捕まえるわけにはいかないけど、やり方はある」

「――影を匿《かくま》ってる人を捕まえればいい」

「そういうこと。あっという間に、影人間は嫌われ者になった。どの国でも。誰だって、拷問されて死にたくはないからね。影たちだって、家族や友達を危険に晒《さら》したいわけじゃない。それで、安全な身体を求めて国を出始めた」

もちろん保証は何もない、とロランは言った。

「身体を間借りするには、持ち主の許しが必要だ。こっそり潜り込もうとしても追い出される。外国に家族や親戚がいればまだいいけど、そうじゃなかったら、よほどのお人好《ひとよ》しに巡りあう幸運が必要だ。それでも、元の国にいるよりはマシなのさ。平和な国でなら、影を何人も引き連れていたって、ちょっとした御伽噺《ファンタジー》で済むかもしれない」

「みんなもそうなの？　行き先未定？」

あたしは甲板に映った影たちを指差した。

「いや。地中海のルートを選ぶのは、ヨーロッパに家族がいる人が多いかな。最近じゃ珍しいんだ。今は陸路でトルコに行く方が主流だし。だけどほら、イタリアはEUを抜けただろ。あの時、分断された家族がたくさんいたんだ。父親が先に海を渡って、家族を呼び寄せようとしたところで国境が閉鎖されちゃってね」

「じゃあ、これから会いに行く運び屋が、みんなを家族に会わせてくれるんだね？」

「直行便とは限らないけど」ロランは言った。「ありがたいことに、ぼくたちを助けてくれる運び屋は一人だけってわけじゃない。正確な数は知らないけど、イタリアだけで数十人はいるんじゃないかな。十九世紀アメリカの地下鉄道の現代版さ……。みんな、何人もの運び屋を乗り継いで、目的の場所を目指すんだ」

そう言った彼の目は、どこか遠い場所を見ていた。

あたしはナップザックからペットボトルを取り出し、一口飲んだ。「飲む？」とロランに訊ねると、彼は軽く手を振って断った。そう言えばこの二日間、何かを口にしているところを見ていない。やっぱり、傷の調子が悪いのだろうか。そもそも、大した怪我じゃないと言うなら、どうして一度も包帯の下を見せてくれないのだろう。心配だったけど、言葉にするのは躊躇われた。

水が半分ほどなくなったところで、島の影が見えてきた。アザリアは、モレルよりもずっと大きな島だ。起伏の激しい土地のあちこちから、昔の砦《とりで》が煙突《えんとつ》みたいに突き出している。切り立った断崖《だんがい》のうえに、石積みの城壁が見えた。

港は混みあっていた。派手な色のシーカヤックが、イルカの群れみたいに行き交って鬱陶《うっとう》しい。波止場には真新しいヨットやモーターボートが並んでいた。大抵は、夏場にほんの数回乗られるだけ。持ち主によっては、一度も船を出さないことだってある。豊かさを持て余した都会の人間にとって、最新型のモーターボートは見栄《みえ》と虚勢の道具なのだ。

ロランは巧《たく》みに船を操ると、小型ボートに挟まれた外海寄りのスペースに船体をそっと滑り込ませた。鈍い衝撃とともに、舳《へ》先《さき》が桟橋にぶつかる。船を下り、もやい綱をしっかりと結んだ。

「ここまででいい。ありがとう」

「最後まで付き合うよ。まだ何もしてないし」

「船を貸してくれたろ。マズラーじゃ、それだけで何十万って金がかかる」

ロランはわずかに顔を背けた。

「それに、次の運び屋がどこにいるのか、ぼくもよく知らないんだ。ポポロ広場の近くってことだけ。一日仕事になるかもしれない」

「尚更《なおさら》、助けが必要じゃない。広場がどこにあるかも知らないんでしょ。ラバト地区よ。一応教えてあげるけど」

彼の腕を取り、ぐいと引いて歩き出す。本当は直《じか》に肌を触りたかったけど勇気がなくて、シャツの袖越しで我慢する。

ラバト地区は港の西側だった。石造りの建物が所せましと立ち並び、緑色の鎧戸《よろいど》が閉じたり開いたりしながら、秘密の暗号を送っている。張り出したバルコニーで、下着姿のおじいさんが煙草をくゆらせていた。目が合いそうになって、慌てて視線を上に向ける。魚屋の店先に並んだバケツの中から、アサリがぴゅっと水を吐いた。慌てて避《よ》けようとして、ロランにぶつかる。跳ね上がった心臓を抑えて上を向くと、張り巡らされた洗濯ロープと、はためくシャツが目に入った。ジェラートを持った観光客とすれ違い、道を譲る。

「アジア系の人が多いね」ロランが囁いた。「中国人かな」

「昔からこうだけど。来たことないの？」

外国人嫌いのパパでさえ、アザリアにいる中国人《チネージ》の悪口はあまり言わない。EUを抜けて以来、イタリアにとって中国は一番のパートナーだからだ。お金を貸してくれたり、大きな港を造ってくれたり。もっとも、港を造るのに選ばれたのは、モレルじゃなくてアザリアの方で、パパはそれが大いに不満だったのだけど。

目抜き通りの端々に目をこらす。チェックのシャツを着た観光客、タンクトップ姿の若い女、垂れ下がった胸でポシェットの紐《ひも》を挟んだ老婆。ダルマツィオって名前がしっくりくる人間は見当らない。警察官らしい制服が遠くに見えて、反射的に目を逸らす。

あたしはふと不安になった。いったい、どれだけの数の人間が、影たちのことを知っているんだろう。パパたちが、すでに島のみんなに話していたら？

「それはないと思う」

あたしが不安を口にすると、ロランは冷静に答えた。

「それとも、誰かからそういう話を聞かされたことがある？」

もちろん、ない。どうしてだろう、とあたしは思った。本気で影たちを捕まえたいなら、秘密にしておくメリットなんてないはずだ。むしろ、話をどんどん広めて、影たちの存在を公《おおやけ》にすればいい。その方がずっと、彼らを捕まえやすくなるはずなのに。

「さあね」ロランは笑った。「連中に会ったら聞いてみてよ」

広場に出ると一気に視界が開け、日の光が強くなった。奥には古い修道院が聳《そび》え、南国風の街路樹が広場を囲うように植えられている。大勢の人が行き交い、数人ずつの立ち話の輪が、広場に無数に作られていた。

「ねえ。あそこの男――」

あたしは足を止め、ロランに囁いた。すぐ右手にバールの白いパラソルが立ち並んでいる。その一番端に、新聞を持った男が座っていた。ぱりっとした白のシャツに、くたびれたサンダルがそぐわない。

「今、あなたの顔を見た瞬間に新聞で顔を隠した。怪しくない？」

「どうかな。偶然かも」

「持ち方も変だよ」あたしは指摘した。「新聞が斜めになってる。あれじゃ、文字が読みづらいと思わない？」

ロランは頷き、男に向かって歩き出した。二羽のハトが視界を横切って石畳《いしだたみ》に下り立ち、パン屑《くず》をついばむ。次の瞬間、男は弾かれたように立ち上がり、読みかけの新聞をその場に捨てて走り出した。隣にいた中年女が、大げさな身振りで椅子を引く。男はパラソルの隙間を縫うように走ると、そのまま狭い路地に飛び込んだ。豊かな髭《ひげ》をたくわえた顔がちらりと見える。

「追って！」

あたしが叫ぶ前に、ロランは走り出していた。男の後を追って路地に飛び込む。雑貨屋《タバッキ》の看板の下をくぐり、傾斜のきつい階段を一段飛ばしで駆け上がる。男の足は速かったけど、追いつけないスピードじゃなかった。ロランの方がずっと若いし、体力もある。差が出るとしたら土地勘《かん》だ。

路地は迷宮のようだった。階段状の坂道が入り組んで折れ曲がり、あちこちに袋小路《コルテ》が待ち構えている。平坦な道なんて一つもない。切り通しや分かれ道、抜け道、階段、坂、抜け道、胡散《うさん》臭《くさ》い物売りたちを蹴散らして、また階段。

おかしい、とロランの後を追いながらあたしは思った。彼の話しぶりだと、もう何度も運び屋として仕事をしている相手のはずだ。どうして逃げる必要があるのだろう。そもそも、名前だけで顔を知らないというのも妙な話だ。仕事を引き継いだばかりなのだろうか？

石灰《せっかい》の袋を飛び越え、続けざまに見通しの悪い角を曲がる。いない。

「どうしよう」あたしは早口で呟《つぶや》いた。「見失っちゃった」

「ハーシム」

ロランが囁く。数人の影が足元からするりと抜け出し、二手に分かれて角の先に消えた。くすんだ白い壁に影たちの黒さがびっくりするくらい映えている。

「ちょっと。誰かに見られたらどうするの」

「笑って誤魔化《ごまか》すさ」

程なくして、一人の影が戻ってきた。コウモリ傘を持った女の影だ。左の道を指差し、それから三つの指を立てる。

「三階か」

女の影に導かれて少し進むと、古びたアパートが現れた。運び屋はここに逃げ込んだらしい。二階の窓が全開になり、大音量のテレビ番組が聞こえていた。不法移民たちの新たな手口について、コメンテーターが声高に語っている。

あたしたちは足音を殺して外階段を上り、三階へ向かった。ドアの向こうは薄暗い。煙草の匂いが、澱んだ廊下の空気に滲んでいた。

女の影が、手前から三枚目のドアで止まった。

自分の呼吸音が、いやに大きく聞こえる。あたしは唾を飲み込むと、汗ばんだ手でノブを回し、中に入る。

殺風景な部屋だった。くすんだクリーム色の壁紙に、薄緑のカーテン。隅に置かれた洗濯機が鈍い音を立てて回り、部屋全体を揺らしている。

部屋の奥に男がいた。ダルマツィオだ。窓枠に手をつき、荒い息を吐いている。

「バカ」と彼は言った。「どうして来たんだ。ずっと合図を出してただろ」

「合図?」

「新聞を斜めに持つのは――」

その時、下の階から漏れ出ていたテレビの音が消え、不揃《ふぞろ》いな足音が耳に届いた。慌てて振り返ったが、すでに手遅れだということは考えなくともわかった。誰かが階段を駆け上がり、全速力でこちらに向かってくる。尾《つ》けられていたのだ。

「逃げろ」とダルマツィオが言った。

でも、逃げられなかった。ドアに駆け寄る前に、廊下から二人の男が姿を現す。一人は見たことのない男だった。もう一人は――。

「ソフィー」ベルナルドおじさんが言った。「パパに怒られても知らないからな」

5

「おじさん」

あたしは反射的にロランの手を取り、強く握った。彼の手は相変わらず冷たくて、パニックになりかけた心を落ち着けてくれる。

「船の鍵を盗んだだろ」おじさんは静かに言った。「昨日の夜に。とんだ手癖の悪さだな。ミラノで覚えてきたのか？」

「だらしないのが悪いんでしょ」言いながら、後ずさる。「これに懲《こ》りたら、次からは自分の家で飲んでよね」

おじさんは後ろ手にドアを閉め、困ったような顔であたしを見た。

「なあ、悪かったと思ってる。先にちゃんと説明しておくべきだったよな。俺たちの仕事のこととか、影のこととか、色々」

「馬鹿にしないで。説明されてたら、あたしが彼を裏切ったって本気でそう思ってるの？」

「ぼやぼやしてる奴は潰される」

痺《しび》れを切らし始めた隣の男を左手で制して、おじさんが言った。

「島を守るのが俺たちの仕事だ。静かに暮らしているだけなのに、どうして巻き込まれなくちゃならない？　昔からそうさ。俺たちがガキの頃、ここの海は外から来た連中で溢《あふ》れてた。ひどかったよ。親父《おやじ》もそのせいで船を失くした。溺れてる親子を助けたんだ。岸に着くなりそいつらはどっかに逃げちまって、親父だけが後で警察に捕まった。船は没収さ。俺と兄貴が受け継ぐはずだったのに」

「そんなの、昔の話じゃない」

「今だって変わらん」とおじさんは言った。「選挙に勝ったとき、俺たちはこれで全部変わると思った。イタリアはEUを抜けて、国境も閉ざした。俺たちは自分の国を取り戻せるはずだった。それでどうなった？　今度は影ときた。何も変わっちゃいない。俺たちがどれだけ海を閉ざしたところで、連中はお構いなしにやってくる。手を替え品を替え、同じことの繰り返しだ」

「だったら、入れてあげればいいのに」

あたしは憤慨《ふんがい》した。

「ただの影だよ。いいじゃん、それくらい」

「お前は知らないだろうな、ソフィー。〝それくらい〟の積み重ねが、俺たちの暮らしを壊してきたんだ」

「それに、そいつは密入国の常習犯だ」隣の男が冷たい声で口を挟んだ。「影じゃない。それとも、今ここでビザを見せてくれるのか？」

「いいとも。見せてやるよ」

ロランは左に一歩動いた。あたしの手をぎゅっと握る。

「ハーシム！」

彼が叫ぶのと同時に部屋のドアが勢いよく開き、おじさんの背中に激突した。痛みに呻《うめ》き、おじさんがよろける。ロランはその隙を逃さなかった。あたしの腕をぐいと引き、部屋を飛び出す。廊下にいたのは二人の影だった。ハーシムとミラだ。二人とも輪郭が滲んで、形が崩れ始めている。

間一髪のところでハーシムたちがドアを閉め、ロランの身体に戻った。部屋の中で揉《も》み合うような音がして、くぐもった怒声が響く。逃げろ、というダルマツィオの声が壁越しに聞こえた。必死に廊下を駆け抜け、外階段に出る。

「下はダメだ」

ロランは言って、階段を下りようとしたあたしの首元を摑み、引き戻した。

「仲間が張ってる」

「上は行き止まりだよ」

でも、他に手はなかった。鳥の糞《ふん》にまみれた階段で屋上に向かう。赤い瓦《かわら》屋根のパノラマが広がり、その向こうにレモン畑が小さく見えた。二人分の足音がすぐ下で響き、男の怒《ど》鳴《な》る声が聞こえた。

屋上は真っ白だった。何本ものロープが視界を横切り、乳白《にゅうはく》色のリネンが夏風の中にはためいている。

ロランはあたしの手を引いて、一番大きなシーツの陰に身を隠した。洗剤の香りが、潮風の匂いと混じり合う。風をはらんだシーツがふわりと揺れて、あたしたちの身体を包んだ。身体が密着し、心臓の鼓動が跳ね上がる。階段を上ってくる足音が聞こえた。

「これからどうするつもり」

「船に戻ろう」ロランは囁いた。「港はどっち？」

あたしはシーツの端をわずかにめくり上げ、屋上の東端に設置された貯水タンクを指差した。

「ミラとハーシムを置いていく」彼は早口で言った。「念のためだ。ぼくたちが連中の気を逸らすから、合図をしたらタンクの方に走るんだ」

「ソフィー！」

おじさんの叫び声。ロランが飛び出し、七人の影がそれに続いた。影たちがぱっと散開し、はためくリネンの海に、七つの人影が映って揺らいだ。おじさんは屋上の入口で足を止め、苛立《いらだ》たしげに舌打ちをした。

「ダミーに構うな。お前は男の方を探せ」おじさんがもう一人の男に言った。「ソフィアは俺が何とかする」

口笛が聞こえたのはそのときだった。合図だ。あたしはシーツの陰から飛び出すと、二人の影を連れて駆け出した。ジャコモがあたしに気づいて指を差す。こっちを見るおじさんの目が、ほんの一瞬、乱暴な色を帯びた。

「来ないで！」

手近なシーツを引っつかみ、おじさんに向かって投げつける。真っ白なシーツは、骨の折れた幽霊みたいにくしゃくしゃになって地面に落ちた。おじさんのブーツがそれを踏みつけ、伸びた腕があたしの手首をぎゅっと摑む。

「落ち着け、ソフィー」

力いっぱい暴れたけど、摑まれた腕はびくともしない。

「兄貴も俺も、お前のことが心配なんだ」

「あたし、パパたちを安心させるために生きてるわけじゃない」

おじさんの指が手首に食い込んだ。痛みに思わず悲鳴を上げる。

次の瞬間、おじさんが突然のけぞった。見えない誰かに殴られたみたいに。呻きながらさすった口元に、うっすらと血が滲んでいる。

あたしは咄嗟《とっさ》に視線を下げた。影だ。ハーシムの影がおじさんの——正確にはおじさんの影の——顔にパンチを食らわせていた。大振りの右ストレート。それから続けざまにボディーに二発。潰れたカエルみたいな声を上げて、おじさんがその場に膝をつく。

「やるじゃん」

力のゆるんだ隙をついて、腕を振りほどく。貯水タンクの方では、ロランがもう一人の男と揉み合っていた。体格は男の方が二回り以上大きいけれど、数ではロランが勝っている。七対一だ。けれど、男は明らかに戦い慣れていた。影たちの攻撃を躱《かわ》しながら、じりじりとロランを壁際に追い込んでいく。

「ハーシム、行って」

あたしが囁くと、影が走り出した。強い風が吹く。大きくあおられたシーツの一枚に、ハーシムの影が映った。あたしはロープの下をくぐり、シーツの裾をつかんで思い切り引いた。洗濯ばさみがパチンと跳ぶ。ハーシムの乗ったシーツが綺麗な放物線を描いて飛んでいき、意志を持った生き物のように男の身体に巻き付いた。

くぐもった怒声を上げる男を蹴り倒しながら、ロランがあたしを呼ぶ。

足元には、六人の影。

六人？

一人足りない。視線を走らせると、おじさんがこちらに向かってくるのが見えた。殴られたお腹が痛むのか、走り方がぎこちない。

おじさんが追っていたのは、一本の洗濯ロープだった。何枚ものシーツをくっつけたまま、ヘビのように地面を這っている。そのロープの先端を、コウモリ傘を持った女の影が摑んでいた。

女の影を、おじさんが追う。リネンの海をかき分け、くぐり、まとわりついたシーツを何枚も乱暴に引きはがしながら走る。けれど、身体を持たない女の走りは、あまりにも軽やかで、二人の差は歴然としていた。彼女はさらに速度を上げ、給水タンクの脇をすり抜け——フェンスの向こうへ跳び出した。

信じられない光景だった。長い洗濯ロープの先端が、八枚のシーツを引き連れて、放物線を描きながら飛んでいる。その先頭、一番大きなシーツの表面に彼女はいた。コウモリ傘を開き、風に乗って飛んでいる。

コウモリ傘の後を追って、影たちが次々と飛び出した。二枚目のシーツにはミラ、次のシーツにはハーシム。連なった八枚のシーツが、映画のスクリーンのように影たちの姿を映し出す。女の影はコウモリ傘で舵を取るようにして風に乗り、少しだけ北に流されながら、隣の屋上に着地した。

「行こう」ロランが言った。

「ここを滑り下りるの？」

今やロープは二つの建物の間にピンと張られ——ロープの向こう側は、八人の影たちが綱引きのように支えていた——一本の道を成していた。ロランは緊張した面持ちでシャツを脱ぎ、二重にしてロープにかけると、両手でつかんだ。

「つかまって!」とロランが言った。「手を離すなよ」

「言われなくても——」

その後は言葉にならなかった。ロランが屋上の縁を蹴って、宙に身を躍らせたからだ。ロープが軋み、そしてたわむ。あたしは命がけで彼の胸にしがみついた。風が耳元で逆巻《さかま》いて、他には何も聞こえない。恐怖に負けないよう、両目に力を入れてぐっと見開く。島の全景が、ひと息に目に飛び込んだ。石灰岩の明るい街並み、赤い瓦屋根の山脈、濃いグリーンの山影、綺麗《きれい》な曲線を描くアザリア湾と、そこを行き交う無数の船——。

東の高台に聳える鐘楼《しょうろう》を見たとき、あたしは思った。今よりも特別な瞬間は、きっともう訪れない。今のこの瞬間が、あたしの人生のてっぺんだ。

シーツが次々と身体にぶつかり、まとわりついた。息が苦しい。さっきまでの解放感がウソのようだ。でも、結局はそれで助かった。シーツがクッションになってくれなかったら、きっと骨が折れていただろう。三階の窓にぶつかり、痛みに呻くあたしたちを、影たちがロープごと引っ張り上げた。

「ありがとう」

肩で息をしながら、影たちに礼を言う。眩暈《めまい》がするほどの興奮に包まれていたけれど、息を整える時間はなかった。

「急ごう」

外階段を駆け足で下りる。最後の三段を抜かして跳ぶと、両膝に痺れるような衝撃が来た。よろけたあたしの身体を、彼が支える。

入り組んだ路地を何度も曲がり、目抜き通りに出る。むっとする熱気とともに、香辛料の匂いがした。露天商の脇をすり抜け、パン屑に群がるハトたちを蹴散らす。十二時を告げる鐘の音が聞こえた。

噴水のある広場を横切り、長い石段を駆け下りる。ついに船着き場が見えた。何本ものマストが、墓地に並んだ十字架のように揺れている。青いシートで覆われたボートの隣に、おじさんの船が見えた。

「急いで！」

あたしは桟橋に飛び降り、ロランに呼びかけた。海面に影が落ち、怯《おび》えた魚たちがぱっと逃げ出す。

ロランは動かなかった。桟橋に下りたところで足を止め、険しい顔で船の方向を見つめている。あたしは彼の視線を追って振り向き、その理由を知った。

船の甲板に男がいた。薄くなり始めた前髪。よく日に焼けた顔。洋ナシみたいに膨らんだお腹。羽織ったシャツにはイワシの写真がカラー印刷されている。男は耳に当てた携帯をゆっくりと下ろし、こちらを向いた。

「来なさい、ソフィー」

「パパ」

あたしは一歩、後ずさった。肺が凍《こご》えたように固まって、上手く呼吸ができない。こうなることを予想しなかったわけじゃない。さっきおじさんの隣にいたのがパパじゃなかったことに、むしろ驚いたくらいだ。

「ベルナルドから連絡が来た。あいつを殴ったらしいじゃないか」

パパは船べりをまたぎ、桟橋に下りた。

「あたしじゃないよ。ハーシムの影が——」

「そうか。影がやったのか」パパは顔を強張らせた。「それならお前、こうは考えなかったのか。影が俺たちを殴れるなら、ナイフで刺すことも、海に突き落とすこともできるんじゃないかって」

「ハーシムはそんなことしない」

「どうしてわかる？　仮にそうだったとして、他にどれだけの影が、俺たちの国に入り込んでる？　そいつらが何もしないって保証はあるか？」

「それは——」

「やろうと思えば、あんたも人を殺せるだろ」

ロランがパパに向かって言った。

「ナイフだって持てるし、銃も撃てる。影だけが特別なわけじゃない。あんたと同じことができるだけだ」

「本当にそうか？」

パパは怒りを込めてロランを睨み、それからすっと目を逸らした。まるで、何かを怖がっているみたいに。

「お前たちは俺を殺せるだろうが、俺たちの方は影を殺せない。不公平だとは思わないか？」

「あんたが公平さを語るのか？」

ロランは唸り、パパに向かって数歩を詰めた。裸の背中が、守るようにあたしの前に来る。

その時、あたしは気付いた。ロランの包帯が解けかけている。位置がずれ、少しだけ傷の様子が見えた。

ぞっとした。

「ロラン」

あたしは彼に駆け寄り、腕を摑んだ。ひどく冷たい。それに――。

「ねえ、お願い。ひとつだけ教えて」

「ソフィー？」

「どうして、汗をかいてないの？　あんなに走ってきたのに」

ロランの顔が、はっきりと強張った。

あたしは緩んだ包帯に指を入れ、躊躇いながらそれを下ろした。傷が――彼が頑《かたく》なに見せようとしなかった傷が露《あら》わになる。

銃創《じゅうそう》だった。目を覆いたくなるような傷が、右の脇腹に広がっている。肉がえぐられて穴が空き、周りの皮膚がどす黒い紫色になっていた。

「その傷」パパが息を呑《の》んだ。「どうして平気で動けるんだ？」

本当は、ずっと不思議に思っていたのだ。どうして彼が何も食べず、水すら飲もうとしないのか。どうして、あんなにも身体が冷たかったのか。どうして、香水なんて欲しがったのか。どうして、運び屋の顔や居場所を知らなかったのか。

どうして、九人の影の中に、彼に似たものがひとつもないのか。

船の上で、ロランはあたしに言った。生きている限り、身体の舵はその人の影が握っている。他の影が勝手に動かすことはできない。でも、死んでいる人間の身体なら、影たちは自由に動かすことができる。

今、ようやくわかった。ロランなんていう男の子はいない。初めからいなかったのだ。最初に出会った時にはもう、彼は死んでいたのだから。

「ソフィー」

「触らないで!」

あたしは彼の手をはねのけて、思い切り後ずさった。息が上がり、身体が芯から震え出して止まらない。

「彼の身体を乗っ取ったのね」

「違う」ロランは——ううん、ロランだと思っていたモノは言った。「マズラーの港を出る時に、彼が撃たれたの。必死に止血しようとしたけど、傷が深くて。それで、海の上で彼に言われた。自分が死んだら、代わりに身体を使えって。次の運び屋のところに辿《たど》り着けば、何とかなるはずだからって」

「どうして話してくれなかったの?」あたしは呻いた。「あたし、何だって信じたのに」

好きだったのに。

そう言いたかったけど、言葉がのどにつかえて出てこなかった。代わりに胃の奥から酸っぱいものがこみ上げて、思わず身体を折り曲げる。騙されたという怒りが涙とごたまぜになって、溢れそうだった。桟橋に膝をつき、何度も荒い息を繰り返す。

嘘つき。嘘つき。

「信じてたのに」

「――ごめんなさい」

影の一人が、あたしに向かって許しを乞うように手を伸ばした。ロランの腕が、釣られて動く。この影がずっと、彼の身体を動かしていたのだ。彼と似たような背丈、同じくらいの体型。でも、髪の毛だけが違う。巻き毛じゃなくてストレート。この影は、ロランじゃない。

あたしはこの影の名前を知らない。

ようやく、あたしは理解した。どうしてパパたちが影のことを誰にも話さず、秘密にしていたのか。

怖かったのだ、きっと。影たちの存在を認めれば、世界の形が変わってしまう。守ってきた大切なものが壊れてしまう。明日から、何を信じたらいいのかわからなくなる。それが怖くて、自分たちだけの秘密にした。目を瞑《つぶ》って、なかったことにしようとした。

その気持ちが、今ならわかる。

「お願い」と影が言った。「わたしたちを見て」

あたしは懸命に震えを抑え、見た。ロランの身体ではなくて影を見た。年齢も性別もバラバラの、九人の影たちを見た。身体を失い、故郷も失って、それでも希望だけは捨てず、必死に前に進もうとしている。

「名前」

「え？」

「あなたの名前。何ていうの」あたしは訊いた。

「ローラ」とロランだった影は答えた。

ローラ、か。

あたしは掠《かす》れた声で笑った。「知ってた」

だって、そんな気がしたんだ。

6

「――ばあちゃん？」

オスカルは怪訝《けげん》な顔で祖母を見つめた。それまで淀《よど》みなく流れていた物語が、急に聞こえなくなったからだ。

ベッドの上で、祖母は目を閉じていた。年老いて疲れた表情だった。眠ったのかもしれない。オスカルは何度も呼びかけたが、彼女は答えなかった。

彼は首を振って立ち上がり、座っていた籐編みの椅子を元の場所に戻した。今夜はもう、話の続きを聞くのは難しそうだ。

やれやれ、と彼は思った。ここからが、一番面白そうだったのに。九人の影たちは、結局どうなったのだろう。祖母はどんな道を選んだのだろう。遠い海の向こうの戦争は、その後終わりを迎えたのだろうか。

しかし、彼が一番気になったのは、それとは別のことだった。

——あの少年の名前は、何だったのだろう。

ロラン、ではないはずだ。それはきっと、ローラという少女がでっち上げた偽名だろう。だとしたら、あの少年の名前を知る者は誰一人いなかったということになる。それは何だか、とても可哀相だという気がした。

けれど、椅子を元の場所に片付け、枕元のクッションをきちんと直し終えた頃になると、その疑問も薄れていき、彼の意識から消えてしまった。結局のところ、全ては祖母の作り話なのだ。真面目に取り合ったところで、大した意味はない。

オスカルは大きな欠伸《あくび》を一つして、サイドテーブルに置かれたカップを片付けようと手に取った。結局、祖母は一度も口をつけなかったらしい。珍しいこともあるものだ。

「おやすみ」

彼は祖母の額にキスをすると、シェードランプの電球だけを残して寝室の明かりを消した。すっかり遅い時間になってしまった。母さんが怒っていないといいのだけど——。

寝室のドアに手をかける。ふっと部屋が暗くなった。誰かがシェードランプを消したらしい。祖母が起きたのだろうか？　月明かりが差し込む薄暗い部屋の中で、オスカルはベッドの方を振り向いた。

そして、見た。

影だった。祖母のものではない。子供のような姿だった。長い髪を三つ編みにして背中にふわりと垂らしている。レースのカーテン越しに差し込んだ月の光に照らされて、少女の影は壁の上で踊っていた。

オスカルは息を呑み、それをのどの奥で留《とど》めた。震えそうになる手を強く握りしめる。ベッドに落ちた祖母の影が大きく膨らみ、形を変えて、一人、また一人と新たな影を生み出した。腰の曲がった老人、コウモリ傘を持った女、そして短いストレートヘアの女の子——。

影たちは羽化《うか》した蝶《ちょう》のように舞い、踊り、互いに手を取り合って窓枠を乗り越えると、月明かりで満たされた夜のなかへと消えていった。

解説「果て」の先の旅へ

飛　浩隆

あなたがいま開いているのは、第十二回創元ＳＦ短編賞を「射手座の香る夏」で獲得した松樹凛《まつきりん》の初の著作であり、受賞作を含む四編の中短編が収められている。

デビュー作を手に取るのは楽しいことだ。未知の書き手がどんな作家なのか。私たちはぎこちなく作品に挨拶し、手さぐりでその魅力を知っていくことになる。幸い、編集者を介して作者にメールインタビューを行うことができたので、それも織り交ぜながら私なりの「初対面の記録」を残しておきたい。

さて、私が最初に松樹凛の作品を読んだのは〈紙魚の手帖〉vol. 03 FEBRUARY 2022 に掲載された**「影たちのいたところ」**（本書所収）だった。一読、強い印象を受け、すぐさまツイッターに感想を書いた。

松樹凛「影たちのいたところ」読了。まぎれもなくＳＦの舞台設定を使いつつ、そこに幻想文学的なギミックを導入して、ジュヴナイル的ノスタルジーと現代社会へのアクチュアルな態度が巧妙にバランスされていた。思春期の焦燥と疾走と。タイトルの巧さに読後膝を打つ。（二〇二二

年二月八日）

本作は、病床に横たわる老婆ソフィアに孫オスカルがミルクを運ぶ場面で幕を開ける。老いたとは言え一筋縄では行かぬ風情のソフィアが語るホラばなしが、オスカルは大好きなのだ。ソフィアは掛け値なしでとびっきりの話をしてやろうと前置きして、若き日の物語をはじめる。自分が世界一孤独な女の子だと感じていた頃に起こった忘れがたい物語を。

イタリア南部。少女ソフィアは毎年夏の三週間、田舎のしみったれた島にいなければならない。母と離婚した父と過ごすためだ。寂れた観光地、一緒に遊ぶ友だちもなく、雑貨屋を営む父や叔父はうっとうしい。そんな日々のある夕暮れ、海辺にゴムボートと意識のない少年が漂着する。九つの影を持つ少年が――。

枠物語の体裁、息苦しい日々を送る子ども、異人との出会い、不可思議な現象と胸躍る冒険。文章には良質な児童書をたっぷり吸収して紡がれたと感じられる手ざわりがあり、それがソフィアの抑えようもない生命力によって生き生きと駆動されていく。

と、同時に気づくのは、ノスタルジックな外見をまとったこのストーリーが実は未来のお話であることだ。細部にちりばめられた小道具や会話が繋がり合い、ヨーロッパに起こった変化（この現実に深く根差した変化だ）や舞台となる島々が置かれた現状が浮かび上がる。前半のなにげない描写がにわかに意味を持ちはじめ、「影たち」が何者かが明らかになり、それらすべてが無駄なくクライマックスを構成する。この巧みさに私は目をみはったが、物語の眼目は、ひとつのカタストロフのあと、情景が老ソフィアの枕元に戻ったあとに用意されている。タイトルの意味は刷新され、読者は余韻とともに、ソフィアが「その後」をどう生きたかの想像に誘われるのだ。

感想をツイッターに書いたのが編集者の目に留まったためか、先頃、本書の解説を打診された。そこで改めてこの作者のプロフィールを読む。

松樹凛は、一九九〇年生まれ。『飛ぶ教室』第五十一回作品募集佳作入選、第八回日経「星新一賞」優秀賞受賞。創元SF短編賞では、第十一回で「さよなら、スチールヘッド」が最終候補、その翌年本賞を射止めた。華麗な戦績に思えるが、実は創元SF短編賞へは四回応募しており、一回目が一次落ち、二回目が二次落ちだったというから辛酸もなめているわけだ。

小学校高学年のときに『ハリー・ポッターと賢者の石』が出版されて、ヤングアダルト系のファンタジー小説が大ブームとなり、大部のファンタジー小説が次々翻訳された時代に片っ端から読み漁った。高校からはミステリ、大学でもミス研に入り、在学中はミステリと海外文学ばかり読んでいたという。大学卒業後はまとまった読書時間をとるのが難しくなった関係で短編小説に入れ込み、海外作品――アリス・マンローのような純文学や、サマンタ・シュウェブリンのような奇想・不条理系の作品を特に愛好したが、面白い短編小説を渉猟するうちSFにも手を伸ばすようになった、という経緯らしい。

「影たちのいたところ」の面白さは論を俟《ま》たない。しかし解説を引き受けるかはもう一作読んで判断したい。時間をもらって、東京創元社のウェブサイトに発表されていた**「十五までは神のうち」**を読んだ。

舞台は、ここでも島である。三十年ぶりに瀬戸内海の瀬見島《せみじま》に戻ってきた〈ぼく〉はフェリーのタラップを降りる。スーツケースは軽快にころがる。一度息子に壊されたはずのキャスターは修理もしないのに元通りになっている。なぜか。その理由は開幕早々に明かされる。この世界の法制度とそれを支える〈微小タイムトラベル〉ともいうべき技術については、SFとしての大きな読みどころだからここでは書かない。しかし〈ぼく〉の息子はこの世から痕跡ごと姿を消したのだ。そして三十年前、この瀬見島で〈ぼく〉の兄もやはり存在を消している。

子どもがこの世から消えていなくなる予感、世界の根源的な不安のひとつだ。その不安が堅牢《けんろう》な法制度として確立されるに至るオルタネートな歴史の経過は、われわれの世界の歴史と絡み合う対位法を成す。「影たちのいたところ」でもそうだったように、われらの抜き差しならない現実――例えばX世代の憤りや反出生主義とアクチュアルに響き合うのだ。

しかし松樹の目が向かうのはむしろ〈ぼく〉が島で過ごす日々、現在と過去の日々にある。兄の恩師木村祥子《しょうこ》、幼馴染《おさななじみ》の高木怜奈《れな》、そして兄とその友人が織りなす懐かしさと哀切さを湛《たた》えた人間模様だ。しだいに物語は兄がなぜ消えたかに焦点を合わせていく。作者の読書歴を反映するかのように、奇想小説とホワイダニット・ミステリのみごとな溶け合いとなって、苦甘く忘れがたい読後感を残す。

さて、松樹が小説を書き始めたのはいつだったのだろうか。前述のメールインタビューからの本人の言葉で語ってもらおう。

はっきりしたことはあまり覚えていないのですが、たぶん小学校高学年〜中学生くらいだったと思います。（中略）『ムーミン谷の十一月』を読んだときに、「自分はもうこれ以上ムーミンの小説を読めないのだ」という事実に思い至ってショックを受け、自分でお話を考えるようになった記憶はあります。（中略）小学生の頃特に夢中になったのが竹下文子さんの『黒ねこサンゴロウ』シリーズで、これは本当に大好きでした。全十作のシリーズなのですが、こんなに面白い物語がたった十巻で終わってしまうということを受け容れられずに何十回と読み直し、お話の続きを自分であれこれ空想して過ごしていました。やはり、どこか二次創作的というか、自分が好きなお話やキャラクター、世界観をもっと膨らませたい、自分で動かしてみたい、という気持ちが原点にあるのだと思います。

本格的に新人賞に投稿をはじめたのは、大学在学中。社会人になったあと一時は仕事も小説もうまくいかず、いったんはモチベーションを失ったが、二〇一六年に放送された「魔法つかいプリキュア！」がきっかけでファンフィクションのライティングに熱中、本格的に作家をめざそうと意志を固めたという。「魔法つかいプリキュア！」については受賞時のプロフィールでも「キラッとプリ☆チャン」とともに言及されている。ちなみにアニメとしては「からかい上手の高木さん」「ヤマノススメ」などもお好きとのこと。

とは言え、本書の作品に二次創作の気配はない。先行作の蓄積に敬意を払いつつもあくまでオリジナルの作品だ。これまで見てきた二作が、緊密に練り上げられた短編であるのに対し、本書の残る二作はいずれも中編であり、構想の構えが大きく設定も語りもさらに複雑で重層的なものとなっている。

「さよなら、スチールヘッド」が第十一回創元ＳＦ短編賞の最終候補作になった際の選評を繰ってみよう。

> 破綻のない、見事なヴァーチャル作品である。（中略）なんというか、ケチのつけようがない作品。文章力はいちばんと思う。（堀晃氏）

> 落ち着いた緊張感のある文章がぴんと最初から最後までつづき（中略）世界設定のありようや、キャラクターの心理にも無理がなく、何より作中人物がきちんと『成長』し、そしてサプライズもある。（中略）気に入った点はいくらでも挙げられる。（宮内悠介氏）

当時から抜群の完成度に達していたことが窺える。惜しくも受賞を逃したのは、いまひとつ突き抜けた何かを望まれたということのようだが、作者の話を聞くと今回大幅な改稿がほどこされている。
物語は川の流れる緑豊かなキャンプ場からはじまる。しかし、そこはアイデスと呼ばれる仮想世界の一区画であり、主人公の少年エドは、慢性的な吐き気と潔癖症に悩まされる人工知性《ヴァース》だ。友人のフラニーは極度の不眠症が続いているし、デイヴィッドはここが仮想世界ではないと信じ、キャンプからの脱走をたくらんでいる。エドのオーナーのホリーは、身体性を矯正するためにエドをキャンプに送り込んだのだ。そんな彼らの前にある日、キャンプ運営者ポールの代理人を自称する女アニーが現れる。

しかし次の章で物語は驚愕の展開を示す。舞台は「歩く死体《ウォーカー》」の跋扈《ばっこ》によって滅びようとするアメリカ。主人公エマは銃で武装し、少女フラニーや人語を話す猫ホリーとともに、ゾンビウイルス感染者のいない楽園アイデスをめざしている。

固有名詞をシェアするふたつの世界は、しかし、夢で接している。エドは夢の中でエマであり、エマは夢の中でエドなのである。どちらの世界が夢なのか（あるいはどちらも夢でないのか）を宙吊りにしたまま、ここでもふたつの物語、夏の川辺での少年少女のたくらみと、砂漠化したアメリカでのゾンビ戦が対位法を紡ぐ。そこで織りなされる模様は「人とはどのように定義されるか」という哲学的な自問と対話だ。そこに魅力的な細部――マッチ箱に描かれた鱒《ます》、夏と雪を封じ込めたガラス球、川向こうの虎、白い顎髭《あごひげ》の老人――が答えのない謎のようにちりばめられる。

この構造の意図の一端を、作者は私に明かしてくれた。

> ＡＩとゾンビはどちらも現代人の想像力における「非人間」の主要な形象であり、人類滅亡シナリオの二大要因となっています。（中略）逆に言えば、人間は自分たちのことを「ＡＩでもゾンビでもないもの」として定義することで、「人間」のイメージを形作っている（後略）

驚くべきことに、このゾンビをめぐるパートは今回の改稿で加えられたのだという。いかにも通俗的なふたつの物語が、心身の本質をめぐって互いを照らし合い、驚愕の事実で再結合され、やがて最後の情景にたどりつく。どうか彼らが「スチールヘッド」に別れを告げる場面をあなたの目でお確かめいただきたい。

四度目の創元SF短編賞応募でデビューにこぎ着けた松樹凛は、現在は会社員と小説家と一児の親の三足のわらじを履き、執筆は基本的には会社から帰宅して眠るまでの数時間（二三時から二六時ごろ）に行う。すでに次の短編は準備中であり、近い将来読むことができるだろう。そして作者は「長編に挑戦したい気持ちもあります。自分の中の「若者」の残滓《ざんし》が消えないうちに、ジョン・グリーンのような青春小説を書き上げられると良いのですが」とも言う。

なるほど「青春小説」の香りは本書のどの小説にも横溢《おういつ》している。受賞作**「射手座の香る夏」**も例外ではない。それどころか受賞のことばで、作者はこう語っている。

> 本作を書き始めたとき、頭にあったのはロバート・ウェストールの「最後の遠乗り」でした。無条件の友情と無軌道な若さのスリル、別れの予感、変化への漠然とした恐れ……。（中略）そうしたものへの憧憬《どうけい》こそが、自分にとっての小説を書く理由なのです。

「最後の遠乗り」（『真夜中の電話』〔徳間書店〕所収）は、やんちゃでバカで仲間が大好きなバイク乗りの若者たちが大きな衝撃に見舞われ、青春に終わりが訪れるお話だ。そのエッセンスを「射手座の香る夏」はどう受けついでいるのだろう？

超臨界地熱発電の開発のため、天狼《てんろう》山麓一帯（北海道にあると思われる）は特区に指定され、居住者が移転させられて数年経っている。特区では危険な作業をこなすため、人間の精神をスタックと呼ばれるデバイスを載せた人工身体《オルタナ》に転送《シフト》することが行われている。しかしこの天浪山には白く巨大な獣〈凪狼《カーム・ウルフ》〉がいるとの伝説が古くから伝わっていた。

この物語も、やはり（と強調すべきだろう）二つの視点から語られる。ひとりは違法な生体スタックを入手し〈動物乗り《ズーシフト》〉に熱中する若者のひとり李子《りこ》、もうひとりは、オルタナ転送中だった五名の作業員の身体が密室から消えた事件を捜査する特区警察の神崎紗月《かんざきさつき》。李子の友人未來《みらい》の母は凪狼の存在を信じる反開発活動家岸本美菜《きしもとみな》であり、美菜と紗月は二十年以上前には親友の間柄だった……。

ここでも大量のアイディア、モチーフがめまぐるしく投入され、下部構造にはＳＦならではの思索も厚い層を成している。これらを俯瞰《ふかん》したとき、本作では作者の現時点での作風が、端的に、集約的に一望できるように思われた。

技術的には的確な叙述とストーリー展開、構造的には複数視点の切り替えがもたらす語りのリフレッシュとニュアンスの重層化、思弁的には人の意識と身体をめぐる哲学的問いかけ、なかでも「人生の最高の一瞬」を切り取って読者に差し出そうとする強い意志。これこそは「青春小説」の証しだろう。

本作の最終選考時のタイトルは「夜の果て、凪の世界」だった。然《しか》り。「動物乗りの夜」はやがて「果て」を迎える。

その果ての先には何かがあるのか？　それはわからない。ひとつだけ言えるのは、松樹凛はこれから幾度もこの「果て」に立とうとするだろうということだ。

最後にメールインタビューから作者の感動的な言葉を引用して本稿を閉じたい。

チウ・ション監督の「郊外の鳥たち」という素晴らしい映画があるのですが、この作品の中にとても印象的なシーンが出てきます。主人公である小学生たちが放課後、学校を休んだ友達の家を目指して歩き始めるのですが、その途中でメンバーが一人、また一人といなくなってしまうのです。どんどんと人数が減り、友達の家がどこにあるのかもわからなくなっていく状況の中で、最後に残った三人はとある川べりに辿りつき、そこで立ち尽くします。彼らはその先に一歩も進むことができません。その後、どうなったのかもわかりません。彼らは目の前で沈んでいく太陽と、それを反射する川の光だけを見つめています。美しい光景です。ただ、遠くに来てしまったという感覚——自分の人生のなかで最も遠い場所に到達してしまったという感覚だけが、そこにあります。私の考える「世界の果て」というのは、つまりこの感覚です。自分が信じられないほど遠くに——この後の人生で二度と訪れることが出来ないであろうほど遠くに来てしまったという（若さゆえの）感覚。その一瞬を切り取ることが、物語を書くうえで一番のモチベーションになっています。

初出一覧

射手座の香る夏　東京創元社『Genesis 時間飼ってみた』二〇二一年十月

十五までは神のうち　〈Web東京創元社マガジン〉二〇二二年十二月

さよなら、スチールヘッド　書き下ろし

（第十一回創元SF短編賞最終候補作を全面改稿）

影たちのいたところ　東京創元社〈紙魚の手帖〉vol. 3 二〇二二年二月

創元日本SF叢書

松樹 凜

射手座の香る夏

2024年2月29日　初版

発行者
渋谷健太郎
発行所
（株）東京創元社
〒162-0814　東京都新宿区新小川町1-5
電話　03-3268-8231（代）
URL https://www.tsogen.co.jp

ブックデザイン
岩郷重力＋WONDER WORKZ。
装画
hale（はれ）
装幀
アルビレオ

DTP キャップス　印刷 萩原印刷
製本 加藤製本

乱丁・落丁本はご面倒ですが小社までご送付ください。
送料小社負担にてお取替えいたします。

ISBN978-4-488-02102-3 C0093

第7回創元SF短編賞受賞作収録

CLOVEN WORLD◆Muneo Ishikawa

半分世界

石川宗生

カバーイラスト＝千海博美

◆

ある夜、会社からの帰途にあった吉田大輔氏は、
一瞬のうちに19329人に増殖した——
第７回創元SF短編賞受賞作「吉田同名」に始まる、
まったく新しい小説世界。
文字通り“半分”になった家に住む人々と、
それを奇妙な情熱で観察する
群衆をめぐる表題作など四編を収める。
突飛なアイデアと語りの魔術で魅惑的な物語を紡ぎ出し、
喝采をもって迎えられた著者の記念すべき第一作品集。
解説＝飛浩隆

創元SF文庫の日本SF